A FANTASTIC TWISTOF FATE

People

and

Books in the Tough Times

岁月 人和书

刘延庆 ———— 著

团结出版社
UNITY PRESS

图书在版编目（CIP）数据

岁月 人和书/刘延庆著 . -- 北京：团结出版社，
2023.6
　　ISBN 978-7-5126-9964-9

Ⅰ . ①岁… Ⅱ . ①刘… Ⅲ . ①散文集－中国－当代
Ⅳ . ① I267

中国版本图书馆 CIP 数据核字 (2022) 第 245361 号

出　版：团结出版社
　　　　（北京市东城区东皇城根南街 84 号　邮编：100006）
电　话：（010）65228880　65244790（出版社）
　　　　（010）65238766　85113874　65133603（发行部）
　　　　（010）65133603（邮购）
网　址：http://www.tjpress.com
E-mail：zb65244790@vip.163.com
　　　　tjcbsfxb@163.com（发行部邮购）
经　销：全国新华书店
印　装：三河市东方印刷有限公司

开　本：145mm×210mm　32 开
印　张：11
字　数：246 千字
版　次：2023 年 6 月　第 1 版
印　次：2023 年 6 月　第 1 次印刷

书　号：978-7-5126-9964-9
定　价：39.80 元

书是存放时间的容器。

一个神奇的装置。有了它，

虽然生命会迈向遗忘的虚无，

但人类的智慧与敏感

可以战胜

其流动与转瞬即逝。

——埃米利奥·列多《书与自由》

（转引自伊莲内·巴列霍《书籍秘史》）

目录

母亲不识字

一

母亲一个大字不识，是标准的"文盲"，连人民币上的字也不认得，但用钱不糊涂，门儿清，似乎并未遇到过瞒哄和欺诈。大姐曾问母亲，去市场买东西，不怕人家少找你钱？或者调侃母亲，递出去的钱是双份吧？母亲笑笑说，哪能呢，钱多钱少我知道的。我再没文化，难道连它的模样和色儿也分不清！

凭着"模样"和"色儿"用钱的母亲很珍爱这些好东西。但凡经过她的手，无论原件如何皱皱巴巴，如何揉作一团，币面必要抚平，折角全部捻齐，遇到有裂缝或断开了的钱，母亲会极有耐心地用抹了糨糊的窄纸条粘连、压实，花花绿绿的票子平整了、周正了、熨帖了，按面额大小分别叠起，仔细放入她阴丹士林蓝布上衣小襟上的暗兜，掩实大襟，用手拍拍，发出轻轻一声叹息，听上去好像做了件大事之后，将些微疲惫倾吐干净。

父亲每月"基本工资"三十五元五角，"附加工资"四元，共计三十九元五角，全家五口人——父亲、母亲、二姐、我和妹妹，平均计算倒也清爽，每个人七元九角，所有的开销都得精打细算，但钱太少了，不经用，手头稍微松松就花冒了，差不多月月入不敷出，那可真是捉襟见肘。如果母亲那个暗兜空了，遇到要花钱的事，全家人就得大眼瞪小眼，所以母亲把钱捏得极紧。

我上小学三年级的时候迷上了《水浒传》，可惜只看了七十一回本，到处借不到一百二十回本，梁山上那些英雄好汉排座次之后没了踪影，牵挂得我百爪挠心。新华书店倒是有全本，上下册，名字就叫《一百二十回的水浒》，高高地站在书架上等着我呢，可我兜里一个大子儿也没有，曾经想过跟母亲讨钱买，但这念头不到一秒就自己掐灭了。我太知道母亲的抠门儿了，她的衣裳小襟上的那个暗兜是不会为买书打开的。

我决定自己赚钱买。

同学乔凤祥，人高马大，胆子也大，他家好像跟我家一般穷，出手却大方得很，衣兜里经常有瓜子和糖果，高兴起来还能请好朋友吃炒花生，很让同学们羡慕。隐隐听说他有来钱的门路，正愁无缘结交，他却先找了我，问我想不想挣钱。好事说来就来，我俩一拍即合。

乔凤祥说带我去捡废品卖钱，我以为是到垃圾堆里翻拣，不禁跃跃欲试。街坊里不时有收废品的人挑着担子穿行，大多只反复吆喝一声"破烂的卖"，拖着长长的尾音。却有一位与众不同，他的手里摇响一串铁片，嘴里似吟似唱以招徕卖家。我无聊的时候跟着他的担子走过几次，学会了这份独一无二的唱词，用 B 市本地话唱诵出来很有趣：

今天是礼拜了／工人干部都在了／不能铺的／不能盖的／不能穿的／不能戴的／化学梳梳／牙膏袋袋／胰盒盖盖／麻袋片片／拿出来卖卖／卖上两个钱钱／买上两块糖糖／放在你嘴哈／慢慢地哏哈……

忽然发现，有这么多样的废品可以换钱，有那么多堆的垃圾等着我去翻拣，我苦干一个寒假，不信赚不够买书的钱。不料乔凤祥带我径直走到烟囱成天冒黑烟的绝缘材料厂，由院墙上的缺口悄悄进入，一个墙角里胡乱堆放着很多破旧东西，他扒拉扒拉，找出两大团漆包线，一团递给我，我们藏在棉袄下面，手插在袄兜里隔着布护住，左右看看没人，再从缺口跳出院墙，找到收废品的人，卖了一元钱，我分到了五角。

钱真不少，但事情好像有什么地方不大对头，我不免有些忐忑。乔凤祥说，看你那冷飕飕的样儿，心虚什么！又不是偷，是人家不要了扔在那里，咱们捡的。当母亲发现我衣兜里的钱质问我的时候，我也是这么回答的。母亲就问，捡的？人家院子里的东西是让你捡的？我答不上来，母亲想了想说，你那个姓乔的同学来了，让我看看。看过后，母亲就严禁我跟他出去，也不许他再来了。

母亲说，我看你那个同学眉眼不正，你跟他学不出个好来，再和他去跳墙什么的，看我打断你的腿。又说，我供你吃供你穿供你上学，你还要钱干什么？我说想买书。母亲问得多少钱？我说四块七毛。母亲怔了怔说，这么贵！什么书这么贵？

我也觉得这书很贵，贵到了使母亲有些害怕的地步，可我实在太想得到它了。并非一定要拥有《一百二十回的水浒》，但我渴望读到这套书。我一读到书，里面的故事就是我的了，那些英雄好汉就是我的了。现在，那套书就像是座诱惑力无限大的古堡矗立在我的面前，但进城的通道却被母亲堵塞了。我想不出别的任何办法能够买书，郁闷极了。

全家人都看出了我神不守舍，还都烦我的无端焦躁，作业没心思写，在家里坐不稳站不定，没来由地胡乱捣蛋，惹得母亲很生气，狠狠地训斥了我之后问父亲，让儿子鬼迷心窍的到底是什么样的书，父亲说，那是本闲书，里头净是杀人放火，不看也罢。别理他。母亲就说，这孩子，为了本闲书，连吃饭都不上心了，也不想值不值。不会魔怔了吧？

那个寒假我"魔怔"了好一阵子。不过，少年心境多变，不管这糟糕情绪因何而来、多么浓重，时间一长，也就慢慢消解了。加上日子越来越艰难，往往，离月底还要好些天，家里的粮袋子就再也抖搂不出一粒米，锅灶冷清，家人饿得眼发蓝脸发灰，母亲不得不从大襟下的小兜里拿出钱，以高于粮店几倍乃至十几倍的价格，从鬼鬼祟祟的粮贩子那里买点救命粮。我再颠顶，心里也明白，全本《水浒传》离我越来越远了。

一九八四年我在大连教书，年初即农历癸亥年年末接到二姐信，说母亲病了，父亲在信末附言，希望我提前回家过寒假。因为要教完全学期的课程完成教学任务，我迟了几天才赶回 B 市，下火车后，跟着家人直接去了医院。原来母亲病得很重，已经住院治疗很多天了。

这是座规模很大、科室比较齐全的工厂医院，母亲因为切除胆囊手术，术后感染以致病情危急住在外科，急救室二号是母亲的病床号，简称"急二"，成了她的代称。医生和护士说到我母亲从不说名字，都说"急二"什么的，比如说"急二"中午的药来了，或者说"急二"该换液体了——母亲需要滴注的液体太多了，病情最危急的关口，昼夜二十四小时，母亲只有一个小时是不输液的。病床两侧高挂几个吊瓶，源源不断地将各种药品滴入母亲的身体。母亲被好几根管线缚在病床上，一天到晚都在昏睡，看上去很吓人，医院已经下了几次病危通知单。大哥、二姐和妹妹陪床护理很长时间了，劳身焦思，早已精疲力竭，我这个生力军正好顶上。

我精力充沛，对母亲战胜病魔充满信心，也对自己的护理本事满怀信心。自接手那一刻起，我就建立了护理笔记，将母亲每次服药、加药和换药的时间、药名、药量，母亲的排泄量及病痛反应、睡眠时间，等等，事无巨细，一一记录在小本子上。我得监督小护士们别往吊瓶里加错了药，也作为病情观察的实时记录以备医生查询。后来发生的事情证明我的谨慎并不多余，有一次我发现并立即告诉护士，注入葡萄糖瓶子的药水颜色好像不对——上午九点的药水不应该是这种米黄色，小姑娘脸色大变，急速捏住了输液塑料管，手忙脚乱地换了药，好歹没出大事。五个昼夜过去，母亲度过了最凶险的时间，主治医生谨慎地表示："急二"应该脱离生命危险了。

急救室共有两张病床。春节临近，"急一"出院后再也没有患者入住，医院特许病况好转的母亲继续住在这间比较清静的病房里。每天中午，吃过哥哥姐姐他们送来的饭菜，我就在"急一"空出来的床上大睡，到夜里接续"上岗"。等母亲休息过来，帮助她侧卧或俯卧，我两手对搓将手掌搓暖，先从母亲的后颈开始沿脊椎及两侧向下轻轻地、慢慢地揉捻，让母亲因卧床太久而僵直的后背得到舒缓松弛；一直揉到尾骨，这里有使母亲不得安宁的褥疮。我把向护士讨要的、在几种混合起来的药水里浸过又控得半干的棉纱布叠成几叠，按压在母亲尾骨周边继续作环形轻揉。这种自创的土疗法得到了医生的首肯和赞许，它使母亲备受折磨的褥疮疼痛大为减轻。持续揉捻了几天，母亲紧皱的眉心逐渐展开，脸色也由痛苦难耐变得疲惫虚弱却沉静如水了。

母亲一天天好起来，我的所有劳作都是舒心的、快乐的，陪护的中心目的和最高理想就要实现了——输液的时间减少到每天十几个小时，进而减少到四五个小时，最后只在上午输入一小瓶药液即可撤掉。母亲能够吃饭了，尽管只能吃"流食"并且每次只喝很少一点。褥疮开始结痂了，母亲不再疼痛难忍，而是仅有些微痒。以前总要倚靠着床头才能顺畅呼吸，现在，母亲可以平躺在床上，比较安稳地睡个长觉了。有几次，母亲睡着了，睡得十分深沉，一生辛劳忙碌的母亲难得有如此绵密深长的睡眠。坐在床边的小凳子上，看着老人劫后余生的安详面容，听着她匀细平稳的丝丝鼻息，我幸福得想哭。

夜里，护士跟着医生当天最后一次巡视病房，跟我交代完毕注意事项，告诉我若有急事到几号房间敲门，便翩然而去，急诊室安静下来，整个医院也安静了，我全无睡意，把灯光调低，打开本书读下去。

有一次我读得入迷，偶然抬头，见母亲正静静地看着我，不知她醒来多久了。我以为母亲要我做什么，但她微微摇一下头，还是看着我。我把母亲的枕头垫高一点，让她躺得更舒适些。过了会儿，母亲说，你这么看书，累不累眼？看的时间别太长了。又问，你现在认得多少字了？够不够你用的？你教书辛苦不辛苦？当老师也不容易吧，看你好像比上次回家瘦了。又说，这些日子，我这病，苦了你了。

那天晚上母亲又说，你记不记得那年，就是咱家哪个月都有些天揭不开锅的那年，你要买书，我不许你去跟人家捡东西卖钱，把来叫你的那个同学赶走了。你想书想得都快魔怔了，我几次想拿钱给你，都没敢。四块七毛钱，太贵了，那书实在太贵了。

二十三年过去，我没忘记这件事，没想到母亲记得比我还牢。我告诉母亲，那年要买的书是《一百二十回的水浒》，我早已看过了，其实也没想得那么好看，我后来看了比它更好看的很多书，我已经不太爱看"杀人放火"的书了。我告诉母亲，那个叫乔凤祥的同学，"捡东西"的胆子越来越大，后来"捡"到了很远的工厂，犯了"盗窃罪"，被法院判刑，坐了七年大狱才放出来。现在不知道他怎么样了，希望他好好的，靠正经的本事过日子吧。我还告诉母亲很多书的事、读书的事以及教书的事，有我的，也有别人的。那一晚我说了很多话、很多事，母亲静静地听着，脸上偶尔浮现浅浅的笑容，直到再次睡着。

母亲不是爱絮叨的人，跟儿女的话不是很多，我也极少跟母亲说很多，柴米油盐之外的话尤其少。在我们母子相处的岁月里，这是话题最丰富的一次深入交流。

二

　　我对母亲的身世与经历所知甚少，我甚至不知道她是哪年从几十里路之外的姥爷家坐花轿过来与父亲拜堂成亲的，母亲也不说，父亲也不说，有关自己早年的事，他们极少说。他们不善于倾诉，不习惯甚至不喜欢跟儿女说这些"千年绮罗万年裰萨"。也许他们说过而我不记得了，因为我记事特别晚，最初的记忆不早于五岁，而这最早的儿时记忆，仅仅是母亲给我唱的歌。

　　故乡的沉沉暮色里，院落静下来了，燃烧着的艾草绳正散发出浓郁气味将蚊虫驱赶出屋子。大梧桐树的繁茂枝叶悄然不动，月亮还没有出来，透过缝隙可以看得到几颗若隐若现的星星。我好像躺在玉米皮编织的两张大蒲团上，母亲坐着小马扎，一边摇动葵扇为我驱赶蚊子一边唱歌，唱的是"三国中／有个阿瞒／带兵去出征／打下江南／领人马呀八十又三万……"跟老家人说三国故事一样，母亲也把"三国"唱作"三龟"，她的低声吟唱好听极了，至今，每一个节拍每一声旋律还在我的灵魂中轻轻回响。

　　母亲唱的另一首曲子也好听，但当时的场景全然不记得了，也没有记全词曲，一个甲子之后细细回想和查找，我猜母亲唱的是《晨星歌》：

晨星之中最辉煌

　彩色光明　洞照世界

　黑暗消　曙光呈

东方晓星永灿烂

……

离开故乡后再也没听过母亲唱歌，一次也没有，直到她离世。

母亲对儿女的言语教导也不很多。在我的记忆里，母亲对我们的希望就是平安健康、好好过日子，关于怎么做人，做什么样的人，这些基础教育内容，母亲说得不多，她好像从来没有具体说过指望我们这一辈子做什么。这并非说母亲对儿女没有更高的希望，希望是有的，只是没有明说。大略估想，母亲是希望我们做好人，做有文化的人。母亲不识字，对识文断字的人十分敬佩和信任。她对世上百业评价最高的是教师和医生，说这两种职业识字最多，最为尊贵，因为前者教育人而后者救治人。人生一世，必须受教育，不然如何学到知识、如何懂得做人？也必得治病，天下谁人不得病呢？谁不找医生看病呢？教育人和救治人，还有比这两种活儿更值得干、更让人尊敬的吗？我懂得也遵从母亲的意愿，终身对这两种职业怀有敬意，自己也曾做过五年教师。

母亲认为读书重要，读书多了，就能做大事，据此，母亲说过的一句格言就算是她对儿女相对具体的重要说教，但对不识字的母亲来说，这句格言来历不明且指向模糊，她说的是"不为良相则为良医"。

我后来想，这或许与我家祖上传下来的书籍有关。

故乡老屋的东屋里存放着很多古旧图书，多是经史子集，也有些稗官野史及闲书。还有不少医书，据说是某位祖先一生悬壶济世的经验结晶，至为珍贵，由于其衣钵无人传承，这些医方和药方便束之高阁，直到我三叔出现。他是我父亲出了五服的族弟，素喜读书，尤其喜欢搜罗医药古本，隔三岔五来我家借书，跟母亲招呼一声，径直走进东屋翻拣，母亲也不阻拦，任其挑选出中意的书夹在腋下，再招呼一声，扬长而去，也不见他来还。大姐早已出嫁，父亲和哥哥在远方的城市做工，有两三年，母亲带我二姐、我、妹妹生活在老家，日子闲散，我多次踅摸进弥漫着某种怪味的东屋，为的是看绣像本《西游记》里的取经师徒和各路妖魔鬼怪，画得怪模怪样的，上天入地云彩大海，特别有趣，对其他书的来去不在意。二姐提醒母亲说，三叔借了那些书去，也不还。母亲说，不还就不还了吧，那可都是些好书，没人看可惜了的，眼下也就你三叔看了。

那年初春，母亲带着我们离开故乡前夕，诸事忙乱，紧张得很，她让我把东屋里的书拣最要紧的出来，装在一个很大的柳条包里和一个更大的水笼布箱子里，运到几里外的大姑家，委托老家这位唯一的近亲代为看顾。母亲承诺，不用几年，我们必定取回。

我想，母亲对所谓的"良相"，恐怕不知就里，或者不知其复杂的内涵，仅仅是模糊的憧憬或想象而已。而对"良医"的期盼应该出自实际需求，标准明确又单一，就是能治好病人。她见过太多病人缺医少药的痛苦，感同身受，自己也患有好几种病，觉得"良医"比"良相"更有用处。良相属于古今难遇的稀世珍品，遥远如天边浮云。良医则很有质感，草民百姓看得见摸得着，能得实在的便利。东屋里的医书都是毛笔写的，多有增删涂抹，还有笔墨圈圈点点，看着繁乱，更看不懂，远不如绣像本书有趣，也不如函装的印制古书更入眼。我装入箱包里的书，医书很少，母亲也不知道，对送出去的书念念不忘，时不时说起。

几年后"文革"爆发，城市混乱，老家也不太平，我那位三叔的家庭成分是地主，被人用顶门杠狠命杵在肚子上，老病胃横遭暴击，导致他大口吐血，研读的医书毫无用处，不多几天就死了。

消息传到我们生活的 B 市，母亲便再不念叨那些书。再次提起是十四五年之后了。那是我读研的第二年，导师带我们几个弟子经北京沿京广线南下访学，先到广州，之后辗转到绍兴、杭州和上海，沿路接受了几位业内高师的教诲，同学们跟随导师径直回沈阳母校，我到十六铺码头坐轮船至青岛，转乘火车到潍坊，目的是回老家看看。母亲听说我有回故乡的计划，早就让家人捎信告诉我，要我做的第一件事就是到大姑家取回寄存在那里的书。这也是我自己的计划。

大姑与大姑父已逝，她的儿媳，也就是我的表嫂，听我讲了半天才明白站在她面前的这个陌生人是谁以及为什么来的。她说知道那些古书的事，不过，我来晚了，太晚了，书没了，早就没了。表嫂说她嫁过来的时候正赶上史无前例的"动乱"，"家庭成分"的重要性比天大，要么你风光无限，要么你受尽煎熬。大姑父的家庭成分是上中农，虽说还属于"人民内部"的人，却跟"富农"擦边儿，处于危险地带，也不能确保安全，那装满箱包的古旧图书可是惹祸引灾的根苗，弄不好会使主人遭殃的，于是偷偷运到茅厕里吊上了房梁。

这真是个馊得不能再馊的馊主意，茅厕半露天，又兼做猪栏，雨打风吹，霜刀雪剑，一年又一年，吊绳终于断了，箱包坠地摔破，古书散落了出来，无人收拾，被猪们兴奋地拱来拱去，图书烂，入粪池，真真的斯文扫地万劫不复。我家图书的遗存，就这样没了，一册也没留下。

后来我把这些老书的结局告诉了母亲，母亲沉默了半天，最后说，可惜了，可惜了那么多医书。

母亲看重的是书的实用性，对医学书籍尤为看重，但对别的书也不排斥。我读书的兴趣由泛读逐渐偏重于社科文艺，母亲大略明白这就是俗话里说的"闲书"，即使读到学富五车，"良相"也做不成，"良医"也做不成，于生活也没什么实际用处，但她也不问、也不管，依然护着我，由着我的兴趣走。我读书到某种规模了，母亲跟父亲商量后，做主将我二姐和妹妹住的房间收回，给我一个人住，说我看书需要安静，我的书也需要放个安静的地方。不顾姐姐和妹妹的抗议，我理直气壮地把自己搬进去，打了个简易的书架，靠墙一站，放上书，书读得怎样且不说，读书的气象算是有了。

母亲很维护这间小屋。亲戚、老乡、邻居来串门，我不在的时候，母亲偶尔会打开小屋的门，说，这是二小子的书，看看，他看了这么多书。有人想借书，母亲一概挡驾，指点着人家念我贴在小书架顶格上的纸条，上书我的毛笔爬爬字："本人书籍恕不外借"。知心友人来跟我当面借阅，不受此限。有时我出外多天后回家，母亲会从她的床铺下拿出几本书，一本一本地告诉我，这是谁谁还回来的，这是谁谁还回来的，好像怕混淆了似的。母亲分得清，她不会读书，却几乎认识我所有爱读书的朋友，与他们还回来的书都对应得上。仔细翻看，书里的折页一一展平，折痕还在——母亲如同珍重钱一样珍重着我的书。我外出千里求学，直到成家立业安定下来，中间七八年，父母搬过几次家，我放在他们身边的书安然无恙，本本完好，一本也没有减损。

三

我的少年记忆里有很多黑色时刻，多与饥饿相关。一年到头，没多少吃饱饭的日子。常常，别人家飘来饭菜的香气，我家的锅灶还没生火呢。米袋子、面袋子多次搜刮，再里朝外翻卷过来，仍然是让我的心冰冰凉的干净。儿女嗷嗷待哺，母亲不得不再次拿着铝质水勺到邻居家借点棒米面以解燃眉。邻居们待我们好，水勺里十分饱满；母亲还人家的时候，棒米面总要比借的时候还高出一点。俗话说"好借好还再借不难"，母亲每一次都好还，但她对这句俗话并不完全认同。母亲说这句话有毛病，好像是为了"再借"才"好还"的。其实，"好还"不只是本分，你本来就应该"好还"而不管你再不再借；还是感恩，人家对你是有恩的，在你揭不开锅的时候救了你的急嘛。这份恩情比天都大。

我家的日子实在太难过了，月月都得向人借粮，借得太频繁了，以至于在"借"与"还"之间很大度的母亲，也不能完全避免借粮者的苦涩。后来母亲说起当年的窘迫，仍然心有余悸。母亲说，总是借、总是借，就算邻居都对咱家好，我也不好意思月月张这个口。那年月，谁家的粮食有富余呢，不都得数着米粒下锅！

各家各户都有小院，土墙柴门，有好多次，母亲端着水勺挨家挨户从柴门前走过去、走回来，回到家坐也不是、站也不是，看看冷清的锅灶，看看我们饥饿的眼神，咬咬牙再次出门，又在那些柴门前走过去、走回来，徘徊踌躇，直到硬起头皮抹下脸进入小院，轻轻敲响人家的屋门。

母亲是有尊严感的人，为了家人活下去，她舍弃了很多。

我们家人离开故乡到 B 市落户的时候，带了些烤烟叶，本来是给抽烟的父亲预备几年用的，父亲舍不得抽，平日里弄些当地产的劣质烟叶子捻碎，裁纸条做自卷烟过烟瘾，有人来，才拿出好烟叶敬客。后来老乡们陆续投奔 B 市，也有给我父亲送烟叶的，家里的存货多了起来。老家的烤烟质量特别好，香味醇厚，向来受"烟枪"们青睐和赞誉，父母想把它们卖掉，得些钱补贴日常用度。那时的城镇居民个人是不可以涉足买卖的，哪怕自产自销也不被允许。母亲不让父亲出头去卖烟，说万一被单位里的人认出是要引来大祸的，弄不好工作不保，说不定还要戴个"投机倒把"的黑帽子，那全家的生路可就完全断了。

那年寒冬，母亲让我背上烟叶，跟她坐八路公交汽车到位于另一个区的终点站去卖卖看。我们的烟叶放在蓝布包袱里，包袱放在车站小广场边沿的水泥路牙子上，只在包袱的一角露出一丁点烟叶，算作招徕顾客的幌子。母亲让我将小秤的秤杆和秤盘掩在棉袄下面，秤砣放在棉袄兜里，走到一边，跟她拉开些距离，不要干站着，来回遛遛达达的就行，眼睛别忘了时不时扫扫这边。有诚心诚意买烟的，母亲会跟我点下头，我就赶紧跑过来递上小秤做成这笔买卖。母亲叮嘱我眼睛放机灵点，别傻傻地盯着她这边看，而要不时往四周望望，要是瞥见臂上戴红箍的人，赶紧假装没事人走得更远一些，千万别和她靠近说话。

严冬天气，干冷干冷的，没有阳光，天空阴郁得很，乘客们匆匆忙忙地下车上车，很少有人光顾我们这个小小的隐蔽摊位，也许他们以为母亲没钱买票上车，正在旁边愁困无主吧。到了近午时分，风渐渐大起来，细沙先在空旷的水泥场地上无声地起旋儿，渐而流动乱飞如金蛇狂舞，灰黑色的枯树尖上发出尖锐的呼啸。我放下棉布帽耳，戴严实口罩，母亲裹紧了她的深蓝色头巾。透过人来人往的粗重身影，我看到有人在母亲面前停下脚步，弓下腰扒拉着看包袱里的烟叶，又抽出一片叶子贴近鼻子嗅，似乎在问价，母亲在说什么，这人摇摇头，决然离开了。我失望极了。

那是上午唯一光顾烟叶的人。近午风沙更大了，母亲和我找了处背风的角落，让我吃掉带来的窝头，领我转移到不远处一家电影院前。这不是放电影的时段，却有些人来来去去，还有人在背风处晒老阳。周边紧挨着几家门市，烟酒糖茶和五金百货都有，也有小餐馆，进进出出的人不少，有人在母亲的摊位前蹲下来。我在几家店铺门口走来走去地傻等，直等得心焦和不耐烦，总算看到了母亲转过脸来点头示意。

我们的小生意很不景气，母亲和我忍饥挨冻大半天，只成交了几桩买卖，价钱也不如意。

吃不饱，没的吃，总挨饿，十一二岁正处在长身体阶段，很多同学营养不良，体质远不够健康标准，我的身体尤其孱弱。我家穷，并不是每天都有早饭吃的，即便有早饭，也大多是能照见人影儿的棒米面稀糊糊。我从小饭量大，比同龄人吃得多，又好动，消化能力超强，一般没到饭点就很饿了，灌进肚子一大碗稀糊糊，连俩小时也顶不住。肚子瘪瘪的听一上午课，是件很难熬的事，最后一节课的下课铃还远着呢，脑子已经饿得不太听使唤了。

那几个冬天我最希望做值日生，有时不当值也早早地赶到学校。

借着教室里昏黄的灯光，值日生们七手八脚地开门窗、搬桌椅、扫地、洒水、生火炉。我们先在炉箅子下面点燃废纸，引燃细柴，炉箅子上面比较粗的木柴渐渐着了，火焰腾起，粗柴上的煤块很快发出近乎透明的红色，不一会儿，教室里的两个大铁炉子火势熊熊，连接铁炉子通向窗外的烟囱呼呼生风，"拐脖儿"被烧到了通红，于是桌椅归位，关闭门窗，教室里很快暖意融融，幸福的时刻来临了：我们拿出铅笔刀，把从家里拿来或偷出的土豆、甜菜、胡萝卜、窝窝头，有时也能见到馒头——那可真是冠绝天下的美味，一一切成片，放在炉子上烘烤，不长时间就烤热、烤熟了。等不到它们完全冷却下来，捧在手里太烫，双手倒替拍着，吹气嘘着，猴急猴急地丢进嘴里，来不及咀嚼几下就吞下去。这种时候，同学们真正是"有福同享"。富裕人家的同学带来的多些，像我这样家境贫寒的人带来的很少，很多个早晨腹内空空两手空空来到学校，尽是吃别人的，但谁也不在意，嬉闹声中，香甜至极的"早饭"被大家吃个精光。

吃干净残渣，距早读还有些时间，胡诌八扯就开始了。课文是不扯的，那没意思，上课能认真听讲就对得起肚皮了，我们最喜欢胡扯的内容是正在传看的课外书。那一阵子在我们班同学中流传的是《三侠五义》《施公案》等古代侠义、公案小说。书少，人多，就歇人不歇马，书在我的手上读过然后快速转入下一个焦急等候的同学手中，传来传去都快把书传烂了，侠义故事就成为了各人的资本。在我们争先恐后的讲说中和热烈的争吵中，白玉堂和展昭、窦尔敦和黄天霸一干人等驾临温暖的教室，开始了忠奸正邪之间的缠斗，古代豪侠的江湖故事相当慷慨地填补了我们的肠胃。我非常向往他们那种想下馆子就下馆子，想吃什么就有什么吃的生活，对他们的特殊本事特别是怪异武器、装备，比如展昭的巨阙剑、百宝囊和如意索，窦尔敦的夜行服、虎头双钩和盗来的御马等等爱得不得了。那些光怪陆离的侠盗道行为我们这帮小学生增添了无穷乐趣。直到天色大亮，同学们陆续来到，刺耳的预备铃响起，我们才意犹未尽地跑回各自的座位。

老师们也吃不饱饭。课间操挪到了两排教室之间的空地上，有时做有时辍。大操场开垦出来变成了庄稼地，指导学生们种植土豆，也种少量的玉米，期盼秋收后用以救济师长。学校体恤同学们的艰难，下午隔三岔五地缩减一两个课时，让饥肠辘辘的我们提前回家。有一天我饿得头昏眼花身体直出虚汗，实在坐不住了，老师允许我立即回家。我的腿脚发软，跟没长骨头似的，每迈一步身子都打晃，脑子昏昏沉沉，有一刻我觉得自己就要倒在地上死了。学校与家离得不远，只隔一个街坊，那天我却觉得有千山万水那么遥远。勉强挨到家，没见到母亲，父亲说她有事出远门了，可我们家能有什么事需要母亲出远门呢？母亲是家里的主心骨，一眼看不到她，我心里就慌慌的没着落。

第二天我感冒发烧，根本听不进去课，老师更早地放我下学。到了夜里，体温陡然增高，父亲背我到卫生站，大夫给了些白药片，吃后效果也不显著，父亲手足无措，给我熬了碗姜水让我喝下发汗。后半夜我睡一会儿醒一会儿，迷迷糊糊的，忽然觉得踢开的被子重新盖在身上，母亲的手放在我的脑门上了。没错，是母亲的手，不用说话我也知道，我的心顿时安稳和沉静下来，费劲地睁开眼睛，母亲正俯身看着我，脸上显得特别疲惫。父亲让她赶紧歇着，母亲朝我笑笑，跟父亲低声说了什么，挽起袖子，用温湿的毛巾一遍遍揩拭我的头脸、脖颈、腋下、胸背和膝弯，一直揩拭到双脚，然后给我盖上了厚厚的被子。此时，父亲重新点火开灶熬的小米粥的浓浓香气已经弥漫了整个屋子。

我喝了米汤，睡了香甜的一觉，再次醒来的时候已是上午，高烧退了，感觉身体很虚弱但胸口很清爽。父亲上班去了，我走到大屋，炉膛里的煤火早已熄灭，屋里很冷，深冬的阳光照进来，母亲在床上和衣盖被而睡，双手揪着被领，眉心紧锁，好像睡梦中她也在经受自己常说的"心口不愉作"的折磨。她那模样怪异的鞋扔在床下，角落里放着几个封裹严实的蓝布包，不知道是什么。

过了很久我才知道，母亲离家，是独自到张家口"换烟卷"去了。

烤烟卖不出好价钱，有人给指了另一条路，母亲便将家里的烟叶带去张家口，到烟厂按比率换成"大境门"香烟带回 B 市，托在烟酒糖茶门市里做售货员的熟人悄悄代卖出去，这笔钱成为我们家穷困日子极其重要的接济。那时候，不论卖烟叶还是换烟卷，都属不正当交易，在被严厉禁止、打击之列，一旦被抓住，不但烟叶或烟卷要被没收，人也要被重重惩罚的。从 B 市到张家口，火车、汽车、步行，路上不知有多少双探查、侦缉的眼睛来回扫射，母亲去了两次，每次都平安归来。母亲五十岁，在那时已经是标准的老人了，她不识字，连路牌也不认得；又是"放大脚"，就是裹脚不完全成功，后来恢复天足部分功能的脚，走不了远路；身体也不强壮，携带先是烤烟、后来是香烟的包裹，是如何从遍地荆棘中安全往返的，我很想知道。但父母不跟儿女说这些，我只从父亲对母亲的感激中体会到她的辛苦和坚强。

　　父亲不止一次说母亲有胆量，能决断，遇大事沉得住气，能想出应对的主意，我们家人在最艰窘、最险恶的关头得以续命，母亲艰难往返挣来的那些钱起了大作用。父亲说，要是换了他，背着那些烟叶等于背了个鬼，别人还没怎么着，他的心里就先闹腾得厉害，也许还没上火车就被拿住了——别人多看他一眼，他也会恐惧慌乱，甚至精神崩溃的。

四

　　其实母亲的胆子并不大，她也有沉不住气乃至恐惧慌乱的时候。

　　外祖父家的成分是地主，全家信奉天主教，母亲自然在其中。这两桩个人旧案都为时世所不容，人们避之唯恐不及。狂飙突起的年月，经常见到游街示众队伍轰轰烈烈地走过大街，各类黑分子脸上被抹了油彩，头戴纸糊高帽，颈挂大字木牌，上书骇人罪名，都把铜锣敲得山响，高喊认罪和自我贬损的口号，鼓噪而来喧嚣而去，常引得万人空巷。木牌上标示的罪名告诉我，母亲距离这个黑色队列并不遥远。

　　那时母亲的处境相当危险，稍不留神就会"落水"。在被社会普遍仇视和唾弃的"黑五类"名单里，"地主"结结实实地占据了头一名，实属罪大恶极。背负"地主女儿"的先天罪名，"贫农妻子"的护身符并不能确保母亲万全，如果加上"天主教徒"这个大罪过，吉凶的天平怕是要向危险一端严重倾斜。天主教宗奉原罪之说，在那种乱世，这种宗教本身就被看作原罪且罪孽深重。说起来也是幸运，B市虽是有着很长历史的城市，真正发展壮大起来却是凭借的现代大工业，意识形态单一，宗教几无社会影响，母亲既不读经也不祷告，没有宗教生活的特别迹象，教徒身份无人知晓；母亲天性善良，与左邻右舍相处得十分融洽。邻居们、老乡们在生活中遇到难处，凡来找母亲帮助的，无论能不能化解，母亲无不尽力去帮，处世公道，极受邻居与老乡们的信任和尊敬。人际关系的好坏及偶然因素，在某些敏感时期起的作用很大，甚至能够左右人的命运吉凶。母亲的古道热肠无疑是她躲过厄运的重要因素。

　　然而，最大的幸运是母亲不识字。母亲的身边没有任何能够表明宗教信仰的物件，她的日常生活与常人无异，这些都让我们有理由心存侥幸。将母亲曾经的天主教徒身份和信仰瞒天过海，绝对不能让人知晓，成了全家人的头等大事。那时候政治审查严酷，各类调查表填得频繁，我跟二姐填表的时候，对姥爷的家庭成分不敢隐瞒，如实填报的直接后果是二姐的B市少年女子射击队队员资格被取消。母亲天主教徒的身份被我们死死瞒下了，这是我们姐弟俩约定的攻守同盟。"文革"十年以及后来很长时间里，母亲这个秘密只有几个人知道，连我妹妹都被蒙在鼓里。我们家的人极少说这件事，守口如瓶，从不提及，避讳它如避水火，或者如同避讳一件极其丑陋的事，想都不愿意想它。

　　街上沸反盈天，街坊里也波澜迭起。我家住的那栋平房共有六套住宅，由东向西排一字排开，我家是五号。东邻四号的遭遇十分悲惨。房子的主人郭大伯成分很高，地主兼资本家，双料的罪过。八月里大动荡，红卫兵从他家里抄出若干图书和唱片，书不少，看上去还有古旧书，都被堆在一起点火焚烧，唱机当众砸烂，唱片从封套中拿出，在抄家者的手里传看一张，往门前的大石头——为秋天积酸菜时压缸所备——上摔一张，张张粉身碎骨。站在下风口的郭氏老夫妇躬身奋腰，一任书籍烈火的烤炙也不敢动弹，同时忍受红卫兵们的训斥和辱骂。此后没几天，这两位老人就被"遣送原籍劳动改造"了。

东邻二老绝非农村土财主，而是有教养的知识分子。我们两家来往不多，但毕竟是近邻，抬头不见低头见，郭老先生看上去温厚谦和，见到我这样的晚辈也会微笑致意；老太太少言寡语，眉眼间自有娴雅之气，是我记忆里的印象。往常的日子，他家经常传出诗书诵读和丝竹管弦之声，"红色风暴"彻底摧毁了老夫妇的雅好。抄家的人呼啸而来蜂拥进入东邻，站在我家院里的母亲掉头回了屋。我没动，隔着短墙目睹了这家人遭受劫难的全过程，午饭时想讲给母亲听，母亲愣愣地看着我，什么也不说，就那么直直地看着我，我读得懂母亲的眼神，那里面既有讶异又有疑惧，还有隐隐的怒意，我马上闭了嘴。

街上浊浪滚滚呼天喊地，邻居们扶老携幼赶去看热闹，母亲绝少去看，更不说什么。全家人朝夕惕厉，母亲脸上有时也会流露出焦虑和慌乱，做饭做菜短水缺盐，这在"沉得住气"的母亲是很少有的。

五

侥天之大幸，母亲最终平安度过了最疯癫最凶险的时期，但险恶时局给她留下的心理恐惧和阴影却浓重而长久，改变了她对很多事的看法，还直接影响了二姐的婚事。

二姐的初恋男友D，是跟她下乡到同一个公社同一个大队的中学同学，两人称得上情投意合，然而母亲强烈反对二姐与他交往。

母亲秉持的理由是，二姐不能嫁给农民——知青也是农民。母亲说我们家刚从农村逃出来没几年，怎么能再回去。母亲的如意算盘是二姐嫁给工人，将来还有望借此将户口迁回城市。不过，深层的疑虑，也许才是母亲在这件事情上寸步不让的主要缘由——母亲对D的家庭心怀恐惧。听说D出身于书香门第，家里有好几个人做教师，按说这种家庭正合母亲心意，如果在别的时空里，说起此类家庭，母亲一定会说，两扇门里出那么多老师，肯定是好人家，或者她还会觉得二姐和我家有攀龙附凤之嫌。不幸的是二姐和D生不逢时，"文革"初年，D家横遭劫难，听说他家里不止一个人被划入另册，被游街批斗、践踏羞辱成了家常便饭，革命群众在他家的大门上方挂起一块黑色大匾，上书"黑帮之家"四个大字。这四个字毒辣之甚，彻底摧毁了二姐的初恋。

"黑匾"一度声名远播，都在同一座工厂的家属区，隔个街坊而已，母亲一定风闻过这件事，但她如何将D与黑匾联系起来，进而确认D是从"黑帮之家"走出的孩子，最终阻断二姐与D的恋情，与我有密切关系。母亲曾跟我求证此事，我如实禀报，还添油加醋说了些对二姐和D不利的话。我很自私，不希望二姐嫁给D。政治审查越来越严苛，我怕将来自己填写无所不查的调查表的时候，"社会关系"栏里再增添一项耻辱的内容。

　　我考虑的是一己私利，母亲想得更多的则是我二姐的生活，她不想见到女儿沿袭她的恐惧心理，那种让人战战兢兢的险恶更不能再传承到第三代身上。我知道母亲的心思，也深知她的性格。母亲的决心一旦定下便不可动摇。

　　母亲的主意拿得正，是全家的主心骨，她的否决意见就是终极结论，连父亲也不好反对。母亲与二姐之间的分歧与对峙，二姐没有胜算。详细过程我不得而知，结局简单而明确，二姐嫁了另一个人。二姐夫脾气随和，对我二姐十二分的好，与她共同生活近四十年，言听计从百依百顺。后来二姐患病，二姐夫悉心陪伴辗转求医，绝无一点点懈怠或抱怨。再后来二姐完全病倒，他床前床后侍奉得无微不至，百分百尽到了好丈夫的责任，甚至远远超出，让我这个做弟弟的感动而且感激。但是，就我的感觉，二姐看上去刚强且快乐，其实委屈和凄苦是埋在心里的。二姐是我们兄弟姊妹中心气最高、最要强的人，曾经怀有高远理想，性子刚毅，遇事轻易不肯低头，很少袒露自己的内心世界。对于感情之路上的坎坷，她从未说过什么，但初恋——可能还是她一生中最深的恋情——被摧残留下的阴影终其一生未能消散，她越来越暴躁的脾气，她的罹患重病以至她的过早去世，应该与此不无关系。

　　母女连心，二姐的委屈母亲不可能没有体察，但后来她们之间有没有谈论过此事，我不得而知。我们家的人亲密有间，就是说血缘纽带使我们天然亲近，却很难像知心朋友那样倾吐彼此隐私，我与父母如此，与二姐也如此。兄弟姊妹中，二姐与我年龄相距最近，生活经历也大体相同，我们之间的话算是比较多的了，也很少涉及个人私密，她与

D 的事，无论热恋还是分手，从来不跟我提及，而我后来总想跟她说说当初不可原谅的自私，表示一下失悔和歉意，却始终没找到适当的机会张口。二姐与母亲之间，有没有积怨未消，有没有芥蒂残存，她们有没有语言和心灵沟通，我也不知道。但那件事对母亲应该是有影响的，二姐后来结婚，明显得益于母亲的宽容。

二姐的婚事一波三折，母亲起初也不赞同，因为这位准女婿的家庭背景也有些灰色，但最后还是得到了她的允准，算是终成正果。二姐结婚后不久，母亲就认可、接纳了这位女婿。我始终不叫他"二姐夫"，也没什么理由，就是对这种称谓不喜欢，觉得"姐夫"就是"姐姐的丈夫"的缩略称呼，一点意思也没有，实在没什么好叫的，还不如叫"大哥"的好，要不干脆直呼其名，倒来得爽快，也并不觉得生分。

这种不合世俗礼仪的行为，母亲不太赞成。她几次劝我说，你该改口了，总不能老叫你二姐夫的名字吧，这都叫了几年了，你还想叫到什么时候？你二姐夫求过我几次，让我劝劝你。你现在是不是连我的话也不听了？

此外，就我的感觉，是教师这个职业在母亲心中恢复了体面与神圣，但她从不论断。我从教师转行做编辑，母亲不懂"编辑"是做什么的，也只是说了一句：还是当老师好吧。

六

小学高年级的时候我参加过一次公判大会，记忆非常深刻。那是从未见过的判决大会，在 B 市恐怕也是第一次开，全区的小学生都被老师带去参加了。天气非常冷，大会持续的时间很长，我们在广场上列队站立，冻得瑟瑟发抖。这个大会的场面壮观得很，阵势威严得很，解放军战士三步一岗五步一哨，远处电影院的屋顶和不远处市场的屋顶上，都有军人趴在架起的机关枪后面，如临大敌，气氛极其森严和肃杀。大会先是宣判了几个男女犯人很多年徒刑，最后被押解出场的是个流氓犯，被判处了死刑。临时搭起的主席台坐西朝东，隔马路就是黑压压肃立的我们。军绿色的解放牌卡车做了刑车，那个被五花大绑的罪犯站在驾驶室后面，身边站满了荷枪实弹的解放军战士。法官高声诵念判决书的时候，刑车慢慢开向南，掉头，慢慢开向北，之后再开回来，让我们这些目瞪口呆的孩子近距离看他那没有了人色的尖脸和后颈上长出的亡命牌，以及木牌上打了红叉的黑色名字。刑车来回巡游多遍，跟展出稀世珍宝似的让我们看了个够，最后在愤怒而高扬的口号里快速开向刑场，带起一溜烟尘。

公判大会的影响持久不衰，母亲知道我参加了，问了问我，立马沉下了脸，半天没说话，显得很不高兴，后来她跟父亲说，我压根儿不该参加那个大会，不知老师怎么想的，把这些孩子带去那种场合！母亲的意思是说我还小，不宜接触那些残忍和丑陋的事物。不得已接触到了，最好赶快忘掉。我听后很不服气。我和同学们对公判大会津津乐道，关于那个采花大盗的名字屡屡被提起，男同学以拿腔拿调地念诵判决词为乐子，还盛传那个坏家伙行凶作恶的许多手段，其中不乏坊间添加进去的玄虚成分，说他的武功如何了得，骑着改装过的自行车飞速驰骋来去无踪，还能将一条长鞭舞弄得神出鬼没，不管什么样的人着他一鞭立即晕眩云云，觉得挺神秘挺有趣的。

半个多世纪过去了，经历过世事的颠三倒四和生活的艰难坎坷，许多人、许多事被剥去绚丽的表象，露出了斑驳的底色和残酷的真容，人性的复杂、黑暗和扭曲、变异往往使我胆战心惊。不过，这应该是成年后的认知，人的童年和少年时期，还是以更多接受真善美为宜，而好书，正是健康走过青少年岁月的最佳伙伴，它们可以为孩子的心灵奠定向好向善的坚实起点。美好的阅读让我知道，在文化的高处和人的心灵深处，有海的女儿，有小王子，有王尔德的小燕子，有辛勤织网的夏洛和光彩照人的威尔伯，有雨果的悲悯和托尔斯泰的高尚，有卡尔维诺的浪漫和天真，还有丹尼尔·华莱士缤纷而圣洁的梦幻世界……明白少年的生命需要细心呵护，少年的心灵更应该沐浴阳光、善良、美和爱，我才懂得了母亲的苦心和识见。

七

晚年的母亲，更温厚、更宽和，处世更泰然。

我赶回家侍奉住院的母亲那次，她起初患的是胆囊炎，病情有些严重，医院讲切除胆囊可以彻底治好病，父母就信了，医生就做了。这应该是难度不高的手术，即使在距今三十多年前，手术也不算很复杂。胆囊顺利摘掉，手术宣告成功，然而术后一切都乱了套，创口感染，高烧不退，免疫功能低下，多个脏器出现衰竭，全家人慌作一团……住院近五十天，母亲受了不应该受的苦，身体空前衰弱，之后很长时间缓不过来。还有，这导致了医疗费用大大增加。那所医院里有知道底细的人悄悄对父亲说，术后感染，是某某医生的粗心大意所致，才给你们造成这么多麻烦。你们去告大夫的状，告他个医疗事故。那个知情人说，告状的材料我来提供，多得很，肯定能告赢他，看病的钱就能给你们省下一大半。

父亲跟母亲商议，母亲一口否决。母亲说，哪有医生不想看好病人的？要是把病人往坏了看，那还叫医生！母亲又说，医生也是人，就不能让他有个手高手低？你少听别人胡乱撺掇。

母亲治病的过程浮沉剧烈而漫长，父亲目睹她死里逃生的遭遇，对医生本来就有疑虑和不满，知情人的提议让他有些动心，母亲不为所动，对父亲说，你想怎么着？真要打官司？不说官司输赢，咱们就先丢了良心。退后一步说，就算打赢了官司，我怎么见人家大夫！

知情人的动议未被接受，事后父亲偶有悔意，母亲说，你怎么说了不算、算了不说，罪是我受的，我知道怎么做。父亲说，那，多余的罪咱们就白受了？母亲说，什么罪多余，什么罪不多余呢？你能分得清？又笑笑说，我受罪，我该着，我有福。

听起来是宗教中人的口吻，但母亲从未进过教堂，也没见她有什么教友，好像与宗教信仰没有了关系。实际上，自从离开故乡那天起，母亲的行迹的确与宗教再无瓜葛。我曾经问母亲，是不是不信主了？母亲想了想说，哪能呢，我还信呢。我说，也没见你去做礼拜，你也不会念经。母亲说，谁说我不会念？咱们老家，满村六七百口子人，就我和你三奶奶在教，她有经书，我们一起念。母亲又想了想，然后说："少种的少收，多种的多收。这话是真的。"

三奶奶比母亲年纪大些，也是大字不识一个。在我的童年记忆里，母亲的确与那位异常瘦小的老太太走动得频密，也只与她走动得频密，频密到反常。在故乡那个不大的村落，她们大概是仅有的互为依存的教内姊妹吧。让我难以想象的是，两个不识字的农村妇女，捧着一部厚厚的经书，是如何"念"而且自信满满的，想想那场面可真够神奇。

那应该是母亲离得最近并浸润了她心灵的书，对她的一生都很有影响。尽管母亲这根"枝子"从离开故乡那天起就脱离了"葡萄树"，却并未完全枯萎。她的慈爱、宽和、仁善襟怀越来越显明，而最显明的，是她把生死看得十分淡然。她甚至对死亡有某种预感，也有着常人少有的豁达。

母亲是民国元年生人，摘除胆囊那年七十三岁，十五年后，母亲去世。

母亲患有久治不愈的肺心病，多次进出那所工厂医院的内科病房，医生和护士大多认识这位"利利落落"的老太太，"大娘您又来了"或"大娘您出院了，可得慢走"，是母亲每年都要听到的话。一九九九年春，母亲的病再次复发并出现了不曾有过的症状——呼吸困难，有时犯迷糊，很厉害，又来救护车接她去医院。母亲说，我这次走出去，怕是回不来了。家门钥匙，我揣着也没用了，你留着吧。她把钥匙交给二姐，平静地上了车。

母亲一去不回。

父亲的苦乐与乡愁

一

父亲念过早年间的国民小学，村里的老一辈人说，他上学的时候很用功，也很聪明，属于成绩优秀的学生，老师十分喜欢他。不过父亲念完五年级就不上学了，再也没能前进一步。辍学的原因是什么，我们不知道，他也不说。

那个古老的小村庄，日子一年不如一年，诗书传承日渐式微，父亲能有五年国小的学历，算是识文断字的人，也属难得了。但在我的童年记忆里，父亲对书并没有多少喜爱，看不到他有阅读的热情，没见他看过什么像样的书。后来全家人陆续从内地迁徙到了塞外的 B 市，从农民变成了市民，父亲面对的是全然陌生的环境，他必须调动起所有的精气神才能让全家人得到温饱，哪有余力做别的事，与书就更加疏离。再后来我们兄弟姐妹长大自立，父亲肩上的沉重压力减轻，也有了相当宽裕的时间，但他年纪老了，忘性又大，那五年国小所学还剩下的，也就是用来看个文摘报、电视报什么的，然而父亲也不用心，看看就放下了，不知道报纸上的文字他看进去没有。有时候父亲捡起一张有字有图的纸，内容与什么都不相干，也能看一会儿，然后扔掉。

父亲也有喜欢的书，是《三国演义》，并没见过他读，但我从父亲的言谈中听得出来，他对刘、曹、孙三家你争我斗兵行诡道的故事全都知晓，也喜欢聊这个话题。我上小学二三年级的时候读这部书，遇到不懂的地方向父亲讨教，他总会不厌其烦地给我讲解，讲得头头是道，听得我很服气，所以我想他应该是认认真真读过这本书的，当然这是很久远、很久远的事了，没准儿是他念"国小"时候的事。要不是少年阅读他怎么会记得那么清楚，记得那么清楚他还要听《三国演义》评书，还要因了错过播出时间，没能听到某些章节而屡屡失悔。

父亲最喜欢听的版本是袁阔成先生的。那位评书大家的嗓音独具魅力，使三国故事听上去有了些带滑稽意味的庄严感，而将戏剧艺术的某些元素融入评书，尤其是模仿花脸的夸张大笑"呜……哈哈哈哈……"特别出彩，让父亲为之着迷。

我在大连教书的时候，曾想给父亲买袁阔成先生的《三国演义》评书磁带，不受电台播出时间的限制，父亲自自在在，想什么时候听就什么时候听，想听哪一回就听哪一回。然而，一盘磁带标价五元，一百二十回书的"演义"大约需要"说"满一百八十多盘磁带。要想给父亲买全套评书磁带，或者因为这套磁带尚未出全而分批购买，以我六十二元的月薪也是力不从心，不得不放弃。替代方案是三国戏京剧磁带。"生书熟戏"，专挑父亲偏爱的老生唱段，每个假期买两盘带回家，也是父亲喜欢的孝敬礼物。

我买回家的磁带里，马连良先生的三国戏比较多，最得父亲喜爱，可谓百听不厌。家里有台砖式录放机，父亲会熟练地揭开顶盖，放入磁带，按下顶盖，揿动播放钮，眯起眼睛，略微向上歪着头，进入既定情境迎接天籁之音。于是，沉郁苍凉又潇洒流亮的老生腔就在父母不大的屋子里响起来，气韵饱满，悠悠绕梁。那是父亲的快乐时刻，我们都知道，着意不打扰他，让他在物我两忘的心境中听个完满，听个畅快，听个够。

暑假里的一天，母亲出门了，家里只有父亲和我，磁带转着，京剧唱着，在看书的我偶然回头，发现沉浸在京戏里的父亲满脸是泪，把我惊讶坏了。后来我留心查看，将父亲感动到不能自已的是马连良的"空城计"，其中的"先帝爷下南阳御驾三请……"，西皮慢三眼，一唱三叹，深情宛转，尤为动听，可能是催落父亲眼泪的"罪魁祸首"。马连良先生优雅的艺术唱腔在诸葛孔明和我父亲之间架起了无形的桥梁。古代贤相的忠诚和智慧感动了父亲，这个场景感动了我，以至我后来不知不觉喜欢上了京剧，只是不如父亲那般痴迷。

一般而论，父亲虽然不怎么看书，对书还是在意的，准确地说，父亲对老祖宗遗留下来的家传古书还是在意的。故乡老屋的东屋曾是我喜欢的地方，那里常年不住人，半明不暗的，函装古书被蜘蛛网和灰坠儿拉扯着，高高低低错落码放。我小时候喜欢舞枪弄棒，央求在城市跟钳工师傅学手艺的大哥做了一把"锋钢刀"，三指宽，七寸长，镶了木头刀把，虽然没给开刃，阳光下也明晃晃刺眼，我喜欢得不得了，又怕它生锈，每当舞弄和显摆够了，拿来豆油浇遍刀身，钻入东屋，随便把刀往哪个书垛里一插，无端遭受粗暴侵入的那册书或者整函书就是刀鞘了。要命的是钢刀每次都任意乱插，昨天插入的是《国语》，今天是《近思续录》，明天又不知道哪册书哪函书倒霉。古书老纸脆薄，一刀横蛮刺进，极易破损，豆油的穿透力又强，不用多长时间，油渍浸染洇透，这书算是毁掉了。

祸事暴露的那天傍晚父亲正在东屋里，被损伤被污染的书不止一册一函，且毫无规律地出现在多个书垛上，使他气恼不已，而我正手提滴着豆油的"锋钢刀"冒冒失失闯入，立马扭头就逃，父亲追过来的时候我已经逃出堂屋，随即跑出院门，后面是他越来越远的愤怒喊叫。

父亲的火气不久就消散了，事实上我在村里游荡了一会儿，回家就没事了。父亲是没长性的人，生气如此，读书、做事也是如此，都不能持久。东屋从此上了锁，我心爱的刀一时没了栖身之处，心里懊恼，就是我受的惩罚了。其实，父亲虽然锁了屋门，对书也就是个护持，并不很亲近，东屋里那么多书，从来没见他认真读过一本。他是个日出而作、日落而息的本分农民，绝无传承文化的宏大志愿，只是敬惜字纸，敬畏老书，不忍祖先留下的物件被糟蹋而已。

如果听到父亲哼唱"三国戏"，那就是他心情大好了，这种时候他偶尔也会讲些老话，比如讲他的父亲也就是我的爷爷两次独闯关东山，下过煤窑，挖过山参，淘过金，打过长枪骑过马，艰苦备尝，头一次返回老家，将带回的钱供他大哥也就是我的大爷爷读村塾考科举中了廪生，虽然未能再进一步像他的某位祖辈那样踏入仕途当官儿，也是家族的荣耀。

东屋里的书，有些就是你大爷爷念过的，父亲对我说，你倒敢往里头插刀，还沾了那么多的豆油。你亏心不亏心！

爷爷掉头再闯关东，几度出生入死，又挣了些钱才回故土成家立业。那时他的年纪已经老大，骨血欠丰足，致使仅有的一儿一女身量小，骨头架子不够坚实，这是父亲对自己的瘦小身板儿偶生惭意，抵挡母亲揶揄时举起的盾牌。母亲大父亲四岁，纯粹的姐弟婚。他们成亲时年龄必定不大，应当属于青春期吧，父亲大概在"舞象之年"。我有时想，父母刚成亲的年月，如果吵架吵急眼了动手打架，父亲肯定打不过，在母亲的锤击下落荒而逃也说不定。生活中父亲的确不是母亲的对手，当然不是打架，是拌嘴。父亲忘性大，丢三落四的，某次他拿本破书在手里看了会儿，起身做事，随手不知撂在哪儿了，过了会儿忽然又想看，向母亲讨要，还烦躁，于是讨来一阵数落。母亲花钱抠门儿，计划性却稍嫌不足，难免有花冒了的月份，艰窘日子会让父亲焦虑不满，跟母亲抱怨，母亲也要争辩，有时会发展到口角，结果无一例外，都是以父亲的失败告终。败退的体面方式是找个由头赶紧出门走掉。要是不说话，低头闷坐，任由母亲发落，就有些失掉尊严了。不过父亲一旦无语，母亲也就不再说什么。

二

父亲心思单纯，性情灵动，早年在老家极其好耍，村里过年过节的喜兴事都少不了他。特别是春节，踩高跷、划旱船，到处都有他快活的身影。父亲的手很巧，立春扎风筝，他用立刀将竹批子破开，刮成纤细的长条，用麻线绑扎出燕子、知了或八卦等风筝的骨架，糊纸，涂色，拴线，绷弓，所有工序父亲都在行，活儿做得精致轻巧。清明前后，地气上升，春风乍起，阳光将田野晒出若隐若现的轻雾，我专心致志地送放着风筝线，"知了"在辽阔而深邃的蓝天上飞得又高又稳。有时候，父亲在远处高声喊着，让我再拴一把青苗加重风筝的尾缀子。飞到"稳风"层中，看上去变得很小了的"知了"微微晃动，长长的尾缀子缓缓地飘来荡去，筝线好似琴弦，把风弓发出的"嗡嗡嗡嗡"声传回来，让放风筝的小伙伴们贴近来听一听，浑厚悦耳，绵绵不绝，大家抢着听，谁也不想撒手。我十分骄傲。

　　到 B 市后五六年，日子渐渐稳定下来，又到春末，父亲沉睡着的童心苏醒了，向全家宣布要扎风筝，到处淘换适用的材料，用了好几天才大致凑齐，又用了几天的时间，做出一个好看的燕子风筝，身体硕大，有着对称的肥壮双翅，变椭圆了的剪式尾巴看上去分外有力，黑红绿三色将"燕子"的身体涂画得格外醒目，大极了的圆眼睛能够在风中不停转动，让"燕子"看上去活灵活现，总之，扎出的风筝一切如愿，父亲很满意，我特别兴奋，父子俩兴冲冲地跑到街坊中一块很大的空地上放风筝。

　　B 市的风总是不遂人愿，要么无风，要么大风。空气澄明的时候一丝风也没有，风筝无力飞起。风大的时候，"燕子"倒是左摇右晃冲上了天空，却无一例外地急速旋转着栽到地上。父亲一次次跑过去修正他的杰作，调整风筝上三条引线的角度，撤去风弓，增长尾缀子并加大它的重量等等，之后，我拿着线拐子在上风口，父亲擎着风筝在下风口，我们相对倒退出足够远的间距，再做一次尝试。眼见得被父亲送出手的风筝一次次上天又一次次坠地，父子俩跑来跑去最后筋疲力尽。父亲好几次搓着双手，嘴里嘟哝说，这风怎么这么硬、这么乱，里面还有这么多沙子？

多次努力都告失败，父亲终于放弃了，让不肯放弃的我随他回家。从欢呼雀跃到垂头丧气，我沮丧极了，执拗地抱着风筝不肯挪步。父亲说你不回去我可回去了啊。过了会儿，父亲又说，你不回去我可真回去了啊，但终于没回，依然留在风中陪伴我。父子俩就那么傻傻地站了好长时间。风越刮越猛烈，衣裳早被吹透了，从头到脚都是冷飕飕的凉意。父亲的手不时抚着我的头，无奈地望着混沌的天空，他的上衣领角在狂风中啪啪地跳动着响，像极了被从河里刚刚抛上岸的小鲦鱼，是那个春天留给我的尖锐记忆，温暖着我的同时也微微刺痛我的心。

父亲对儿女的脾性看得很准，尤其看得我准。我年少时做事老爱任意胡来，想一出是一出，不管不顾别人的感受，还一度有了种怪癖，喜欢跟自己过不去，就是总爱拗着自己的习性来，比如没来由地结巴着说话，一句话分成好几段才说完，生生把自己憋得喘不过气来，其实我的语言功能发育得相当不错。比如本来是右撇子却非要用左手吃饭、写字，开步走必须控制住与生俱来的右腿冲动而先迈左腿。"撞拐"游戏更是如此，右腿生硬地盘在左膝上，左腿蹦跳得极其笨拙，屡屡被人撞翻甚至还没接触到对方的身体自己就翻倒在地，却乐不可支。就这么别别扭扭地持续了很长一段时间，差点真的变成了左撇子。年龄大一点喜欢看书了，看得也不精细，一味生吞活剥和拙劣模仿。有阵子苏联书来得容易，看得特别上心。有本苏联小书好像叫《意志与性格的培养》读得很认真，书里有段话，大意为"谁要是不屈不挠地持续做自己的事，能把任何一件事都做到头，就能培养出自己顽强的意志。"不知触动了我的哪根神经，我忽然决定以一种特殊方式试验和锻炼自己的意志力，而且要"做到头"：三天不跟人说话，跟什么人都不说，任何情况下都不说，一句话也不说，说一个字就是失败。这个计划绝对保密，不告诉任何人，从大清早一起床就开始实施。

这事看起来容易，做起来很不容易。开始是父母诧异的目光和关切的询问，继而是我的脑门儿被几次摩挲，看我是否在发高烧，再下去是二姐的笑骂和妹妹不解的眼光，也看到了他们的胡乱猜测和满脸疑惑，还有郁闷和愠怒，也有指斥我胡闹的，最终谁也不搭理我了。我的心理过程则是以暗笑开始，继而想大笑，使劲憋着，吃早饭的时候险些没憋住。他们也太笨了吧，连这么简单的事也猜不到。再往后我很气恼，被误解、被孤立到了极限，就会产生又好笑又寂寞甚至有些自暴自弃的混合情绪，终于放下碗筷摔门而去，也不知去哪儿，反正是到处乱走，远离所有认识的人和熟悉的环境，谁也看不见我才好，但在我们那个范围有限的区域里很难完全避开熟人，一旦迎面撞上，人家热情寒暄，我装聋作哑，靠手势和口型是无法解释清楚自己这反常行为的，于是场面的尴尬和对方的恼怒联袂产生，导致这一天误解连连屡遭羞辱，真是有苦说不出。

　　第二天我黎明即起，揣上点干粮，徒步走了几十里路，去看从未去过的一座大水库。路上清静得很，基本没碰到人，我朝着空旷的原野唱了差不多全本的《红灯记》并朝天连连大吼，这让我很畅快。遇到的一条黄毛野狗跟我一见如故，我俩有说有笑地走了半程路，直到我攀登上水库大坝坝顶。

　　三面高山，一面高坝，围起一片面积相当广阔的蓝色深水，水波荡漾，微风徐来，真让人心旷神怡。正赶上水库泄洪，必须摇响警报告诉下游河道里的人尽快闪避，我用尽力气不停顿地摇动警报器的摇把，把尖锐而响亮的警报声送到很高很远。蓝天辽阔白云悠悠，都让我快乐极了，同时将快乐送给了水库的工作人员。他们看到爬上大坝的这个哑巴小子笨拙地比画着，恳求替他们干活儿，便爽快地将摇把交给了他，然后抽着烟卷坐在水泥墩上，笑看这傻小子拼命摇警报器摇出满头大汗。

　　第三天我把自己反锁在小屋里，给自己找事情做，可根本找不到什么事。一本《蛇岛的秘密》，坐着看，躺着看，趴着看，站着看，早就看过好多遍，岛上的蝮蛇都快认得我了。看烦了，扔到一边。横躺竖卧，倒是自由自在，不过隐约感觉在这小屋里坚持不了多久，太闷了，太无聊了，三天的哑巴日子就像三年那么长，就想跟人说说话了，感觉跟人说话是天下最痛快的事，暗暗希望有人敲门了，不过真的有人来叫门我也不理睬，叫破天也硬着头皮不应，除非我主动出去。母亲的不安升级，主张请一位据说粗通医术的老乡来，看看我的脑子到底出了什么毛病。父亲却不急，越往后越不急。我偶尔开门出入，父亲那双淡黄色的眼睛探究似地看过来，看得我心里直发毛。听得见他不止一次制止家人捶打小屋的门，说，没事，都别理他，越理他他越来劲。

我坚持到第四天早晨，成功了，我的试验！母亲在恍然醒悟中有些愠怒，父亲则笑笑说，你小子装神弄鬼，又在跟自己较劲吧！我早就看出来了。

父亲对有些事的判断也很靠谱。上世纪八十年代初，我借周游东南半壁访学之机回故乡那次，母亲让我去大姑家找回自家的书，父亲对此不大抱希望，他断定那些书十有八九没了，我极有可能扑空。他说，如果他的判断无大错，而我还想找点老书看的话，就去找村里的大爷爷，不是考中廪生的那位，而是父亲五服边上的一位长辈，他家里老物件儿多，或许还能有点书。父亲对我的要求是，回到村里，务必将普通话完全收起，与乡里乡亲的任何交流，必须说故乡土话。

父命难违，我从下火车踏上故乡土地的那一刻就开始努力说老家话，比老家人说得还要"土"，企图将自己变回家乡人，但我与故乡睽隔二十多年，重新与它亲近的感觉怪怪的，唇舌也不大听使唤，注意力必须高度集中，在普通话和家乡话之间完成无缝转换。让我惊讶的是，老家人的语言已经"与时俱进"，掺杂了很多半生不熟的普通话，变声变调以至变换了词语，听上去不伦不类，我说的倒是出土文物般的全盘正宗土话，有时会引起乡亲们特别是少年的疑惑目光。大爷爷让我到他家跟他喝酒，酒是"景芝白干"，大葱猪肉馅饺子权当下酒菜。酒菜都很合我的口味，我说这酒好喝，"馉馇"也好吃。大爷爷是爽朗的人，大笑说，你这孩子，在外头见了这么多年的大世面，口音怎么一点没改。"餶馇"？哈，我们现在都叫"饺子"，叫了多少年了。

大爷爷家真的保存下来些古书，都是我未曾照面的，有《状元诗经》《四书人物类串珠》，等等，最让我感兴趣的是清代晚期印制的《史记》和《汉书》，小开本，小函套装着，十分精美，从里到外，没有一点缺、损、污、折。我们那个村子有读书传统，对喜欢古书、能读古书的人看得颇高，大爷爷也是这样，他对我说，你现在是有学问的人了，咱们这个村儿连里带外六七百口子人，这些书就你能看得进去，你都拿走看吧，兴许对你有用。看完了呢，你提到书店，让人估个价，要是值个仨瓜俩枣，你就给我打回来；要是值不了什么钱呢，你就把书留着自己用吧。

就知识的积累来说，我先天不足、后天失调，"学问"浅得根本立不住，曾经有过恶补经史子集的宏大计划，无奈古文化底子太差，看古籍非常吃力；生性浮躁，下不得苦功夫，只求粗通大意，很多时候连大意也没弄懂，看得一头雾水，阅读的兴趣大减；加上专业不在这里，又苦于谋生碌碌，从大爷爷家借的图书，看了不多就放下了，却总企盼有大把的时间静下心来将它们通读一遍，其实这不过是对懒惰心理的自我宽解而已，后来很少打开，一直封存。调到北京工作后我曾把它们送到新街口那家中国书店估值，店员给出的价码很低。我将此事告诉了父亲，讨教主意。父亲说，你别卖，也别留，你大爷爷的东西，藏到今天不易，找个机会送回去。

九十年代中期，十几位乡亲到家里找我，他们在冀中一家建筑工地搬砖运瓦，苦力做了一个冬春，大厦竣工，没活儿干了，回乡前到北京来旅游，但只有四五张身份证，处处受限制，希望我帮着找个相对近便、便宜而在身份认证上可以通融的旅店。我辗转找到了安华桥附近的华戎宾馆，用自己的身份证和家里的户口本做担保，好歹使乡亲们安安稳稳地住下，快快乐乐地游览了首都。老乡离京时，我将那些古书仔细包裹妥当，托他们带回家乡。此时，大爷爷已经去世，书还给了他的后人。完璧归赵，我第一时间汇报给千里之外的父亲。父亲没回信，正病着，相信他会感到欣慰的。

三

父亲是一九五八年盛夏离开故乡的，那一年有成千上万的种田人离开农村，潮水般涌向了 B 市，化作多股水流流入紧锣密鼓建设中的厂矿。那一年进城的农民身上泥土气很重，却并不怎么为此感到羞愧，倒是很有些自得其乐。那一年流行颇广的一个笑话，最能体现出他们的自嘲，抑或城里人对他们的嘲弄：B 市某厂的招工人员问大群等待分配工作的农民，谁会开车？一位中年农民扒拉开同伴走上前去，一边高声报告，我会我会，我赶过好几年大车呢。

这个笑话父亲说过好几次，每次说完他都自己先笑。父亲的笑容很灿烂，却并非放声大笑。他的笑点很低，碰上有趣的事他都会开心地笑起来，但我从未见过他笑得放纵忘我、酣畅淋漓。

那一年父亲已过不惑，学徒是不可能了，被招收到工厂食堂做炊事员，除了工资低，别的都合他的意。一则父亲干不来技术活儿，工厂食堂的大锅饭、大锅菜不难做，无须复杂精细的手艺，以父亲的聪明，学个十天半月便足以应付。二则食堂是近水楼台，炊事员的口福很到位，我记得父亲每个月只需交付六元钱和低于饭量的粮票，就可以在食堂尽享一日三餐，为家里省下足以令人振奋的粮米。所以父亲十分渴望常加班、多挣钱，吃食堂、省口粮。

父亲心思浅，性子软，毫无心计，更无城府，算是个快乐的人，他的快乐简单而易得。他喜欢孩子，喜欢的程度之高、情感之切世所罕见。母亲说过，我们兄弟姊妹每一个出生，都让父亲激动不已，其标志性表现是他必要哼唱京剧，并不放开了嗓门唱，只是小声地哼那半生不熟的蟒靠皮黄，在新生儿酣睡而作为产妇的母亲企盼父亲侍奉之时。他对儿女们都爱得不得了，从我大姐到我妹妹，就是说从老大到老幺，每一个新生命降临到这个家，父亲都给予最热切的迎接和爱护，那真是捧在手上怕摔着，含在嘴里怕化了。

不过，父亲十分在意男女之分和长幼之别。平日里是看不出的，关键的当口就不同了。

一九六八年学校动员我们上山下乡，我报了名，很快得到了批准，把"光荣证书"取回家，准备与同学一起到河套平原插队去。拿到证书的父亲勃然变色，不由分说，用刮脸刀片刮去我的名字，再用毛笔填入我二姐的。

在B市，初中毕业生并非全部送往农村和牧区，而是按七∶三的比例下乡或留城。这个比例并不落实到每家，而是由学校视毕业生的家庭成员构成及经济条件，全盘考量之后裁定。二姐是六六届初中生，我是六七届，同在一所学校，也同在一九六八年毕业，我家经济拮据，属于贫困家庭，按常理，有希望留一个在城里等待工作分配。只要别挑挑拣拣，一般来说好歹都能找到活儿干。父亲断然留下我，将二姐送入了农村，以至于二姐后来几次半嗔半笑地提起，说自己肯定不是父母亲生而是从不知哪里"捡"来的，不然不会对她这么狠心；要么就说她运气太差，出生得不是时候，上有哥哥姐姐，下有弟弟妹妹，自己夹在当间，上不着天下不着地，在这家里是多余的人，让爹娘看着烦心，所以打发到农村去，落个眼不见为净。父亲尽着她说，也不辩，也不应，也不恼，笑笑罢了。

我很早就隐隐觉得，父亲对我大哥很是信赖和倚重，对我，则只是喜爱而已。家里遇到大事，他一般都与大哥商议，很少问我的想法，尽管我已经成年而且自恃看过些书，比大哥"更有文化"。大哥不爱看书，酷爱打猎和钓鱼，渔猎归来，但凡猎物可喜或鱼获丰富，都会骑着自己改装过的加重版"大国防"自行车，风尘仆仆地将野兔子、沙鸡子或大鲤鱼径直送到父母家。父亲不动手，就坐在那里看我大哥有条不紊地收拾野物、烹饪美味。香气飘起，菜肴上桌，大哥将第一碗饭端到他的面前。那是父亲特别享受的时刻，他安稳如山地领受长子的孝敬，信任和欣赏的眼睛中隐隐透出满足和尊严——好像他从来不这么看我。

如果这种感觉不可靠、无凭据的话，他对长孙，即大哥长子的偏爱可真的掩饰不住，这种偏心，全家人都知道。我的感觉是，每当我这个大侄子跑来，无论他做什么，撒欢儿嬉闹也好，胡搅蛮缠也好，父亲的眼神就再不离开，线牵着似的跟着孙子走，微微笑着，爱意满满要溢出来。

"隔辈亲"在父亲身上体现得淋漓尽致。不过准确地说，父亲的"隔辈"亲情多半给了大孙子，"长子长孙"在他心里的地位是很重很重的。他对长孙堪称宠溺，小家伙的任何要求，只要父亲能够满足的，从无拒绝。大侄子大些了，我经常看到他跟在爷爷身边串亲戚、逛公园、看电影，爷爷骄傲地领着他，自得而且幸福，不大顾及另外一个孙子——大哥的次子的委屈。小侄子很多次要求同等待遇，不过是跟出去买根冰棍，或者只是跟他哥哥一起被爷爷领着上街走一走，却很少得到满足，心里留下了不小的阴影，多年之后说起，在深切怀念爷爷之余，也为不能被爷爷同等宠爱而小有遗憾。

四

我们兄弟姊妹六人，长到成年的是五个，我是老四，"大男小女"都轮不到，又不太听话，受到母亲训斥比较多，父亲则很少训斥我，当然更少训斥别的儿女，我记忆里的父亲总是和善的、温润的、绵软的，有时甚至是怯懦的。不过，我受到的最重惩罚却来自父亲，而那是他对所有儿女仅有的一次体罚，空前绝后，十分暴力：我面壁站立，茶盅粗的木棍子重重地打在屁股上，意识差不多完全模糊，但感觉到了疼痛也听得懂父亲的大声斥问。棍棒紧随着斥问落下，好像要将他的愤怒打入我的皮肉，每一声每一下都很认真很用力气：你把书念到哪儿去了，啊？书是你用脚跟子念的，啊？等等。

我的罪过是骂人，创造性地将"国骂"发挥到极端丑陋，很脏很恶心，而且是在老乡面前。那一年我家成了故乡的人们从农村登陆城市的滩头堡，也是农民变身为工人的中转驿站。父母身上有山东人的好客基因，主动接待乡亲实属天经地义。不大的家经常流水席似的人聚人散，管吃饭是一定的，还得尽量吃好，必须表现出慷慨大度；有时也管住宿，床上挤、打地铺，实在排不开了，才送到附近那家简陋到几近于马车店的旅馆去。我那次挨打，跟临时住在我家的某位乡亲，我须称为"表爷爷"的年轻人有关。我那年十岁，"表爷爷"的岁数约摸是我的两倍，他被我四十五岁的父亲恭恭敬敬地一口一个"表叔"叫着，言语行止却完全没有长辈的气度。那天是除夕，到我家过节的老乡骤然多了起来，酒菜虽然极为粗陋，年节的喜庆氛围却不减，划拳猜枚，闹闹哄哄的。那位"表爷爷"主动约我赌酒，喝的是劣质薯干酒，我不知深浅，也爱逞能，又想赢钱，一仰脖灌下大半碗，赢了同时醉了，摇摇晃晃地站脚不稳，对自己赢了钱倒记得贼清楚，他却不付我钱，其实没有几个钱，我没料到他耍赖，这实在不是"爷爷"所为，我也真不该那么骂人。父亲和母亲从不骂人也不会骂人，不能容忍儿女的嘴巴不干净，何况是对长辈的大不敬。母亲十分恼怒，对父亲说，三岁看大八岁看老，这孩子快十一了，嘴这么脏，看来是没救了。怎么收拾他，你拿主意吧。于是父亲将醉意朦胧中拔腿就逃的我逮住痛下杀手。

那是我平生第一次使酒骂座，语言污秽不堪，理应领受父亲的痛打，即便是在乡亲们面前羞辱性地痛打。父母肯定认为只有把我打哭才表明我的悔过，才是向那位"表爷爷"和一众乡亲表示歉意，我则有酒劲撑着坚决不哭，于是那根棍棒总是冲破客人们的手臂拦阻，击打得越来越狠以至于我夜里疼痛得无法正常入睡。

我承认自己该打，不会为"醉酒"开脱自己，从疼痛消失到今天一直这么认为，绝不怨恨父母。父亲倒有些懊恼，虽然从来没说过什么，但父子之间的灵犀相通比明确的表白更可靠。我记得很清楚，打我的那天晚上，客人散尽了，父亲很落寞，坐卧不宁，有些烦躁，不说话，母亲问话他也不作答，眼睛不时看过来，又总看自己的手，形同麦克白夫人作案后的某些神经性动作。

五

后来我开始看书了，看得挺来劲，挺入迷，有些长进，好像有点读书人的苗头，得到了父亲明显的爱惜。开启我读书道路的是《水浒传》《三国演义》及侠义小说和公案小说，后来是新出版的现代英雄主义文学作品，其实并没有选择，拿到什么书就看什么书，看的书越来越杂，梁山好汉打江州跟杨子荣孤身进入威虎山、窦尔敦盗御马跟刘洪飞车搞机枪、韩老六那帮土匪跟五鼠闹东京，忠孝节义和社会革命，除暴安良与武装斗争总在打架，脑子里云山雾罩、乱七八糟的。父亲不管也不问我看的是什么书，在他心里，儿子只要看书就好，而对我做的荒唐事、出格的事极是宽容。

我初中毕业前后，适逢国家多事，社会变动剧烈而频繁，石火电光，天雷滚滚，大人物走马灯似的轮换着上来下去。没几年，曾经的宏大愿景忽然黯淡下来，偶像们的泥塑金身脱落得斑斑驳驳并开始坍塌。高远的理想变得虚无缥缈，我的精神寄托没有了，看不到未来看不到出路，失去了追求的目标，加上在工厂也遇到了些不愉快的事情，心理出现了严重危机，苦闷得很，扭曲、压抑得厉害，不太爱看书了，干活儿也不认真刻苦了，烟抽得凶，酒喝得猛，厌恶周边的一切，特别想离开家、离开单位、离开 B 市赤条条出走，天不管地不收，浪迹天涯。在那个年月这当然是实现不了的梦想，便变着法儿装病，找关系、哄医生，用尽浑身解数拿到病假条，一般都是托同事到单位将假条呈上去，自己走得远远的，或结识新朋友到他们的地方要要，或与老朋友密谋好一同到郊县走几天，或放纵自己胡来。看过几本书，离真正的文化人还差得远，倒无师自通地摆起了文化人常有的矫饰，明明近乎堕落，却学了不知哪位贤哲当年的做派，自我标榜曰"全面接触社会"。社会是什么？社会是个大染缸，绝非学校谕示我的单一玫瑰红，它五色杂糅、晦暗纷乱，人也善恶难辨鱼龙混杂，自己不知深浅贸然下水，难免撞得头破血流，也从中得了些教训。

　　我交友很广，三教九流五行八作都有，有爱看书的，不多；有不爱看书的，不少；蔑视书、痛恨书的也大有人在。概而言之，是"往来无鸿儒，谈笑尽白丁"。凡我友人，母亲总要观察审视，分个高下优劣，并非都是热诚相待。父亲则一视同仁，管你爱不爱看书，管你来自哪里、脾气秉性，只要与儿子交好，不到外面去惹事，统统都是好青年，于是我的狐朋狗友麇集如云。平日里还好，每逢重大节假日，我那间小屋就变得热闹非凡，朋友们在这里相聚，也说看书，也说时事，也说生活，胡吹海聊，喝酒，嬉闹，棋牌，疯狂起来昼夜不息，连邻居都不得安宁。某年除夕，小屋里同时开战了两桌麻将、一盘象棋，还有一位闲人急得要命，在人缝里挤过来挤过去，不断恳求哪位鏖战中的朋友行行好让出位置，让他接盘过会儿瘾。我现在已经记不清、也难以相信十一个人是如何挤在不足十平方米的小屋里尽情快活的，那可真叫一个乌烟瘴气。我记得清楚的是，父亲一次次推开很难推开的门，提着大大的铁水壶，眼睛都快被烟雾熏得睁不开了，给这帮混战中的年轻人送来新烧开的水，像一位老仆役似的侍奉着满屋子吆三喝五的小子，而我们则在浑浑噩噩中迎接新年的黎明。

因为心绪恶劣，又年少血勇，那些年我打过几次架，单挑或群殴，实在没什么意思，都瞒着家里。有好事者将这些透露给了父亲，父亲开始限制我外出，对我的管禁措施令人哭笑不得。他也不挑明，不上班的时日，放个凳子在小院的栅栏门门口，他有事没事往那里一坐，但凡我外出，必要问个明白才放行，形同禁卫。可我得上厕所啊，厕所在街坊里。而且，家家都有前后两个门，另一道门虽然平日里走得少，溜进溜出可是毫无阻碍，父亲对我的软禁形同虚设，尽管他对我始终放心不下。好在我总算是个"看书的人"，本质上不是街头混混儿，运气也好，没闯出大祸，父亲自任的监禁者角色后来不了了之。

然而，有几次，深夜，谁家的屋门骤然敲响，狗儿们的愤怒吠叫应声而起随即此起彼伏连绵一片，被惊醒的母亲还算镇定，父亲则很惶恐，披衣下床，第一时间来小屋看我在不在。看到我在看书，或被吵醒后的睡眼惺忪，他才稍稍安下心来。

后来母亲对我说，那个时期父亲总怕我出事，忧闷、焦虑得很。往往，太阳还老高呢，心神不宁的父亲会突然问母亲我为什么还没下班。有的时候，甚至我出门不过一会儿，父亲就会突然向母亲问我去哪儿了，其实我走前已经老老实实地告知了他们我的去向。吃饭吃到一半，父亲没准儿就放了筷子，这在他是极少见的。父亲没有老年痴呆症状，一点也没有，他的心思清爽着呢，可不止一次出现这种莫名其妙的事情。父亲也不是心事重的人，生活的起伏涨落不大影响他的正常作息，那个时期却夜夜入睡困难，好不容易睡着了，觉特别轻，有点风吹草动就会使他猛然醒来，好像在怕着什么，而这"什么"恰恰临到了头上，惊惧着，愣怔着，倾听着，再也不能入眠。另外，他的血压又升高了，让病情平稳了很久的降压药，加量吃也压不住。母亲担忧的还有，那一阵子父亲的头发好像一下子白得厉害，而且每天早晨都能见到他的枕头上有凌乱的落发。

我少不更事，体察不到父亲的焦虑，对母亲的话也不太在意，依然我行我素。

多年以后，特别是我有了儿子以后，才极为敏感和深切地懂得了"父亲"一词深含的所有甘苦。儿子小时候的每一次患病，哪怕只是头疼脑热也会使我极度不安；儿子成长过程中遭逢的挫折，即使只是受到了小小委屈，都会让我夜不能寐。怕他不学好，怕他有闪失，怕他受欺负，怕他不健康……儿子的一举一动都扯动着我的每一根神经，那真是根根揪心，恨不得代他生病、代他受过、为他受所有的罪才好，连为他搏命的念头都有。此时此刻，我才体会到了"父亲"的坚强和脆弱，

"父亲"的勇敢和卑微。

走在"父亲"走过的天堂或地狱里，就懂得了当年我父亲心里的所有恐惧和焦灼。也就是这个时候，读到了里尔克的《杜伊诺哀歌》，其中的诗句如电击般震撼了我：

你，父亲，在饮了一小口
我的生命之后，你的生命就变得那样苦涩

我想象得出，在那些动荡失序的年月里，因了我的不安分和屡屡涉险，年迈的父亲是如何辗转反侧、饱受煎熬。

六

妹妹小时候得了脑膜炎，住院治疗一两个月，花了三四百块钱，当时这是很大的数目，父亲从单位的"互助金"里借钱，又向亲戚朋友借钱，交足了医药费。以父亲的收入水平，还清欠债需要很长很长的时间，而有些债务是不可以无限期延迟偿还的。百般无奈之际，父亲将老家的屋子连院落卖给了本村一户外姓人，五百元价格，买家先付了三百元，说好日后还清余款。待我们全家落户 B 市之后，这张空头支票慢慢变成了父亲的噩梦。

钱讨不回来不说，父亲的卖房之举遭到了老乡和亲戚的一致讨伐，最深刻犀利的批评是说父亲"一竿子把个老窝戳掉了，往后回去，吃哪儿住哪儿？"好几辈人传下来的老屋，原来是留作"告老还乡"的归宿，一转手成了别人家的，父亲本来就十分懊恼，那些话听得多了，难免失悔憋闷、火气攻心，血压陡然升高，患了高血压病。那时父亲五十岁上下，对忽高忽低来去无踪的"血压病"怕得要命。他能接受中医给出的"肝阳上亢"或"痰湿淤虚"，虽然不明就里，云里雾里的，但这诊断结论带有模糊的温情，听起来不很刺心，对陌生的、冷冰冰的、据说可以产生无穷可怕后果的"高血压"则充满了恐惧和疑虑。

我的印象里，父亲初患高血压的那几年，话很少，经常发呆，唯有家里来老乡的时候才活泛起来。他会急切地打听老家的水湾、田土、庄稼、收成还有那几棵他年幼时种下的笨槐，他的少年伙伴现在吃得饱不饱、身体如何、儿孙好否，老辈人的生老病死与他们安寝的祖茔……眼下都怎么样了。父亲静静地听人家讲，脸上偶尔闪现出不可捉摸的神情和短暂的激动，之后每每陷入忧郁，沉默不语很长时间。后来我想起，父亲从来不问老屋的事，而客人们也好像体恤父亲的苦衷，谈论老家的一切，却从来不说老屋。有几次，乡亲们告辞走了，我看见送客出门的父亲并不回家，而是抄着手走到房山头晒老阳。冬天的太阳温暖着蹲在墙根的好几位老人，年纪并不算很老的父亲蔫儿蔫儿的，眯缝起两眼，身子蜷缩在阳光里，很少跟别人交流，神情落寞，显得很孤独。

很久以后，父亲才从罹患疾病和失去老屋的双重心理阴影中走出，情绪渐趋稳定，生活和工作正常起来，一日三餐也恢复了以前的旺盛。这固然是健康的心理状态，但对父亲来说却并非全是好事。按说，患上这类慢性病，应该杜绝高油、高糖、高盐，饮食以清淡和控量为佳，父亲却毫无顾忌，照吃不误。那些年国家经济向好，职工食堂的伙食改善了很多，做炊事员的父亲吃得很滋润、很幸福。我们也一样，都把"吃"当成头等大事和幸福的标志。饥饿岁月遗留给人们的后果之一，是见到好饭菜非得吃到十二成饱才放筷子，有时候的放开肚皮饕餮简直是对饥荒日子的快意报复。后来父亲退休了，不再有吃大锅饭的便利，但他的食欲仍然旺盛得很。红烧肉是他的最爱，但凡节假日儿女回来团聚，他必定给全家当然也是给自己做一盘肥腻的大菜；大米稀粥里是一定要放大把白糖的；新买的芝麻酱，他抹在馒头上吃，两顿饭就能吃下去半瓶。大家缺乏基本的保健常识，完全想不到这种恣意吃喝的后果。

父亲的体质很好，即使在"高血压"的压力之下，也没有出现什么明显的病症。后来父亲退休了，应聘到工厂的单身宿舍大院当园艺工人，侍弄花花草草极其上心。每天黎明即起，精神抖擞地去了那里，中午回家吃过饭，稍稍歇会儿就再度出发，劳动一个下午，很晚才回家。

父亲将那里当作农田精心侍奉，培土施肥，剪枝打叶，辛苦并快乐着。树木花草青翠茂盛又绚丽多彩，单身男女职工和附近的居民喜欢来此流连，有人夸赞这美景两句，父亲就高兴得很。我暑假回家，到那片花圃帮父亲干活，看见这位老园丁脚步稳健有力，说话底气十足，长长的、粗粗的黑色胶皮水管像条大蛇，被他在花坛间拖来拖去，捏扁"蛇口"，将闪烁着阳光的扇形清水洒遍每一片绿色。水雾中偶尔闪现小小的彩虹，父亲都会开心得不得了，眼睛里焕发出孩子般的惊讶和喜悦。他的行动之利索、速度之快捷、心绪之清新高扬，完全不像花甲老人。我夸他的身体好，他特别高兴，说自己身上很有劲，跟四五十岁的时候没什么两样，百十斤的大沙袋，他能从汽车槽帮中卸下，再扛到百米之外的墙根儿，脸不红气不喘，说得兴奋了还要为我演示。

那是父亲很快乐的时期。儿女都已成家立业，第三代业已成长起来。特别是我成了教书育人的老师，是他和母亲引以为傲的事，在老乡、亲戚、邻居面前觉得特别体面。而退休后能找到活儿干，干得又是喜欢的活儿，中断多年的土地营生又接上了，忙活在土地气息和青枝绿叶里，对半路出家、百无一长的父亲来说，他的快乐有十足的理由。

我们兄弟姊妹长大了，大的飞走了，小的也自立成人，父亲的爱无法安放，就泛滥到了别处。不止一次，父亲跟母亲说，给我两毛钱。母亲问买什么，他说，你别管，拿了钱出去。母亲就跟我说，看看，你看看，又去买糖块，逗后几栋那些小小子去了。家里曾经存有一些小人书，不多，放在床底下的纸盒子里，后来不翼而飞。我可以断定，它们都被父亲拿走，讨好小孩们去了。

"后几栋"的那些"小小子"也盼这位大朋友不时送来糖果，还有小人书，有吃的、有看的，多么开心。父亲一定很享受被孩子们簇拥着的快乐，他会高高兴兴地看他们从吵闹和打斗追逐中消停下来，争抢着吃糖果、看小人书。有几年，父亲下班，骑着他的"红旗"牌旧自行车一进街坊，车速慢下来，车铃响起，"爷爷""姥爷"的稚气叫声不绝于耳，还有孩子追着车子跑，于是父亲下车，推着车子慢慢走。最拉风的时候有四五个小家伙跟在他的车旁和车后，像簇拥在母鸡身边叽叽喳喳的小鸡们。从进街坊口到家门，父亲的脸上都是得意和满足，那是他幸福的一路。

这种轻松快乐的日子持续了五六年，直到父亲中风。

<h1 style="text-align:center">七</h1>

母亲说，早就发现父亲的手不听使唤，特别是右手，指头发木发僵，衣裳扣子死活扣不上、解不开，正吃着饭呢，手里的筷子突然掉落，种种怪异现象让母亲很不安，催促父亲赶紧到医院详细检查一下，看看这是什么病，别错过治病的最佳时机。父亲也想去医院，但心中恐惧，他大略知道高血压发展到严重阶段时对人体的危害，万一检查出可怕的疾病，或听医生说出可怕的结论，那就更可怕，反不如不听，还落个心理安稳。就这样，父亲对自己的病充满疑虑又心存侥幸，犹犹豫豫地拖着拖着，"脑卒中"终于在某天早晨爆发。

抢救及时，父亲活了下来，后遗症是右侧肢体瘫痪。这次大病对他的打击是沉重的，他的性格因此出现了变化，最显著的变化是太爱哭了。父亲本性柔弱善良，早先我家过年杀兔子、杀鸡鸭，见血见死这类活儿他全做不得，都是我自告奋勇去干。我对小动物行凶施虐的时候，父亲都是躲得远远的，如果躲不开，眼睛绝对看向别处，断断不忍看刀斧下的苦难挣扎。但我没想到偏瘫后的父亲如此脆弱，稍有情感波动便泪流不止，因此不止一次被不大喜欢流泪的母亲揶揄。

父亲的另一个变化是在家里坐不住，天天要出门"放风"，春夏秋冬都是如此。钳工技术娴熟的大哥将两辆废旧自行车拆了，用零部件拼凑出一辆三轮车，虽然结构细部不够精巧，但外观大气，性能齐全，轻便实用，成了父亲每日外出的座驾。只要天气不算太坏，只要母亲不严厉制止，父亲必定骑上这辆世界上独一无二的三轮车出门。常去的地方是单身宿舍大院，那里有他侍弄过的草地、花坛、小树；也常去"苗圃"，那是一大片半天然半人工混成的树林，渠水淙淙，鸟鸣雀噪，最让父亲流连忘返；要么就无目的地在街坊中的空地上骑行，最后停在马路这边的空地上，不声不响地看那边放学路上吵翻天的小学生，或者看来去匆匆的车辆和行人，看得都很出神。冬春天气，风沙不定，实在出不了门，父亲闷闷地窝在家里，精神委顿，很不快活。

母亲八十大寿那个仲春，全家喜兴，我们兄弟姐妹为父母买了一台大彩电，替换看了多年的黑白电视机，父亲待在家里的时间一度多起来。然而，他对电视也没有特别的喜好，儿女们以及到家来的亲戚、邻居，只管按自己的兴趣挑台选节目，父亲从不表示异议，任凭电视画面频繁变换，他都随着看，或者像是在看。更多的时候，他就是那么静静地坐在沙发上，一坐就是半天，脸上是呆呆的茫然，像是在想什么，又像是什么都没想。越到后来，这种木然越成为父亲的常态。

越到后来，父亲对儿孙越发惦念也更加疼惜，我们做儿女的和下一代人的来家和离开，都会引发他非同寻常的快乐或忧郁。我的二哥早夭，据说他是我们三兄弟中最聪明伶俐的一个，农历六月生，小名就叫了"六月"，可惜四五岁就没了，听说是死于小儿惊风。那并非不治之症，他的夭亡，想必是故乡缺医少药、人们愚昧迷信导致的悲惨后果。有一天，我没来由地问父亲，六月到底是怎么死的？坐在沙发上呆想的父亲没作声，我也没在意。过了会儿，父亲不经意间抬起头来，我看到他的脸上老泪纵横。这时，距我二哥夭折大概过去有四十年了。

这件事我做得太冒失，老人埋在心底的深重创伤已经结痂，却被粗暴撕开再次流血疼痛，我因此对父亲怀有深深的歉疚。

父亲先母亲三年去世，享年八十一岁。母亲说，父亲最后的心愿，是到北京，带小孙子即我儿子逛逛动物园。很多年前他逛过那里，远远没有看够，对园里的飞禽走兽充满好奇并念念不忘。我想象得出，假如父亲的愿望实现了，那场景该是多么温馨和迷人——

年迈的父亲坐上那辆孤版三轮车，五六岁的小孙子脆生生地喊着"爷爷我推你"，在爷爷的配合下，使劲推动车走起来，随即跳上车后的横板，两手搭住爷爷的肩头。父亲僵直的右腿此刻分外有力，他灿烂地笑着，幸福地踏着脚蹬，带着搭便车的孙子走很远很远……

这场景曾经出现在 B 市近郊的那片苗圃里，我多么希望出现在愈老弥新的北京动物园里，从狮虎山到熊猫馆，从安静的两栖馆到热闹非凡的猴山……父亲的笑容和儿子稚气的喊声，是世界上最美的场景。祈祷有神，若能成真，让我看到这个场景，任何代价我都愿付出，任什么我都不换。

八

在父亲不多的遗物中有一本书，是"言文对照"的《新时代高等学生文范》，上海世界书局发行，高等小学校用。没有版权页，不知出版日期，从"目录"看，大致可推断出应为民国早期出版物。比如"目录九　答问劳工神圣"，"目录十六　自由之界说"，"目录二十九　选举权"等等，都属舶来品，是当时的摩登人物追捧、高扬的社会新潮。线装，竖排，纸色黄，纸质脆，书可真够老的，但刚一展读，就觉得新鲜：

"光阴如驶忽忽已一学年矣感韶华之虚度愧学业之无成廻溯既往悆焉忧之……"

在这本书的"编辑旨趣"中，编者说明编著各体文范是供高等小学校教授写作用的，并不厌其烦，一二三四，列出这本书具备的各种特长，"其二"最能见出编著者的心思："本书迎合新思想之潮流选择各种文体按其学理事实自由发挥绝无拘束陈腐之嫌"。时代气息扑面而来。

后列叙述体、记述体、劝勉式、拟人式、祝颂式、书信体、叙意体、抒情体、招徕式、广告式、先总后分式、首尾应和式、先叙后议式、说理体十几种文体范文，文言典雅规范，白话译文浅近平易，后附"结构""注释"及"练习"，简单易懂，高等小学生应该爱读，也能从中学到最基本然而很实用的写作知识，同时接触了新思想。

《新时代高等学生文范》共三册，父亲遗留的是第一册，书不厚，只有三十几页。母亲说，多年来，不论在老家还是B市，不管世事如何动荡无常，也不管自家如何迁徙流转，父亲始终留着这本书，藏藏掖掖的，像存了什么宝物，却从来没见他认真读过。

现在我想起父亲，脑海中最先浮现的场景是七八岁的时候和他赶大集。大集在老家东面几里外的镇街上，父亲去那里卖猪，我缠着跟去，心里惦记的是买炮仗。腊月天气，冻手冻脚，不大的北风吹起几缕烟尘，天空湛蓝，远树的寒枝清晰如刻。猪老不听话，父亲用细长竹条轻轻抽打它，把它从冻实了的田野赶回大路，又在喊我跑得慢一点。

我不明白为什么最先想起而且屡屡想起的是这个，而不是其他。

辛卯年正月初一清晨，天还半黑半明，北京动物园的东北门刚刚打开，我就走了进去。在如此特殊的时辰，我可能是这座百年老园中第一个也许还是唯一的游客。大风掠过树梢，空气中有动物的丝丝气味，远处传来的虎啸孤傲而苍凉，百兽环伺一身独行的感觉很奇特。信步走去，从金丝猴馆向右，就到了大猩猩馆。馆内寂寂无声，厚厚的玻璃墙后面，来自非洲的巨大精灵们栖息在石块错落的假山上，或卧、或坐、或倚，姿态各异。沿着弧形的廊道慢慢游逛，我看到一只"银背"大猩猩坐在高处，它也看到了我。我停下脚步看它，它凝神不动俯视我。它的眼神很孤独、很陌生，也很蛮野，冷森森的，看得我一度慌乱移开了视线，好一会儿才镇定下来。

我们对视了很久。

穿越这只"银背"眼神中的孤独与悲凉，我恍惚看到了愤怒销蚀之后的空洞和软弱。如果它有记忆，那么，此刻它头脑中想起的，应该是古老大陆上的繁盛族群，起伏的山地和茂盛的丛林，大江大河，云翻雾腾，自由而狂野。

恕我不敬，我联想到了父亲的发呆和眼神。

在父亲茫然和呆想的深处，应该是早已远去的时空，那是故乡的宅院、古槐、水井、河流，还有小麦的黄、高粱的红、棉田里的白色点点，还有蛙鼓蝉鸣、秋虫唧唧，还有祖先的坟墓、东屋里的老书……

　　父亲八十一年的生命是分割为两半的，前一半是纯粹的农民，后一半则成了不纯粹的"城里人"。从前半到后半，剧烈的变化使他无所适从。他的生命是故乡的山水所养育，与土地血肉相连声息相通。他在四十二岁以前从未想过离开老家，但是在荒年里不得不仓皇逃亡塞北，家乡成了一个遥远的回不去的地方。到了晚年，乡愁越来越频繁地染绿父亲的梦，每次醒来他都怅然若失。父亲应该感谢城市，城市收留了他和全家人，使我们躲过了大灾荒之年的饥寒和苦难，但从本性上讲，父亲不属于城市，他的骨子里仍然是农民，是善良、单纯而柔弱的农民。他终生未能完全融入城市，然而必须在城市里生活以至终老。故乡已经不属于他，他也不属于故乡了。

父亲母亲二三事及其他

一

二姐有个闺蜜赵连芳，初中二年级时随支援三线的父母由 B 市去了云南，她转去的学校随着工厂，都在大山里。不久，赵连芳给二姐寄来两包当地土产，一包是冬虫夏草，一包是羊角天麻，各有大半斤上下，二姐交给了母亲。母亲不知道它们有什么用，请对门邻居大嫂看。大嫂说，这都是好东西，一个大补，一个专治偏头痛。看不出家里有谁需要，母亲让我把它们用牛皮纸包好放到小屋里的书架顶板上，放的时间久了，快被忘掉了。

一天，对门大嫂领来一位中年妇女向母亲求助，急急惶惶的样子。原来这位妇女的婆母患头痛病久治不愈，她到药铺按方子抓药，药铺缺少了一味，偏偏就是羊角天麻，恰好大嫂也在药铺买药，想起我家有，就把她领了来。母亲说这可太好了，我家的天麻正没什么用，你都拿走吧，治你婆婆的病要紧。要是用不了，剩下的，你就给我送回来。

那位妇女带上天麻走了，之后，再无消息。二姐说母亲不该把天麻全部送出，人家要多少给多少就行了，自家留一点以备不时之需。母亲不以为然，说，让人家全拿走，免得她不够了再跑来，还得再跟咱们张一次口，多省事。再有，我不是跟她说了嘛，要是用不了的话，就送回来。

我与二姐意见相同，也说那么多天麻，一个病人哪用得了，必定会有剩余，至于送不送回来，难说，我觉得可能性不大。不想那位妇女真的来感谢母亲，也是对门大嫂牵的线。那妇女说多亏了宝贵的羊角天麻，她婆母的病现在全好了。她对母亲千恩万谢，送上了几斤苹果。母亲在二姐和我面前很骄傲，说，我说什么来着？看看，人家这不送回来了！

那包冬虫夏草在书架顶上放了很长时间，想起的时候，它们已经被虫子咬噬得大多只剩空壳，捻一捻，变成了粉粒。我用牛皮纸捧着给母亲看，母亲和我无可奈何。

二

我们家人说话以门槛为界，分作山东话和普通话两种，对话的时候，两种话或单用或混用，很有意思。

父亲母亲，屋里屋外都说老家土话，也就是说，无论何时、何地、交谈对象是何人，全说纯粹的山东话。我这一辈，门外普通话，门里山东话，也就是说，与外人交谈，统统普通话，回到家里，则立刻改回老家话。到了我的儿子侄儿一代，门里门外，一概标准国语。孙辈们对爷爷奶奶的话或有不懂，应对时出了洋相，或成心呛几句，老人也不以为忤。

儿子四岁的时候，我们带他回 B 市。父亲已患偏瘫，很喜欢这个小孙子，总爱用健康的左臂把他揽在怀里说话，小家伙完全懵懂，仰起脸儿不断说：爷爷你说的什么呀，我怎么听不懂。使劲挣脱爷爷的怀抱，跑开玩去了。父亲看着跑走的孙子，笑着说，听不懂？听不懂就听不懂吧。

父亲是有将老家话传给孙子辈的打算的，我的大侄子小时候曾经接受过他的土话培训。我见过几次，父亲对不足两岁的长孙说，坐好，跟我说"吃饭""穿衣裳"。侄子虽然不太情愿，也一字一句地学着说。

实话实说，我们老家的话真不好听，也不好学。"吃""穿"的声母在普通话中是卷舌音，老家话不卷舌，"吃"的发音像"呲"而又不是，舌头须抵住上颚与牙龈的连接部位又得抵得特别瓷实，不像普通话用舌尖那般轻巧，音调也不是阴平而接近去声……算了，越说越乱，我也说不清到底如何发音。只可怜我那侄子、父亲的爱孙，极力想学会以讨爷爷的欢心，还是将"吃"和"穿"卷了舌，屡屡如此，父亲无奈，只好放弃，祖孙俩的土话授受计划遂告失败。

三

父母是忠顺黎民，家里常年并排供着毛泽东和刘少奇两位主席的画像，等于有了靠山和信仰，他们的心里十分安稳。"文革"风暴骤起，天下大乱，刘主席的名声被糟践得不成样子，无论是在公众场合还是在家庭，他的所有画像全部消失。不久，父亲所在的职工食堂派给他重要任务，画一幅这位国家主席的漫画像以供大批判用。

食堂的头儿真是沙场乱点兵，父亲除了涂抹过风筝的颜色，从未拿过画笔，现在要他画人头人脸，还必须是"漫画"，就是说又须画得丑又须画得像，对他来说太难了，要我替他画。我连半粒美术细胞也没有，又懒，不愿意代劳，给父亲提供了一幅刘少奇与众多倒运大官的集体漫画像叫《群丑图》的，让他自己动手。父亲依"图"里刘少奇走了形的模样，照葫芦画瓢描画了半天，画出来的图像与其本尊根本不搭界，天知道画的是谁，也没有漫画的味道，我看了直发笑，父亲也觉得没法交差，愁得长吁短叹的。后来我转弯抹角给他弄来一把放大尺，略作指导，父亲很快就上了手，一遍遍叠次放大，忙活了半宿，画出件尺幅很大的漫画，颇有刘主席的相貌特征，比如窄额头、高颧骨、大鼻子，当然夸张到奇丑无比，交上去完成了任务。据说父亲这手艺很受火头军们的推崇，说他画得形神兼备特别出彩，食堂因此得到了比邻单位的欣羡，还要借漫画一用以期聚集大批判的火力云云，父亲有点得意。

多年之后，世事翻覆，刘主席恢复了名誉，父亲将他的画像重新挂上墙。两幅画像比肩而立，他的心又安稳熨帖了。母亲有时提起当年的漫画，父亲说，隔辈子的事，咱们别提了好不好？那太丢人了。

四

父亲对大人物只有仰视尊崇，言语中绝无褒贬，只对一人例外，就是彭德怀。父亲说彭德怀是大善人，有几年农民吃不上饭，饿死也没人管，就彭德怀管。老百姓的日子过不下去，有个叫苏联的国家还没命地催中国还债。欠人家大头债嘛，总得还，没法子，那就还吧，于是他们一火车一火车从咱们国家往他们的地界拉粮食抵债，把彭德怀气坏了，让人架起大炮，下令说，给我开炮打！把它狗日的打停车。说到这儿，父亲每每流露出特别崇敬也特别解气的神情。

没有下文，父亲没说那满载粮食的"一火车一火车"到底被"打停"了没有，如果打停了，粮食到哪儿去了？更没有说彭德怀后来的遭遇，他也肯定不知道内中详情。但父亲这么绘声绘色说过好几次，不管这传说多么不靠谱，反正他相信。

我想，父亲可以画国家主席的漫画，但人家要是让他丑化彭德怀，他大概不会画的。以父亲性格的绵软，他断不敢公然抗命，但一定会想尽办法推托、逃避、躲开这个活儿。彭德怀在我父亲心里是个对农民有恩有义的人，所以不会忍心往他身上泼脏水。

不止父亲，乡亲们说起彭德怀，无一不满怀钦敬和感激，尽管彭德怀的为民"鼓与呼"未能救拔他们于困厄，他们却从来不提及也不理会彭大将军身上的种种污名。要知道，前国防部长比国家主席落难还早，处境水深火热，其名声不比刘少奇好到哪里去。然而，我从少年到成年，到我父母那一代人相继谢世，如此漫长的时间里，雷电风云世事多变，就我的见闻和感觉，彭德怀在他们心里始终占有特殊地位，是最有善心特别伟岸的好人。

五

癸亥年腊月母亲摘除胆囊手术引起了感染，导致病情急剧恶化，险象迭生，父亲极为焦急惶乱，在家里睡不稳坐不住，总往医院跑。他年事已高，又逢严冬，儿女们不忍老人在风雪里奔波，好歹把他劝在家里，我们每次从医院回家的第一件事就是向他汇报母亲的病情，一般都报喜不报忧，尽可能使他的心境安宁。

腊月下旬的一个傍晚，母亲陷入昏迷，医院再度给我们下了病危通知单。我们不敢瞒着，马上告诉了父亲。父亲急匆匆赶来医院询问详情，医生说母亲体内极度缺钾，已经缺乏到了不能维系生命正常运行的程度，危在旦夕，"早点准备后事吧"。

还有没有起死回生的可能？

有，尽快给母亲补钾，也许还有希望。

钾在哪儿？

在柑橘类水果里。

父亲立即带领我们分头去找，跑遍了B市所有还没关门的水果门市，终于买到了一兜小橘子。此时已经入夜，昏迷中的母亲牙关紧闭，用小羹匙从牙缝送入橘汁，由嘴角流出来，一滴都进入不了喉咙。我们面面相觑，父亲说，到这一步了，橘子汁也许能救命，撬开牙关往里灌吧。

我们真的将橘子汁"灌"到了母亲的嘴里，儿女们撬牙关的撬牙关、捏鼻子的捏鼻子、灌橘子汁的灌橘子汁，这种残忍的自救断断续续走到了半夜。父亲不在场，他不忍心看濒危的母亲受这份罪，悄悄离开了，站在外科病房走廊的尽头等候急诊室里的消息。

橘子汁的功效之奇连医生都觉得不可思议，再加上他们的多方努力，在鬼门关上走了一遭的母亲恢复了意识，并且出现了复苏向好的迹象。儿女回家向父亲报告这个好消息，父亲没有言语，像得大病似的突然萎靡了下去，不声不响躺了一天。那已是年根儿底下，母亲已经能够喝进点米汤，也能够跟儿女说说话了。二姐告诉我，父亲的身体也好了起来，精神头不错，明天要来医院看母亲。

父母都走上了康复之路，还有什么能比这更让人兴奋的呢。第二天清晨，我将急救室里里外外打扫得分外洁净，帮助母亲洗脸也比往日更加仔细。母亲的床头摇起了三十度，她的后背又垫了个软枕，母亲要过梳子自己梳头，此时，听得门外轻轻咳嗽，父亲到了。

屋门缓缓推开，父亲出现在门口，他无力地倚着门扇向母亲看过来，母亲也定定地看着他，两位老人互相凝视着久久不动。我看到父亲无声地微笑着，不停地抹着抹不断的眼泪……

六

母亲去世，后事料理完毕，我即将启程返京，有两个人找到我们兄弟姊妹，他们是早年两家邻居的孩子，母亲带过他们，现在都长大了，分别做了不同车间的支书和主任，听到信儿太迟了，没赶上丧葬大礼，现在要补办酒席，请"舅舅""阿姨"们聚一聚吃吃饭，表达对"姥姥"的怀念之情。

席间气氛很温馨，两个当年的小不点儿现在出落得一表人才，谈吐颇有不同于普通工人的矜持和豪壮，但说起"姥姥"，眼睛都湿润了，语带哽咽，惹得我们再一次落泪。

孩子们念旧情，没忘记母亲的慈爱和辛劳，我为母亲感到欣慰。

我想起了当年的事，母亲的确帮邻居带过孩子，还不止一两个。不时有邻居将孩子送来我家，小孩子一两岁，或三五岁，或更大一点，大都是学龄前儿童，一般早晨送来请母亲代为照看，傍晚接回。母亲照看这些小东西极有耐心，小的把屎把尿背着抱着，大的穿衣吃饭领着牵着，玩闹哭笑都得耐心看着哄着，真够操心的。时间没准儿，带几天、几周，或几个月，好像也有带半年的；报酬不定，给多给少，双方有没有口头约定我说不准，多些或少些母亲并不计较。有时带半个月孩子，他们的年轻父母来领孩子的时候送上一水勺的棒米面作为酬谢，也是母亲喜欢的。"主任"和"书记"说，还有几个伙伴，小名叫某某、某某，也是"姥姥"带过的，在外地工作赶不过来，我们今天也代表他们。这两个当年的孩子说，"姥姥"喜欢他们，一定记得他们的。

是的，母亲记得每一个带过的孩子。直到垂暮之年，母亲还能一一说出那些小家伙的名字、模样、脾性、趣事，以及他们各自的稚嫩童语。说起这些，母亲总是笑容满面。

孩子们也都记得"姥姥"。

七

我记起母亲的另一件事。

那一年，就是农民潮水般涌向 B 市"大跃进"的那一年，大厂矿、大工程匆匆忙忙"上马"，到处大兴土木，工地喧嚣、红旗招展，特别缺人手，到盛夏季节，出现了人力荒，招工人员跑到火车站摇动三角小彩旗，将铁皮喇叭罩在嘴巴上，高声诱惑刚下火车的农民们：跟我们走吧，有大汽车坐。坐大汽车到我们厂去吧，我们厂的白面馒头大米饭敞开吃，等等，招满一卡车，急急拉走。

那时我家安顿下来不久，盛夏里的一天，有个小伙子来到门外讨饭。母亲看他健健康康的，问他为什么不找份工作，挨家讨饭算怎么回事。青年叫花子说，他没赶上汽车，自己跑到工厂找工作，被告知上工的条件有二：一是必须出示"选民证"，二是必须自备铺盖卷儿，没有这两样东西，一概不收。这青年人掏出了选民证，没想到还要铺盖，被屡屡拒之门外，好几家工厂都不收他。

青年人离开没多会儿，母亲叫我将家里的一条床单团起来抱上，急急去追赶他，我追过几栋房屋，没见到人影，就回家交差。母亲接过布床单惋惜说，床单也可以当铺盖啊。唉！

可能是摊子铺得太大了吧，没过几年，国家经济遭遇空前困难，吃穿用度极为短缺。为减轻城市负担，工厂和街道动员工人和家属"下放"还乡，约定三年为期，三年之后，此月此日之前，大家可以全部返回 B 市。他们让响应号召的人尽管踏踏实实回老家，到约定的时候尽管踏踏实实回来，工人，保证恢复原车间、原岗位、原工资；家属，全部给落户口。于是，工人和家属们落潮一般从 B 市退走，回到了原籍。母亲带二姐、我和妹妹就在这落潮中——父亲和大哥很幸运，下放的职工名单中没有他们俩。

在故乡生活了一年半，父亲察觉到风声不对，匆忙跑回老家，急急将我们接回 B 市，顺利落下了户口，重新享有城市居民的各种福利待遇，虽然远不够宽裕，粮米是吃到口了，再不为严重饥馑而焦虑无主。而按约定时间回来的人则撞到了南墙：工人，单位根本不予接纳，厂区大门都不让你进；家属，你说三年前有这个落户口的约定？那你拿出那个"约定"来让我看看。没有？那谁能证明你说的是真的？是谁许的这个愿？谁许的愿你找谁去！

时过境迁，物是人非，昔日都是口头承诺，现在哪里找得到"约定"！我的表姐和远房二叔响应号召，分别从两个大厂回乡去，现在如约返城，登时傻了眼，叫天无路、叫地无门，未能成为城里人"吃国库粮"，而是再度返乡务农，成为了他们的终生憾事。

有趣的是，母亲还没忘记四五年前我没追上的那个讨饭小子。某天下午又有个叫花子挨家讨饭，从母亲手里接过些吃的转头离开了。母亲看着这个人越走越远的背影，突然说，那个孩子，要是抱着咱家的床单找到了工作，多好！眼下也不知道他是什么样子了。

八

我初中毕业后在一家大型钢铁联合企业做工，职业分类是架子工。奇怪的是，我所在的是机械检修队而非土建工程队，架子工的活儿很少而起重工的活儿最多，却不设起重工而只设架子工，起重工的活儿就全由我们承担起来。

就工作内容来说，架子工和起重工这两个工种交叉重叠，多数时候分不清活儿该谁干不该谁干，谁都可以干，而技术性都不强，卖力气的成分占了大头儿，所以人们都不愿意干。班里的老师傅说起来，有句既是自慰又是自嘲的话，说不管架子工还是起重工，"好汉子不愿干，赖汉子干不了"。前半句故作谦抑，后半句则是真实的自矜了，全句的重心在这里。两个工种都需要登高爬梯，顶风冒雨，活儿苦重不说，危险性还很高。我们是以架子工身份干起重工的活儿，没有经过任何培训，相比之下出事故更多。钢铁重物动辄几吨、几十吨，大多需要我们用卷扬机、钢丝绳、滑轮、大钩组成一套起重机械，在小旗和哨音的指挥下，吊到需要它们的高处。那些年企业管理混乱，用工粗疏，工伤事故迭出。我在那家公司做工的年月里，两次与死神擦肩而过，至今想起来还后怕。也确有四起死亡事故发生在我们单位，其中一起就发生在我干活儿的工地。

不幸死亡的是兄弟检修队的副队长，我们几个队联合承接的是一号高炉大修工程，事故现场是卷扬机前方的"危险三角区"。

因了施工场地的复杂多变，在卷扬机与起吊的钢铁重物之间，钢丝绳往往需要拐好几道弯儿，都是从绑在桩基上的滑轮中穿过随即变向。当卷扬机转动，重物吊起，这一套起重机械吃上劲的时候，能看到绷直了的钢丝绳微微颤动，麻芯里的油被极高的压力绞挤出来成为油珠闪着令人不安的贼光，有时候还听得见滑轮被拽得"滋滋"响。此时此刻，卷扬机前方的第一个滑轮受力最重，它与卷扬机及第二个滑轮之间形成的扇形地带是最险恶的区域，俗称"危险三角区"，是指挥卷扬机启停的起重工站位的大忌，别的工种也知道，工地上的人都知道，都视其为蛇蝎虎狼之地，小心地躲着它，绕开它走。不知道为什么，那位副队长、钳工八级大工匠站在了这个三角区里。他直直地站着，好像在思索什么、回忆什么，或是侧耳倾听什么，然而卷扬机司机师傅的高声警告他却听而不闻。起重活计的所有工序都在有条不紊进行，哨子声、卷扬机声、各个工种之间联络的吆喝声、滑轮受力的滋滋声……闷闷的一声响，挣断绑缚、疾如炮弹出膛的滑轮撞向了副队长的腹部，他无声倒地，旋即站起，说，我怎么了？又倒下去，再也没有站起来。

卷扬机附近的人说他们清清楚楚地听到了副队长的问话"我怎么了？"

问天？问地？问自己？谁也不知道。那是副队长四十八年生命的最后一问。人们说他的语气很是平静，完全不像骤然遭受致命重击的人。

死亡本来可怕，再无端有了不可解的诡异就更可怕，而我们这些青年工人觉得分外可怕。

千不该万不该，我不该把这个事故告诉父母。这是我进厂第三年遇到的事，此前经历过几次施工伤亡现场，我都有意瞒下了，不让父母知道，生怕他们得知实情因而担忧我的安危。这次，不记得跟父母说什么了，大约就是因了那句诡异不解的问话，副队长之死的事我顺嘴说了出来。

我家距这个钢铁企业很远，走大路进它的正门，大概有二十里路。企业占地广大，所辖某个具有保密性质的二级厂矿位于西边很远的偏僻地方，俨然是企业的一块飞地，要是被派去那里干活儿，就再远出去约十里。来回近六十里路，对我来说也不算什么，如果不是特别的累、特别的饿，披星戴月、顶风冒雪，我都习惯了，并不以为苦。蹬着新买的"永久"牌自行车，车轮飞转，耳边风声嗖嗖，吹起口哨，倒是很有些快意的。

那年夏天我就在那块"飞地"干活儿，活儿特别多特别忙，有一天我们架工班收工迟，我差不多晚七点才往家走。B市的太阳晚起晚落，我背负着夕阳骑车走得很快，离家还远着呢，就看见母亲站在路边，手掌搭在额前遮住阳光朝我这个方向张望。我问母亲在这里干什么，母亲说没什么，娘儿俩就一边说话，一边走回家去。待第二次、第三次见到母亲或父亲站在路边翘首以望，我蓦然醒悟：他们是在等我平安归来！

那时候父母渐入老境，母亲还是满头黑发，父亲的头发却已花白。晚风夕阳，母亲的黑发，父亲的华发，他们留在沙土地上的长长身影，永远留在我的心头。

九

我一直怀有将父母从 B 市接到北京的想法，即使不能长期在这里生活，跟我们同住一年半载也好，他们也有这个意愿，但苦于我的居住条件很差，不足以让两位老人安适，因而拖了下来。到我有了两居室，趁回 B 市探亲，想与父母一同回北京，已经有些迟了。父亲的偏瘫病很严重，起行和洗漱不能自理，都需要别人帮助才能完成。母亲说父亲这个样子就别出远门了，老来少换地儿，在自家的老窝里安安稳稳地过下去最太平。

在家里，所有繁重、琐碎和不洁的活儿母亲都独自承担。这是我的事，我能做得了，你们就别沾手了。母亲总是这样说，总是拒绝儿女们的协助。母亲又说我在外边做事忙，专心忙自己的吧，别误了公事，有空的话多回家看看，就算是尽了孝心，她和父亲就知足了。

那次返京，我要把放在父母身边的最后一些书随身带走。图书打包的时候，沙发上的父亲一动不动地看着我忙活，他的眼神像儿童那般纯净又充满了好奇，好像看到的是从未见过的新鲜事情，却始终默默无语。母亲则站在窄窄的过道里，问了我几次书都拿上了没有，说都拿上了就好，一本也别落下。

看到他们守护了多年的书将要回到我自己的家，父母像卸下了一副重大的担子，我却有种说不清道不明的感觉使自己闷闷不乐且挥之不去，这感觉怪怪的，很陌生，一时不明白究竟是什么。离家的那天下午，隐隐的哀伤和深切的不舍一直笼罩着我。时近傍晚，我该动身了，父亲坐进轮椅，母亲推着他送我到楼门外。朋友们为我提着书走在前边，我走到楼角回过头跟父母挥手告别，看见在高楼投下的巨大阴影里，母亲跟我微微颔首，也看见了父亲低下头擦泪——历来送我离家远行，父亲从未如此伤心。那一刻，哀伤突然袭来，汹涌澎湃无可抵御，我赶紧快走几步上车，不想被父母看到抑制不住的眼泪。这也是从来没有过的，从来没有。我数十次回 B 市探亲或休假，与父母如此伤感的分别，这是仅有的一次，空前而且绝后。

　　返京六个月后，二姐来电说父亲病危，待我连夜赶回，父亲已溘然长逝。我后来多次想到，那次分手的异常也许是上天的神秘昭告吧，让我们父子用眼泪做永远的别离。又想，或许我不该将那些书从父母身边带走。那些书都是我读过的，有的读了不止一遍，其内容早已烂熟于心，干嘛非得带回来充填书柜，留在父母身边岂不更好？书在二老的屋子里，某种意义上如同我仍然在屋子里，朝朝夕夕，不也是一种陪伴和侍奉！我把这些书带走了，宛若拔掉了我在父母身边丝丝连连的"根"，那个温厚无比的家就空静了很多，父母的心也必定空冷了很多。

　　我是不是做得太莽撞了，没有细微体察父母日益衰老的心？

十

　　父亲逝后，我再次跟母亲提起接她到北京的事，母亲很是犹豫，她不太愿意马上离开与父亲共同生活了多年的家，她对北京感到陌生，尽管这里有我的一家。我也有些犹豫，如果母亲来京，平日里我们上班的上班，上学的上学，没有了经常来往走动的亲戚、老乡、老邻居，连一个说话的人也没有，母亲会很孤寂的。但我的最大忧虑还是母亲的健康状况。那年母亲八十五岁，耳聪目明，却患有不止一种疾病，最让人不安的是不时发作的肺心病。B市的医疗条件不如北京的好，但母亲的身体如果出现紧急状况，哥哥、姐姐、妹妹都可以在第一时间赶到母亲身边。不远的医院里有熟悉她病情的医生，还有当护士长的表外孙女，种种"关系"带来的"方便"，是北京所远远不及的。还有，我家在八楼，万一母亲夜里发病，电梯停运，那可如何是好？

我当时未能坚持接母亲来北京，也是在等待一个更合适的时机。

妻子供职的报社正在新盖一座宿舍楼，虽说是见缝插针的建筑，周边空间很是逼仄，但地段好，交通极其便利，院子中有个袖珍花园，大半年满园青翠。以妻子的资历，应该能够买到这座楼里的房子。工人刚开始内部装修，我俩就不止一次在电炮电锯的刺耳噪声中钻进尘土飞扬的施工现场，察看和比较不同规格的各种户型，最中意的是一楼的三居室，格局周正，间间都有阳光，三代人同住再舒适不过。我祈祷上苍让这座楼赶快建成、赶快建成，让我们能住进这套房屋。我渴望看到母亲安稳地睡在阳光温煦的房间，渴望看到母亲神态安详地在袖珍花园里小坐，等候她心爱的小孙子放学归来。

我们如愿拿到了那套房子的钥匙，但母亲已于半年前离世。

在生命的链条上，父母这一环是柔弱的，然而坚忍；静默的，然而深厚。大爱无声，却在我的生命中永远回响。父母将健康而美好的生命密码遗传给了我，也将责任放在了我的心上。

　　二〇一〇年初秋我仓促回 B 市又仓促离开，期间给父母上坟。父母长眠在背倚大山的公墓中，这个下午必定醒来，安详地接受远方归来的儿子的祭拜。墓园已经破旧了，坟茔散乱，荒草萋萋，微风吹散了袅袅升起的香烟，两位老人的音容笑貌宛若眼前。想起父母的慈爱和他们的艰难坎坷，想起他们未了的心愿，想起那句让天下儿女动容的"子欲养而亲不待"，不禁悲从中来，我在归途中也不能释解，就作了首诗，让忧伤的心情平复一下：

千里拜父母　巍巍青山下

哀哀二老苦　抚养儿长大

家贫灶常冷　觅食无冬夏

逃荒最恓惶　小车屡散架

怜儿衣衫薄　风雨总牵挂

忧儿颟且顽　夜半多惊怕

慈恩未报答　儿已半白发

祝祷墓边草　年年发新芽

棵棵代儿孝　叶叶护此家

晨昏作絮语　天寒挡风沙

垂云遮大地　昊天高无涯

南望黄河水　闪闪起浪花

　　其实，黄河与我父母的墓地之间隔着半个 B 市，站在这里是看不到它的，可我总觉得能看到，看到了。这真是奇怪的感觉。

镇宅之宝

一

梁京生是我一生的知己，我们结识于初中一年级的寒假。

那年寒假老师加了一项作业——拾粪。我们职工子弟中学就要"学农"了，未雨绸缪，各个年级学期末就到处找空地种庄稼，我们占到的是学校北墙墙根，沿着长长的墙根开辟出两米来宽的土地，分切割成六段，均等分配给一年级的六个班，就成为了我们"学农"的实验基地。计划开春种玉米，种子筹措到了，亟缺肥料，学校号召各个班级假期里积肥。肥从何来？全靠同学们捡拾。粪的种类不限，多捡的给表扬。

马路上时有被车轮碾压过的驴马粪、骆驼粪，街坊里能见到狗粪，最多的是人粪。我们E厂的住宅区多平房，每栋六户或十户不等，间隔三四栋配建一个公共厕所，与短栋房子一头的山墙连接。公厕极其原始粗陋，听说设置了专人定期清理，但这些人往往出工不出力，懒惰起来连工也不出，任由公厕脏下去。好在郊区农民常来掏粪，不同村子的农民还划定了各自的势力范围，甚至有过为了争抢粪源而大打出手的事，简陋的公厕尚能正常使用。到了冬季，天寒地冻，农村的粪车不再光顾，公共厕所无人打理，粪坑冻结，秽物日积月累，根本插不进去脚，其肮脏程度令人难以言喻，若来"三急"，有人只好找街坊中僻静的角落一泄了之，所以学校布置的这份额外作业应该不难完成，难的是这活儿不好一个人干，最好找个人合伙干。正在踌躇的时候，梁京生跑来跟我说，我和你一块捡吧，不交给我们班，捡到的粪都算你的，你肯定能得表扬。行不行？

我家和梁京生家住得不远，只隔着两栋房子和一片建有地下防空洞的空阔场地，相距不过百米，虽然我们自小认识，却属于不同的少年群体，没玩儿到一块儿。后来我们分别从不同的小学考入同一所中学，梁京生在一年级一班，我在二班，同在二楼的两间教室头顶脚，可还是交往得不多，不是很熟悉，不知道他怎么想到来帮我，手里提着把铁铲子，像是准备好了，眼里满满的期待。我正当着班长，虚荣心很重，心胸也狭隘，班里的每项工作都想做到拔尖，即使在"拾粪"作业上。现在有人义务帮忙，我当然愿意。我们找了个红柳筐，用长长的木棍担起，他在前我在后，开始了拾粪作业。

梁京生拾粪十分认真，一旦发现目标，立即招呼我放下担子，抢先用铁铲将冻成坨状的粪铲起来送到筐里，然后揉搓着冻疼了的双手，每有收获，他比我还要兴奋，跟捡到了宝似的。有时粪渣溅到身上，他立即用手拂掉，甩甩手，翻覆看双手干净了没有。他屡屡让我把挂粪筐的绳子往前挪，他说他喜欢肩膀上压东西，压得越沉越过瘾、越有意思。

梁京生喜欢说话，边走路边说，说话的时候，他的脑袋总忍不住向右偏过来，以便让我听得更清楚，他也听得更清楚。说到高兴处，索性转过身，举起木棍放在肩上却并不撒手，就那么双手放在左肩上托着木棍，粪筐在我们中间保持着平衡，他倒退着走，面对面和我说话。

我们有说不完的话题，其实是他有提不完的问题。

你喜欢你们班吗？你喜欢上课吗？你喜欢语文还是代数？听说你喜欢看课外书，你看过哪些课外书……

我们说得非常多，话题范围特别广，很多领域是我和别的同学涉及不到的。究竟说了些什么，绝大部分已经忘却，只记得梁京生对什么都好奇，而且问得非常琐细，什么？是吗？为什么？到底是怎么回事？他总是问个没完，寻根究底之后说出他的疑惑或看法。很多事情在我是司空见惯，在他却新鲜得很。听说我有农村生活的童年经历，他问得更多了。那些问题有的我能回答，有的我回答不上来。问到后来我有些烦了，懒得回答，或者勉强支应过去，他意识到了我的敷衍，不好意思地笑笑，掉转头去专心搜寻目标，没过一会儿就忘掉了我的心不在焉，新问题一个接一个向我抛过来：

你们村子有鬼吗？你害怕鬼吗？你老家的河水深吗？河里有怪物吗？你吃过泥鳅吗？说给我听听……

我们一连捡了三天粪，说了三天话。

第三天下午，我们把捡到的粪送往学校。路上梁京生的话很少，跟头两天不一样，走得挺慢，头也不回，并不看两边，不知他在想什么。走到半路，梁京生偏过脑袋说停一下，我们俩把担子放下，他转过身来走到我的面前，一脸郑重地说：刘延庆，经过三天考察，我认为我们可以做好朋友。现在我正式宣布：你是我最好的朋友了。

这番近似于宣言的表白不乏稚气，但真诚坦率，正是梁京生的品性和风格，天真，诚挚，纯良，毫无保留。

我俩很认真地握了握手。

当天晚上，我们互赠了"结交"的礼物：书。我送给梁京生一本《雾海枪声》，他送我的是《中国古代大科学家》。封面印张衡制作的候风地动仪模型图，美术体书名中的"中国古代大"和"家"用钢笔描成了蓝黑色，扉页上是梁京生的题字：

赠给：亲爱的学友延庆
祝你身体健康，学习进步！
少先队的敬礼！
你的学友：梁京生
一九六五．一．二十一

这本书向读者介绍了李冰、张衡、祖冲之和李时珍四位古代科学家，其中最让我敬仰和着迷的是李冰。他在儿子二郎的协助下带领农民完成的伟大工程——都江堰水利工程，化解了岷江泛滥的难题，并且让驯服了的江水灌溉出五百万亩良田。这项前无古人的伟大创举，使得古蜀地"旱则引水浸润，雨则杜塞水门，故水旱从人，不知饥饿，则无荒年，天下谓之天府。""离堆""鱼嘴""杩槎"，"鸭头绿"般美丽的岷江碧水从宝瓶口汹涌流过，流向广阔富饶的大平原……奇妙的都江堰就此成为了我心中的圣地，我认为它是天下最伟大的人类工程，没有之一。我也一度产生了做水利科学家的理想，尽管这念头很快破灭，后来还是两次前往都江堰朝圣，每次都流连忘返。

《中国古代大科学家》之于我的意义，远不止于此。这本薄薄的小书，记录和见证了两个少年的友谊伊始。一九六五年一月二十一日，甲辰年腊月十九，就此走入了我的记忆深处。

这是那座工业城市的典型冬日，天气阴沉沉的，北风不大，但寒冷得很，在两栋房屋的山墙之间，在一棵枝叶凋零的"飞刀树"（后来知道学名叫"糖槭树"）下，梁京生放下担子转身朝我走来，他的近视镜片倏忽映过晦暗的天空，他说我们可以做好朋友，你是我最好的朋友了。我们握手，我们互赠了图书。

我们成为了好朋友。

那个仪式感十足的下午，开启了我们的友谊之路并由此改变了我们两个人的生活轨迹和生命走向。从这天起，我们相互扶助，不迷失，不跌倒，也不颓丧，少年友谊滋润着我们共同成长。

半个多世纪过去，我陆陆续续看了些书，丰富了见闻也浇灌了自己。夜深人静，独坐案前，每每看见《中国古代大科学家》，心里总能升起一股暖流。这本薄薄的小书，奠基般支撑起这间不大的书房，成为了我的"镇宅之宝"。

二

其实梁京生是不喜欢看书的，在那时。看上去他白白净净，很瘦弱，戴副近视镜，一派小书生模样，可他压根儿不爱书，尤其是教科书，把他烦透了，几乎到了厌恶的程度。不喜欢上课、看书，梁京生的学习成绩自然不好，他也不太在意，期中考试和期末考试的成绩发布出来他也烦恼也郁闷，不过很快就忘到脑后了。他讨厌课堂，讨厌刻板的学校生活，也没有什么理由，就是不喜欢。

在我们职工子弟中学一年级的六个班级里，数他们班的上课秩序最差，捣蛋鬼成堆，梁京生是其中有名的一个。著名的捣蛋故事流传有绪，大多和梁京生有关。有一次他们闹腾得出格，梁京生和他的伙伴们将教室当作篮球馆，把任课老师气到了失态。

上课铃响起，远没有过够球瘾的梁京生和他的伙伴们回到了教室，继续着球场上的抛球运动，玩儿得兴高采烈，视走上讲台准备开讲的老师如同空气。老师是新分配来的应届大学毕业生，如此喧闹混乱的场面给了满怀教书育人理想的他迎头一棒。这位新老师哪里想过会遇到这种场面？他劝阻不住，喝止不住，便毅然决然走下讲台去抢夺篮球，哪能抢得到——当一帮调皮捣蛋的学生想捉弄老师，一般而言，这老师根本没有机会逃掉——他在课桌中间的狭窄过道里跳来跳去，篮球在他高高张开的双臂上方飞来飞去，很滑稽的场面使新老师沦为了狼狈的失败者，他很没风度地当着全班学生哭了，随即跑出教室、跑出学校，大哭着落荒而去。很多年后我听梁京生的一位同班同学说，眼看老师跑向了校外的树林，直以为他要去那里上吊什么的，于是几个极度敏感而心肠很软的女班干部拔步追赶而去，生怕老师寻了短见。

想想吧，书声琅琅的教学大楼里跑出一位失魂落魄的青年教师，大概率的迎风号啕，几名学生跟在他的后面，在通向树林的路上你追我赶，这场景可真够魔幻的，但那时我想不到这些。我是个所谓的"好学生"，一脑门子"好好学习天天向上"，以"革命接班人"自居，将所有不遵守规则、不合群的行为统统看作异端，曾很不高兴地质问梁京生为什么这么做，还想不想升级了？不怕蹲班吗？他不看我，摘下近视眼镜只顾擦镜片，额头流下汗来，嘴里嗫嚅着，使劲听才听得清他说，不为什么。再问，他的回答还是不为什么。

梁京生的课堂捣乱确实"不为什么"，他觉得这本来就没什么，一时兴起跟老师开个玩笑而已，开心而已，转瞬就把这件事扔到不知哪里去了，心里一片快乐洁净。那是单纯的少年心性，逗弄老师，甚至"欺负"老师，只是梁京生的顽皮逞强，是他心理水面上偶尔出现的一些波纹罢了。其实，我的不快，他的嗫嚅，都发生在短暂的时间里，一转眼，我们都把这不愉快忘到了九霄云外。

在少年友谊里，学习成绩的优劣之别算得了什么，捣捣乱算得了什么，怎么会影响我们的快乐呢！

梁京生厌恶刻板的生活，对世界充满好奇心，一切新奇的事物他都极感兴趣。我们在一起还是喜欢说话，还是他的话多，话题总被他牵着走，我的思路也被他带着走。这种奇怪的模式贯穿了我们整个少年时期：学习成绩上等的我，思路常常被根本不爱看书的梁京生带到一条陌生但有趣的路上去。看过的书，讨论过的话题，统统忘光了，记得的都是单纯的愉悦。

　　每天早晨我俩结伴上学，大半是我顺路去叫梁京生。我从他家的后门进去，站在雾气腾腾的小厨房里，看他仔仔细细刷牙，然后往脸盆架上的搪瓷盆里倒入凉水，掺入热水，试试水温，用浸了温水的毛巾洗过脸，再用拧干了的毛巾仔仔细细地擦拭额头、眼角、鼻翼、嘴角、两耳和脖颈，最后再次浸湿毛巾拧干擦手，直到干净清爽。梁京生的盥洗程序一丝不苟，速度很慢，吃饭也很慢，除了走路，他做什么事儿都慢，尽管他的心不慢，有时甚至还心急。

　　他家是三居室（当时叫"三室房"），矮脚饭桌摆放在套间的外间，一圈小板凳围着，饭菜热气腾腾。梁京生细嚼慢咽，偶尔抬头跟我说句话，却不理会我的着急——他察觉不到自己慢，跟他说快点，要不就迟到了，他会惊讶地抬起头来问："是吗？"速度略略加快一点，不知不觉又慢了下来。这是梁京生的天性，他改不了。后来我也习惯了，顺着他的节奏来，我会更早地站在他家的门里，看着梁京生有条不紊地完成早晨上学前的所有准备。然后我们呼吸着清冷的空气抄近道穿街坊上学去。我们奔跑追逐，书包啪嗒啪嗒拍打着屁股，笑声不绝。然后是半天的紧张课程，然后放学铃声响起，我们在灿烂的阳光中跑回家。

　　我俩"好成了一个头"，天天在一起厮混，真的是一日不见如隔三秋。除了上学，不是我在他家就是他在我家，他在我家的时间更多些。往往，他家的饭菜端上桌，家里还是没有梁京生的影子，或者忽然发现不见了他的踪影。他母亲，一位极和善的老人打发女儿跑来我家叫他，从来没有扑空过。

寒暑假期是最快乐的日子，我们一同到冰场学滑冰，摔了无数个跟头；一同做矿石收音机，没有漆包线，买了个电铃拆下里边的线，自己缠线圈。我还记得第一次听我们做的"收音机"，刺刺啦啦的噪声中响起人声，梁京生和我的兴奋劲儿；一同到工厂东面著名的"臭油河"里游泳，瞎扑腾一气之后爬上岸来，阳光下，浑身闪烁着形状怪异的油花子……

那几年，做什么都是快乐的。

我们合养了一条狗。

我俩刚看完《林海雪原》，这是梁京生和我轮流看的第一本现代长篇小说。在我们的成长道路上，这本书是个节点。对梁京生来说，《林海雪原》开启了他的长篇小说阅读，加深了他对书的爱好。对我来说，则是阅读兴趣从侠义公案小说转入时髦文学作品，崇拜对象从江湖侠士变成了现代英雄。我们都崇拜《林海雪原》里的英雄人物，甚至狗。我们养的是条小柴狗，取名"赛虎"，就是照搬这部小说里一条狗的名字，实际上它与书里的威猛大狗完全不是一回事。我们的赛虎一点也不强壮，毫无英武气概，瘦瘦的、小小的，与同类打斗的气势很足，却常常很不争气地败下阵来，只在护食的时候才表现出狠劲，扑前跃后，吠声极其响亮，半个街坊都听得到它的尖锐咆哮。

梁京生喜欢赛虎，喜欢得不得了，我也是，我们都视这条小狗为心肝宝贝，分别在自己家的小院里为它建了窝，这样，赛虎就有两个家了。两个狗窝看上去都很简陋，但就狗窝而论，里面的铺设却堪称舒适。我俩攀比着将一切能够弄到的干爽、柔软东西都塞了进去，棉絮、破布、干草、树叶，我们要让赛虎住得舒服无比，要让它得到帝王般的生活，更是为了讨它的喜欢。从某种意义上说，赛虎不是我们的宠物，我们俩倒是比拼着争它的宠，我们心甘情愿这样。如果我们搭建的狗窝足够大，我和梁京生必定会产生这样的愿望，恨不能抱着赛虎一同睡在里头。

赛虎心安理得地享受着"一主二仆"的快乐生活，尽享我们给它的娇宠，却并不领"仆人"的情。它不喜欢待在窝里，愣把它塞进去也不成，它都要挣扎着冲出形同虚设的小栅栏门，并且借势冲出很远以表示抗议，一直跑到街角的药铺附近，摆谱摆得天大，非得我们追上去好言好语央求它回家。而它在谁家，谁家就是它、我和梁京生的家。我和梁京生放学归来，赛虎会早早感知我们的脚步，跑过好几栋房子来迎接，扑上来要求爱抚。它兴奋地打滚儿撒欢儿并率先向前跑了一段路，又跑回来犹犹豫豫地看我，也看梁京生。它糊涂了，不知道应该去三十五栋三号的梁家还是二十四栋五号的刘家。

赛虎跟了我俩一年，那一年里，我们俩为它做了所能做的一切，它最亮眼的表现是配合我俩合伙搞的恶作剧：我的几个同学要来看狗，那天赛虎在我家，我将四五个同学领到离我家不远的地方，呼啸一声，抱着狗的梁京生放开了手，早已按捺不住的赛虎如飞似箭窜了出去。它夸张地怒吼着追逐那几位毫无防备的同学——平日里难得它如此勇猛——将他们吓得四散奔逃。

梁京生非常聪明，爱好很多，他会打着竹板说快板书，也会打梨花板说山东快书。区群众文化馆是他常去的地方，不知道他师承哪位曲艺界的前辈，将这两种曲艺说得特别出彩。我爱看他在文化馆的表演。往往是节假日，或周末，我俩早早去那里，我在观众席里抢先占个靠前的好位置，他按表演顺序上舞台。

梁京生一上台，可不是在课堂上的他了，精气神完全像换了个人，"闲言碎语不要讲，表一表好汉武二郎……"地地道道的山东话，口齿清脆流利，精气神十足，得到了听众的快意喝彩。满堂喧哗，我也拼命鼓掌叫好，梁京生于是越发来劲，他的表现欲在这里得到了充分释放，退场又返场，换了快板书《劫刑车》："华蓥山，巍峨耸立万丈多，嘉陵江水，滚滚的东流像开锅……"

梁京生的语言模仿能力超强。一九六五年秋天的一个晚上，我俩到市第一文化宫看话剧《赤道战鼓》，这是我们看的第一出话剧，记忆极为深刻，大幕拉开，舞台背景是破晓时分的地平线，它在微弱而缓慢的非洲鼓声里渐而显现，继而晨曦以扇形渐渐展开升起，有石头状的黑色剪影慢慢蠕动起来，从匍匐到跪立，鼓声逐渐急促、响亮，剪影由蹲伏而站起，原来是个人！是个肌肉强悍异常的非洲男人。他矗立于暗红色霞光背景前，高高张开被铁链拴着的双臂，"咚咚咚咚"的鼓声如暴风骤雨，声声敲击着观众们的心……

太有趣了，太刺激了，梁京生和我看得入了迷。我们知道非洲有个卢蒙巴，是个顶天立地的大英雄，这部话剧就是颂扬他的。舞台上激情四射，观众也激情澎湃，座无虚席的文化宫大剧场里掌声雷动，脸上涂抹了黑油彩的演员们几次谢幕。

　　回家的路挺远的，走着走着，路人渐渐稀少。昏黄的路灯下，我俩的影子由身后而脚下而前方，周而复始地长了短了又长了，梁京生往前紧走几步，然后转过身来，绘声绘色地模仿剧中的美国军官：

　　"啊，用不着耍花招，我们会把事情连根挖出来的……老头，姆旺卡是你的什么人？"

　　然后他回转身张开双臂，模仿姆旺卡：

　　"弟兄们，为卢蒙巴，为刚果……玛依！木雷雷！"

　　梁京生和我都不懂得"玛依！木雷雷"是什么意思，尽管他说得有趣，我听得更有趣。

　　不久，听说新华书店有了同名图书《赤道战鼓》，我们跑去买来，争抢着读过，才明白了"玛依！木雷雷"的意思是"敌人的子弹只不过是水，挡不住爱国武装的士兵"，又激起了梁京生的强烈兴趣。在我家的小屋里，他再一次绘声绘色地模仿美国军官和姆旺卡，声调足以乱真，让我佩服得不得了。这是他的独门绝技，他常常拿这个本事开心，也逗我开心。

　　两年后我们看电影《列宁在十月》，我们连看了两遍，影片中的精彩对话梁京生倒背如流，也格外喜欢模仿，一度成为了我们精神佐餐中不可或缺的上品佳肴。从影片主人公极具煽动性的演讲，到"面包会有的，一切都会有的"，特别是那句著名的台词"不能枕这样的书，这样的书只能垫脚"，梁京生模仿了若干遍，以至于到了惟妙惟肖的地步。

　　这个时候梁京生已经开始喜欢看书了。他对书充满了饥渴，不读则已，一读就停不下来，读书有瘾，爱书成癖，读遍了搜罗到的所有图书——可惜，这里的"所有"实在有限——并对这些书有相当准确的评判和定位。

我俩对图书的喜好基本一致，即使出现感受和评价不一致甚或矛盾的时候，也能够在第一时间彼此交流。分歧会产生矛盾，矛盾会导致某些时刻的激辩，有的会在争论中求得一致，间或也有分歧太大终不能弥合的时候。要是我们对某本书的评价由高下不等而最终趋于一致，那是非常开心的时刻。有几年，如果是本我们都认为很垃圾的书，最终都忘不了补一句恶评，当面或在电话中，要么是他说，要么是我说，要么两个人一齐说，反正总有这么一句：

这样的书只能垫脚。

三

梁京生喜欢看书的时候，也是我从毫无目的地漫读到有分辨、有选择地看书的开始。我们之间在区别在于，我只是喜好看书，并无特定的志向，而梁京生则从读书伊始就确立了方向。再者，我是"杂食性"看书，他则比较纯粹，喜欢政论、诗和散文。再有的区别是，我看书一目十行，好读书不求甚解，梁京生则是细嚼慢咽，并在最初就养成了写读书笔记的好习惯。"笔助思维"，是梁京生的读书习惯和心得，他将这个良好的习惯一直延续了下来。

我们开始有意识读书，正是图书极端匮乏的时期。学校早已停课，文化设施大多关门大吉，所剩无几的图书馆一般只提供种类有限的报刊阅览，图书借阅基本中止。多书的人家多被查抄，而无书的人家依旧无书，至少是没有我们喜欢看的书。想来可笑又荒诞，我们的读书欲望苏醒过来，被我们弃若敝屣和亲手毁掉的书，此时成了我们求而不得的宝贝，一书难求了。

曾有朋友介绍一位据说手中持有些好书的陌生人给我们，这位老兄是某厂文艺宣传队的成员之类，愿意将其珍藏的某年度《诗刊》共十二期一并转让给我们，每期原价好像是一角七分，此公狮子大张口索价三角。我和梁京生一时凑不足所需的钱，同时痛恨那家伙的俗气和贪婪，决定以不买表示我们对他的蔑视，这桩买卖自然告吹。不过我们为此后悔了很长时间，特别是当我们终于凑足了三元六角钱而再也找不到他了的时候。

没有书的日子很难熬，我和梁京生到处找书看，如在沙漠里找寻清泉，又如到处捕捉猎物的两匹小兽，极力搜寻，却极少如愿。我们曾用没舍得抽的整整一盒简装"大前门"烟卷，从收废品人的担子中换下了两册《中华活页文选》，其中一册破得不成样子。那个收废品的家伙特贼，一眼看出我们的渴望，立即奇货可居，不动声色地将那两本书抬高了价码。

"文选"中屈原的"九歌"看得半懂不懂，却让我喜欢得不得了。在屈原笔下，山、水、云、月皆为神灵，所有的神灵都有浓浓的人性，而人神之间频繁交通毫无阻碍。魅力最足的是"山鬼"，我一下子就被迷住了：风雨晦暗，竹簧幽深，一位"被薜荔""带女萝""乘赤豹""从文狸",辛夷为车,结桂为旗,"被石兰""带杜衡",亦人亦鬼的神秘人物出现了,面容姣好,顾盼含情,我兮他兮,男耶女耶?倏忽来去,不见踪迹,唯余老猿长啸,风雨飒飒……

不知天高地厚,我居然依靠篇末简单的注释,用白话诗的形式翻译了"山鬼",还有"少司命""湘君""湘夫人"和"国殇",不用说,翻得错误百出,牛头不对马嘴,与其说是翻译屈老夫子的诗作,倒不如说我在糟践古人。却并不觉得在经典面前,自己冒失得近乎于作孽,得意地拿给京生看。他的古文底子比我还差,十分认真地读过,也觉得好像处处不对劲,原作的意思走了样不说,音乐一般的韵味在所谓的"译诗"中完全没有了,我的"译作"简直是"杂草丛生"。但梁京生对我无知无畏的勇气佩服之至,并且很惊讶我走得这么远,说了很多鼓励的话——梁京生总能看到朋友身上的优长,哪怕只有一点点,哪怕你自己也没能意识到,他也要为你挖掘出来,鼓舞你,激励你,使你在不知不觉中消除卑怯、建立自信。

梁京生更喜欢的是活页文选中的散文,对丘迟的《与陈伯之书》和王安石的《答司马谏议书》尤其喜爱,他几次手持"文选",高声念诵这两篇文章。他有说快板和山东快书的童子功,朗读功力很强,读起来顿挫铿锵,极有韵味。我至今记得他声情并茂地朗诵"暮春三月,江南草长,杂花生树,群莺乱飞。见故国之旗鼓,感平生于畴日,抚弦登陴,岂不怆悢……"

两本活页文选,你争我抢,最后都翻得书页快烂掉了。我们使劲看拼命背,互相佩服得不得了。

四

有两位同学——老杜和 Z 君——与我们走动得密切起来，也都是比较喜欢看书的人，像模像样地形成了个小小朋友圈子，都觉得日子过得无聊，都有找书看的渴求，但我们手里的书实在少得可怜，每人就那么几本，你拿过来我拿过去，书都被翻烂了，还是不解渴。

一九六八年夏天，老杜下乡到达尔罕茂明安旗当了牧民，小圈子里的梁京生、我和 Z 君还赖在 B 市，不知道将来做什么，也不知道明天去哪里。前景迷惘，成天混在一起，也玩儿，也聊天，也沮丧，也沉落，也偶抒发点雄心壮志，说些"天生我材必有用"之类的疯话，给自己壮胆。说得最多的还是书，我们的思想都十分贫乏，贫乏日久，心灵也就干涸了。

于是我们做了件解渴的事——偷书。

是的，偷书，这年冬天，我们偷了 E 厂工会图书馆的书。我们后来说起这件事基本不用"偷"字，尽管那时很多图书馆早已被人把瓢子都偷空了，尽管鲁迅先生笔下的孔乙己曾经说过"偷书不算偷"，可说到底，总不是什么光彩的事。

那次行动虽非蓄谋已久，但机会一旦出现，正合我们的心意。

挑头的是 Z 君，这家伙机灵得很，胆子大，好出头，行动力超强。有一天，Z 君没头没脑地问我和梁京生想不想弄点书看，我们说想。Z 君说，今晚咱们去厂图书馆，他已经踩好了点儿，把一切都弄妥了。

"厂图书馆"实际上是工厂的工会图书馆。E 厂规模很大，全盛时期正式职工超过两万人，工会图书馆不止一座，我们下手的这座图书馆并非独立建筑，它设在建于早期、俗称"老楼房"的家属区。这个家属区建有多栋青灰色三层青砖楼，西北角的一座楼房最是显眼，它呈曲尺形，二楼和三楼是单身职工宿舍，一层被开辟出来做了图书馆。

十一月天气，近午夜时分，街上没了行人，梁京生、Z君和我三个人推着一辆自行车来到图书馆外，我们将车子靠在楼房墙根儿，Z君领头，走到一扇窗户外，再往远近看看，清冷阒寂，不多的路灯照着空荡荡的砂石道路。我和梁京生负责南北望风，Z君抠住两扇玻璃窗中间的木质防风封条，外层窗户悄无声息地拉开，轻轻一推，里层窗户也敞开了，我们迅速跳了进去。

掩好窗扇，还是Z君低声指挥，三个人迫不及待地奔向了图书室。

面对挤满了书的排排木架，我们又紧张又欣喜，更多的是急不可耐。出发前我们都说时机宝贵，来之不易，必须仔细挑选些好书，不选好书对不起Z君的苦心，但置身于几乎没有光线的暗室里，看不清书名，摸上去都是宝贝，就顾不得挑肥拣瘦，一切随机而行。我们的计划不够缜密，连手电筒也没带，便不断划亮火柴去照书脊上的字，在转瞬即灭的微弱光亮里攫取中意的书。一人撑开麻袋，像张开大嘴的鱼，贪婪吞下我们从书架上拿下来的书。我们很贪心，懂得书放入麻袋的时候充分利用里面的每一点空间，将麻袋装得几乎不能系口才不得已罢手。我们没有想到书是如此沉重，把沉重的麻袋从窗口搬出去是多么费力。我们也没有想到装满了书的麻袋需要扎口的细麻绳，而往车子上捆扎麻袋的粗麻绳我们也没有。我们真的是三个生瓜。运书途中是狼狈不堪的，自行车后座横着放这麻袋，一人用手揪紧了麻袋口，一人在另一侧搀扶着保持平衡，一人推车，晃晃悠悠，几欲歪倒，手臂发麻，才安全运到Z君家。

此时已是午夜，我们约定第二天分书，当夜谁也不准动，一本也不准拿。次日早晨，Z君在他家后屋候着，梁京生和我如约而至，昨夜的战利品书脊朝上并排铺了满满一木床。到了此刻，我们才清楚地看到昨夜行动的成果，放肆地享受得到书的快乐。尽管"拿"书匆忙，我们还真弄到些好书：《鲁迅全集》十卷本一套，《茅盾文集》中的几册，郭沫若的《洪波曲》《郑振铎文集》等等。这么多好书，逗弄得我们的心痒痒的。Z君可首先挑一本，以表彰他立下了首功，他毫不犹豫地挑了《鲁迅全集》第一卷。接着按顺序分赃，Z君、梁京生和我依次各挑一册，之后从Z君开始新一轮挑书。

书很快就分干净了，每人一大堆书，可谓皆大欢喜。也有缺憾，就是仅有一套《鲁迅全集》，三人分肥，谁都想全部占有，但谁也没权力垄断，花插着挑书的后果是这十册书被三家瓜分，Z君挑走四册，梁京生和我各三册。

分到我名下大约四十本书，有社科文艺、有地理知识、有教育科普，内容很杂，开本各异，厚薄不齐，新旧不均，但它们是我的"第一桶金"。当然，内容的驳杂加上我的性格浮躁，预兆了我学到的知识混乱浅陋，看似涉猎多个领域，其实都属浅尝辄止，全面"建设自己"的构想最终未能完全实现——这是后话了。实际上，分书到手的那天，我可没想到这些，匆匆装包驮回家，把自己关在屋子里，不想吃饭，不想出门，讨厌任何人打扰，其实也看不进多少去，只把我的书们摊在桌子上和床上，一本本看过来、看过去，拿起一本翻翻，眼睛却看向了别的。那感觉，应该是饿了不知多久的馋鬼骤然面对满桌子的美味佳肴，反倒不知如何下嘴。

《鲁迅全集》我分到的是第四卷、第六卷和第十卷。那年冬天并未开读，也看不懂。值得庆幸的是我拿到了心仪已久的《汉语词典》（原名《国语词典》）。在图书室里拿书的时候，鬼使神差地被我们从书架上划拉到怀里，迅速装入了麻袋，而且最终圆满地归到了我的名下。这是部老词典，繁体，用注音字母标注字音。在拼音字母一统天下的时候，注音字母无疑很别扭、很落伍了，但这是我的如意宝贝，真真地让我如获至宝爱不释手。这哪里只是拥有了一部词典？对我，简直是拥有了一把披荆斩棘的利斧，甚至是大杀四方的尖端武器。案头站着这部词典，我就能在书的江湖中遇道杀道、遇僧杀僧，生词生字、疑难问题一路蹚平。

《汉语词典》让我对好运气生出无限感激。

七八年后的一个冬天，我开始潜心读鲁迅，是从《鲁迅全集》第四卷开始读的，此卷含"三闲集""二心集"和"南腔北调集"，开卷就放不下，经常看到半夜，老夫子的文字刀刀见血，喜笑怒骂皆是好文章，太厉害、太有趣了，看到妙处，常常不由自主笑出声来。对于文章深处的意义及文章背后的复杂因素，我不太知道，仅就文章本身，已经让夜读的青年得到了云开雾散的快乐。我喜爱和崇敬鲁迅，从那时到现在，始终不曾改变。

鲁迅先生的几乎所有作品我都喜欢，《呐喊》的深刻和多彩，《朝花夕拾》的温润与深情，杂文的博学、犀利、机智和谐谑，古诗的老辣，连他写的那几首打趣意味十足的打油诗，我都喜欢。活得越久，经的事越多，对鲁迅先生越敬服越喜爱。他的深邃思想，对历史的洞察力，对未来社会的预见性，就文化领域而言，近代以来无人可及。

在鲁迅先生的所有作品中，读《野草》的时间最长，它也最耐咀嚼。这个集子里的文章多是神来之笔，脱略形骸，来无踪去无影，神龙见首不见尾或首尾皆不见。孤独，玄想，梦，暗夜，地狱，希望、虚妄和绝望，影子，神灵和土地，死亡与寂灭，皆到不可思议的去处。有时候，感觉鲁迅先生悠然起舞，与影子，与灵魂，与另一个自己。他的舞是深邃的、矛盾的、苦痛的，同时是愉悦的、狂热的、灵魂出窍的。文笔既空灵也深沉，既冷峻也热烈，有狰狞有柔情，也谐谑也端庄，摇曳多姿，出神入化，有几次读到深夜不能自已，感觉自己攀着先生这支笔飞到空中，俯瞰沉沉酣睡的城市和大地，看各种各样的灵魂飞出沉睡了的躯壳，在空中飞翔、缠斗或呼啸来去。

明月在上，清辉如水，大地在下，浑厚深沉……掩卷之后，听得窗外北风呼啸，小屋里炉火早灭，让我清醒之余，感叹鲁迅太天才了，看透了人性人心，也看穿了灵魂。

能写出"野草"的，唯有"鬼才"。是的，鲁迅先生不只是伟大的天才，他还是位伟大的鬼才。

那个冬天心思最沉静，读书最多，也最受益。斗室冷寂，一灯如豆，所有可用的时间都在读书中度过。每每读到半夜，次日醒来，不记得读过的具体内容了，但觉得体内有什么东西如初春的青草，破土见芽，拔节有声——我似乎真听得到自己体内如春草成长般的神秘声音。那个冬天的读书给了我无与伦比的快乐，愉悦、洁净、厚实、悠长。这类感觉不常有，特别是后来，当我带着功利目的阅读，书在某种意义上变成了"敲门砖"的时候，即使读到半夜如当年情境，那种浑然忘我、物我两忘，那种来自天上的声音催促自己向上向高处走，或者云破月出豁然梦醒的快乐感觉，便变得很稀有了。

我们从穷光蛋突然变得很"富有"，都很高兴，是那种藏在内心的、不大敢张扬的高兴，心里特别"厚实"的那种高兴。我和梁京生都感谢 Z 君，这家伙胆大心细，跟老到的贼一样，几次"踩点儿"，把图书馆的内部情况摸得明明白白。他知道几年来这家图书馆只提供报刊给大家阅览，图书室一直不开放，但门上的锁从来不锁死，仅仅挂在那儿，摆设而已。最要紧的，是他在临街那扇窗户上做了手脚，要不我们怎么会那么顺利地跳窗而入？

我和梁京生没有想到的是，早晨分赃完毕，我们高高兴兴把自己的书运回家。当天夜里，Z 君不告知任何人，独自行动，以同样的手段，按同样的路径，再次进入那家图书馆的那间图书室。这一次，他带上了手电筒。有现代装备照明，Z 君在多个书架上寻寻觅觅挑挑拣拣，从容不迫地将他欠缺的六卷《鲁迅全集》取回，凑齐了圆满一套。

在我们几个人中，Z 君的心思最为灵巧，做事果决，说到做到决不犹疑，读书虽算不上很多，但能将知识融会贯通，从而有别人所不及的见识。他的成长之路极不顺利，崎岖坎坷蚕食着他的看书雅好。有几年，Z君身如飘蓬，也就静不下心来看书。那部两次冒险弄来的《鲁迅全集》，不知他看进去多少。再后来他随其父母去了河南三线厂。那时梁京生成为了内蒙古生产建设兵团的战士，我已在一家大型钢铁企业做工好几年了。Z君与我话别的时候，神色很庄重地告诉我，他此刻"想开了"，不想再读闲书了。"闲书"既不顶吃也不顶穿，读再多也没什么实际用场。如果在河南找得到工作，他将全力研习职业技能，像父辈们那样，掌握一门技术。"一招鲜，吃遍天"，好好谋生活过日子才是正路。

奔赴河南前夕，Z君将他的《鲁迅全集》整套十卷慷慨地赠给了我，我转而将自己的四卷放入了梁京生的小书柜。

五

没错，是四卷《鲁迅全集》，其中多出的第二卷，是用极其不地道的手段讹到手的。

我们讹的是C老师的书。

在B市，我们子弟中学建校较晚，资历尚浅，但工厂为孩子们接受良好教育，不惜血本盖起了堪称豪华的教学楼，又广为聘请优秀教师到学校任教，很有些知识广博而教学经验丰富的教师站到了我们学校的讲台上，C老师就是其中资深的一位，也是全校仅有的两名"右派"教师之一。她教一班的语文，我们二班的语文课老师有事请假的时候，她来代过几节课。在我的印象里，C老师知识全面，讲课旁征博引，极富激情，一口改良过的四川话抑扬顿挫，听上去相当来神，板书写得很快，龙飞凤舞，课堂气氛活跃。此外，我觉得C老师很严厉，举手投足爽快利落，应该是个性特别强却又有郁勃之气的人。她的先生是我们厂的总工程师，有名的火炮专家，"浩劫"之初自杀身亡，是我们那家工厂也许还是B市第一位弃世的高级知识分子。他死得决绝而惨烈，也很突然，这是开启B市乱世的第一声霹雳。受她先生牵连，又有"右派"案底，C老师成为子弟中学受损害最早也是受损害最重的老师，批斗游街是家常便饭，红卫兵们能想到的损害师长的一切手段，C老师几乎都经历了。后来她和独生女儿——我们同年级一位品学兼优的同学——被从"老楼房"赶到了"小土房"栖身。

"小土房"是为解决急速增长的工厂人口而盖起的"急就章"宿舍，说白了就是干打垒，室内地面低于外面至少半尺，每家只一间小屋，狭窄拥挤，除了一盘土炕，余地就很狭小了，简陋到了极点。不难想象C老师母女被从生活设施齐全的高楼赶到这里，心理落差多么大，她们的处境已经到了极其艰难的地步。梁京生和我，还有同学Z君，我们三个人，就在此时，在C老师的伤口上又撒了一把盐。

看书这事，一旦成了习惯就会上瘾，看中了的书却弄不到手，心里的滋味也不好受。那书就是魔鬼，一个劲地在你心里作乱，弄得你心里麻麻的，非要将它摆到自家书架上才安宁，即便你不看，只摆着。

有一天，还是梁京生、Z君和我，商议怎么能再弄点书。Z君提议到C老师家去，他说C老师家的书太多了，不止一次抄家洗劫，竟然还有存书，还都是好书。Z君说，到C老师家去，到那间小土房去，弄书去，而且要赶紧去，不然会被别人抢先的。事实上，他已经去过C老师家，并且得手了。

Z君入学比我们晚一年，没受过C老师亲炙，抹得下脸，出手果断。梁京生和我与C老师毕竟师生一场，都有些犹豫。再说，C老师已经落魄到这种地步了，我们上门拿书是否太过卑鄙？

进行还是放弃？犹豫了好几天，最终想出的理由足够冠冕堂皇，成了我们作孽的遮羞布：借书，对，我们就说借她的书看，而她不敢不借给我们，借给我们以后她更不敢讨要。使我们更加心安的理由是，听说C老师视书为累赘，已经在烧书热炕了，那岂不是暴殄天物？我们上门借书并非全是为了自己，也是为了制止她糟践书，是从她的手下抢救图书。抢救！好，这个理由好，打消了我们最后的顾虑，泯灭了我们所剩无几的良知，却依然暗怀鬼胎。

我们来到C老师的小土房前，房屋低矮，一门一窗将及我们的身高，平行挂着的白布帘子遮挡了玻璃的大半。我们敲敲门，门里问是谁，是C老师的声音，我们依次报上了姓名，里面半晌无声，蓦然，旁边的白布窗帘上方出现了一双眼睛，那是C老师女儿Y的眼睛。这大出我们的预料，Y头年八月下乡，远在几百里之外的农村，此刻怎么会出现在家里？她跟我同年级，梁京生曾经跟她同班，彼此熟悉，尴尬的场面让我们有些不知所措，但已经没有退路，我忘记了是如何踏入这间陋室面对C老师母女的。

火炕占了大半间屋子，我们三个人站在门里，C老师面无表情地坐在土炕上，Y站在窗下。

屋内剩余的空间和火炕角落里散乱地堆着书，很多。

C老师问我们有什么事。想借几本书看，我们说。C老师看着Z说你不是借了吗，Z回答还想借。C老师问借什么书，Z说借一本茅盾的小说，梁京生说想借《鲁迅全集》第一卷，我要借的是《鲁迅全集》第二卷。C老师让我们自己到书堆里找。书不难找，我们很快拿到了各自想要的书，仍然站着不走。C老师问还有什么事，梁京生说想借《人民文学》杂志一九五九年第九期。C老师不解，梁京生说想看这期杂志上的《林黛玉论》，蒋和森写的。C老师从火炕角落里成摞的杂志中翻出一本递给了他。

目的达到，我们匆匆告退。是仓皇退走，是狼狈逃开，绝不是胜利者的凯旋。

暮春天气，B市下着年来的第一场雨，雨不大，淅淅沥沥的，门外不远处，有几个人正看着从低矮的门里退出的我们。B市是沙土地，雨水存不住，我们快步走过，脚下沙沙有声，那几个人和他们的眼神深深刻入了我的记忆。

那几位都是工人模样，三四十岁，站在细雨中，或抱臂而立，或双手插裤兜，或怀抱小儿，面无表情地看着几个变相打劫者从屋子里退出，在他们灼灼目光的扫射下迅速走掉。

后来很多年，那几双眼睛我怎么也忘记不了，只要想起，感觉无颜面对当时，就想赶快忘掉，然而有些记忆不是想忘就能彻底忘掉的。当我学会反思历史而且更加深刻地反省自己的时候，就读懂了那几位工人的眼神。那眼神是凛然的、谴责的，甚至是蔑视的。那眼神是会说话的，我记得清清楚楚，后来读得明明白白。它说的是：

又来欺负人家孤儿寡母了。你们这些混蛋！

六

一九七九年梁京生在北京某报社当记者，十一月，报社收到 B 市铁路医院一护士的投诉信，说自己在计划生育事项上受了天大冤屈，希望报社给予援手，报社遂派群工部的梁京生与铁路专项记者某某一同来 B 市调查核实。公事完结，梁京生送同行返京，自己在我家住下，与这里的朋友们聚首。世事剧变，几年不见，我俩憋了很多话，聊得特别多，谈到了很多书、很多人及很多事。

梁京生问我，你有 C 老师的消息吗？她现在怎么样？

我说，C 老师后来被"遣送原籍劳动改造"了好多年，几年前才听说她得到了平反，厂里派人把她从老家接回来，恢复了名誉和身份，现在已经退休。有同学说她接受学校的返聘，还给学生们讲课；有同学则说她不再拿教鞭了，而是在家安度晚年。梁京生说，咱们去看看她吧，那年，咱们做得太不地道了。

第二天，梁京生从街上买回来一网兜水果罐头和炼乳之类，我俩提了，一同去看望 C 老师。我们打听清楚了，C 老师已经从小土房搬入了盖起不久的楼房，名字叫"新八栋"。

到 C 老师家道歉悔过，是梁京生此次 B 市之行的重要目的之一。

他说我们必须当面向 C 老师承认当年的错误，不如此不足以洗刷我们的罪过。我们反复商量，见了老师该说些什么话，没有想到，一进 C 老师家的门，刚叫了声"C 老师"，梁京生和我都哭了。

我们什么都想到了，想到了我们怎么表达心里的歉意，想到了 C 老师会说什么我们怎么回答，我们甚至想到了向 C 老师鞠躬而且要足够真诚，却压根儿没想到我们会在老师面前泣不成声。我们准备好并反复记诵的道歉话一句也没说，自始至终都没有说出口，但我们不由自主的眼泪，的的确确包含了深重的失悔、歉疚和痛苦。

C 老师和我们都没有提及当年的书、当年的事，她的慈爱和宽容，瞬时化解了隔膜，我们与 C 老师之间因为损害与被损害隔阂了的冰雪岁月，在悔恨的泪水和老师的慈爱中释放和消解，彼此的心相通相融了。

C 老师说，不怪你们，你们那时还是孩子。不怪你们。

C 老师说，梁京生，我记得你，你调皮得很嘛，上课坐不住嘛。刘延庆，我也记得你，你是二班的，你们二班的语文成绩还是不错的。

C 老师说她现在的状况很好，工厂为她落实了政策，补发了多年工资。女儿已经成家，工厂将女儿一家人从农村调回 B 市，与她一同住进了"新八栋"。学校要返聘 C 老师，她也想再上讲台，只是身体吃不消，间或代代课而已。

C 老师与我们的交流自然而从容，我们说当年课堂上的趣事，说某位同学作文中的笑话，完全避开了黑暗年月，好像回到了师生教学相长的明媚时代，此刻，接受老师面对面地教诲和辅导，我们的心里单纯而明净。

　　C 老师被"遣送原籍劳动改造"达五年之久，她的老家在四川万县一带，她年老体衰，又背负着可怕的罪名，在当地是怎么生活的？我们问到了这个问题。

　　C 老师的回答是，乡亲们对我好，这家给一口，那家给一口，我就是这么过来的。

　　我到过万县，那里山势高峻，江狭水急。我无法想象，矮小体弱的 C 老师孤身一人，在那么偏远清冷的地方，经历的是怎样的艰难困苦。"这家给一口，那家给一口"，如果往深处想，隐含着多少不堪！

　　让梁京生和我略感欣慰的是，遭受那么深重的打击，承受那么深重的苦难，C 老师的身体看上去还好，她依然善良如初，仍然热爱生活并对未来满怀信心。不过，我们也隐隐看出，C 老师脸色并不很健康。另外，交谈中，C 老师的思路不能绵延，她常从一个话题突然跳到不相干的另一个话题。她的注意力不够集中，思维的跳跃性太强了。

　　这不应该是什么健康隐患吧，千万千万别是。历经十几年霜雪雷霆的摧残，能够葆有相对健康的身体和精力，已经很罕见，令人欣慰。滔天风浪都闯过来了，日子好过了，C 老师的身体更不应该出现任何状况。

　　梁京生和我如此宽解着自己。

　　几年后，听说 C 老师的精神系统果真出现了些问题，到 B 市一所疗养院休养了很长时间。那时我在大连，梁京生在北京。我在电话里告诉了他这个消息，他愕然无语。我们沉默了半天，不知道说些什么好。

知 音

一

"浩劫"伊始，我们职工子弟中学的教学秩序就乱了，乱到冬天，学校已经不成样子，师生教学相长的和谐场面已是明日黄花，歪七扭八的大字标语将教学楼外墙涂抹得惨不忍睹，楼内也是狼藉一片。年级、班级之间的界限没有了，各年级各班的同学重新组合，成立了大大小小的山头，都做"造反有理"的事。梁京生与老杜加小M成立了个"四四九八野战兵团"。

"野战兵团！"这名头真够大的，其实全部成员就他们仨。

在名目繁多的造反组织中，"四四九八野战兵团"属于体量极小但较有个性的一个。这个三人小店的主要活动就是搞了一份名为《狂飙》的八开油印小报，不定期刊，每期大约印几十份到一百份不等。采写，编辑，梁京生一手兼办。报头、报眼、头条、社论、摘录、连载、评论员文章……无师自通的他把《狂飙》弄得有模有样。老杜很辛苦地刻蜡版，小 M 推油辊子印报，流水作业，小报的编印发全由他们仨完成，干得上瘾，乐此不疲。

梁京生和他的两位同道在这一亩三分地儿上倾注了满腔热情，与当时漫天飞舞的民间小报一样，《狂飙》也表态，也商榷，也呼吁，也评论，拼命表达对时局的主张，其实不过是时代狂飙里的一股微风，大海浪潮中一粒泡沫，没产生什么影响力。教室被各路造反组织分别占领，山头林立，各自为王，或与邻为壑，彼此都想干掉对方；或凑到一起，抱团取暖以增强实力，形成所谓的"大联合"。"四四九八野战兵团"特立独行，不屑于与别的造反组织为伍，《狂飙》的命运就是被塞入各个造反派门下的缝隙，不管这扇门里是敌是友，要么张贴到临街的墙面，或者到大街上散发给路人。

《狂飙》刮了不到十期就停刊了，梁京生为这张小报郑重地写了"停刊辞"，满篇都是惋惜与不甘。

《狂飙》只是不起眼的油印小报，如果不苛求的话，算是梁京生从事报业的起点。十几年后他真正进入新闻业并且在这个领域跋涉了半生。

"狂飙"止息，"四四九八野战兵团"名存实亡，不久，这个临时组合的小店偃旗息鼓，三名成员各奔东西。

这是梁京生认真读书的开始。

在我的记忆里，梁京生细心读过并且深受影响的"书"，正是他们那份《狂飙》上连载的大人物回忆录。那些大人物年轻时期胸怀大志，追求的执着以及精神的健朗，使梁京生非常崇敬，激发了他的进取心，我也是，我是《狂飙》的热心读者，但我不如梁京生那般认真和虔诚。我天性爱玩儿闹，扑克、麻将及坊间的各种把戏样样来得，还都上瘾，几次发誓戒掉这些嗜好，总不如愿。梁京生对所有的游戏一窍不通，天生不感兴趣。他不止一次批评我，说我意志力薄弱，胸无大志，随遇而安，我便起劲儿地模仿那些大人物独立高标的做法，有时候比梁京生还疯狂，特意做给他看，让他明白，我也行。

有那么一个时期，梁京生和我坚持不吃早饭，经常做深呼吸，做日光浴、大风浴、冷水浴，等等，以极端方式来砥砺身心。我不知道那些刻板的模仿究竟对我们的身心产生了什么后果，大体上说，有益无害，还是可以相信的。

有个大雪之夜，我俩沿着两个街坊周边的道路走圈儿，为的是培养不惧风寒的能力和耐性，比谁走得慢，比谁走得远，踩在厚厚雪上的"轧轧"脚步声，不断拂去头上身上的落雪，伴着我们的海聊，足足走了四五个小时。后半夜的 B 市静得出奇，有一阵我们说话都是轻轻的，生怕惊扰了这份静谧，只听工厂的汽笛声从远处传来，特别清晰，随即整座城市再度陷入阒寂。那个冬夜的记忆最为深刻，说了些什么却丝毫不记得了。

夏天可做的事情太多了，乐子也太多了。我们一起爬山，迎风放开嗓子狂喊，有时候喊的是时兴口号，放肆的时候也喊些粗话脏话开心。B 市的盛夏短，雨水集中在七、八月，说来就来，来势凶猛，电闪雷鸣大雨倾盆，梁京生和我全身脱得只剩短裤，赤着脚，各骑一辆自行车疯狂疾驰。大雨倾盆，眼前白茫茫的水幕，低洼处的水几乎没到了车轴，脸上的雨水任凭流淌，不管不顾，你追我赶一路狂奔。从南北向路飞驰到东西向路，后来直驱连接 B 市三区的干道。这条街又宽又平又长，暴雨中赤裸着飙车，肆无忌惮，整个身体好像融入了雨水，这感觉爽极了。公交车从我们身边驰过，车轮激起的闪亮水扇泼过我们全身，那感觉也极为爽快。我们抬起眼睛透过雨帘，看见汽车后窗玻璃上贴满了乘客惊讶和嬉笑的脸，都在对我们指指点点……

我们住的是平房，打水都去公用水龙头，那里成了我们做冷水浴的地方。早上，瞅准打水人稀少的当口，只穿内裤，拿条毛巾，提着水桶直奔那儿，或站或蹲，自来水接得方便，浸湿了的毛巾狠命擦得周身通红，吁出腹中浊气，神清气爽，开始崭新的一天。从春到秋，朝朝不误。冬天就在自己家的小厨房里做，敲碎水面的薄冰，从水缸里舀一脸盆水，浸透毛巾擦遍全身，而后再将一盆水兜头浇下，淋淋漓漓，也很痛快。那年我大姑从故乡来 B 市探亲，住在我家。她是农村老人，一辈子睡得早、醒得早，天知道她这么早起来干什么，黑衣黑裤黑头帕黑色裤脚带，扭着标准的三寸小脚，从厨房慢慢走过，看到我将一盆带冰碴的冷水从头淋下，浇头浇面淋身，嘴里哈出些白色雾气，不禁大惊失色，一连声地问我是在修炼什么道行，难道想要升仙不成？

我们要做一份"知识青年上山下乡调查报告"。这个主意是梁京生提出的，这是一九六八年冬天的事。什么时候去"调查"？马上就去。到哪里"调查"？到临河县城关公社进步大队。我二姐下乡在那里，有这个落脚点，我们的"调查"会顺利些。我也正要去看看她。

按说我们的同学下乡只有四五个月，我们就跑去"调查"有点为时过早。不过想不到那么多，说走就走，我们扒了几个小时的火车到了目的地。

在这个大队的第九小队，我们走访了几户农家，要求对方谈谈对知识青年的看法，可农户主人也说不出什么，只是反复念叨摩登文章里的话。我们想与知青和社员一同下地劳动，但时令不对，社员与知青都不下地，这个计划没能实现。赶上生产队召开批斗会，批斗一个五六十岁的"历史反革命分子"，据说这个家伙在青年时做过大恶，现在俯首帖耳接受老乡们的当面斗争。我们参加了两次批斗会，感觉比起城里，这批斗极不严肃。群众对站在前面接受斗争的那个人似乎并没有深仇大恨，挨个上去批判他的人，口气和情绪也不如城里的那般激烈，即使表达愤怒，看上去也有些夸张，显得不太真实。挨斗的人和斗他的人，双方好像就是走个过场而已。倒是会场上的一幕场景使我们记忆深刻：老乡们特别是女社员们，不论年长年少，都在用羊腿骨打毛线，一刻不停，而且还能冷不丁插几句荤话逗大家发笑。奇怪的是这种满不在乎的样子，与现场氛围并不违和。还有满屋子浓浓的羊膻味，后来跟随了我和梁京生很久。

"调查"到的主要内容就是这些，简单而浅近，没能形成任何"调查"文字。对梁京生来说，没有得到知青生活、生产的有效数据和结论，倒使他认识到了农村的真实状况，既不同于学校里灌输的，也不同于书里描述的。眼前的农民、农村，让梁京生窥见了中国底层的现实状况。这应该是此行的最大收获。

次年四月，梁京生奔赴伊克昭盟成为了一名兵团战士，夏天，他与战友们到一个叫库伦滩的地方参加麦收。艰苦劳作之余，他与一个伙伴深入当地农村，看到了意想不到的艰辛，与临河相比，这里更加贫穷。在写给我的一封长信里，梁京生说，他与一户外地迁来此地的主人与主妇谈了很长时间，得到的一项残酷数据是，这家农民每年可分带壳的粮食三百六十斤，数年过去，累计欠生产队三百多元。六口之家，劳动力只有户主一人，五张嘴嗷嗷待哺，累得他成年累月直不起腰来。作为一家之主，主人说，他的全部希望就是养活儿女，等他们成人后偿还旧债。

书本上的农村、农民与现实中的农村、农民反差太大，贫穷愚昧与莺歌燕舞不可能在同一个时空共存。残酷的现实将梁京生头脑里的书本印象击碎，他一时间困惑不已，几次问别人，也问自己：

怎么会这样？

梁京生曾跟我说过他写作时的心理过程，说如同攀岩，只要岩石上有一道裂隙或皱褶被抓住，就抓定它死死不放手，调动全部智慧和力量，从这里由低处向高处艰难攀爬，直至到达巅峰。我想这不只是梁京生写作的心理历程，他的思想攀登何尝不是如此。从狂热追随和亦步亦趋地模仿，到举一反三认真反省，直到独立思考，把自己从刻板的教化与固定的模式中解放出来。从《狂飙》连载的那些乌托邦情境的神话中突围出来，正如攀登一样艰难，也让思想者得到了解脱桎梏后的愉悦。

我们那次临河之行以仓促离开而告终。

我们跟这个村子的男知青住在一间屋里，屋子在当地算是比较大的，夜里，五六个人挤在一盘炕上睡觉，我们俩睡炕梢。屋角挂着个大喇叭，每天定时播送北京的消息和村里的大事，不管你听不听。我们来这里的第五天，一九六八年十二月二十二日，入夜不久，喇叭里突然播报"最新最高指示"："知识青年到农村去，接受贫下中农再教育……"

静静地听过"最新最高指示"，我和梁京生面面相觑，无须交流，都明白它对我们意味着什么。我虽然被划归百分之三十的暂时"留城"毕业生之列，这指示下达，局势必有变化，恐怕要步我二姐的后尘。梁京生的处境与我大同小异，看样子也不能在城里待多久了，都不知道未来在何方。这让我们茫然、郁闷和沮丧，因为我们俩的身份极有可能从"社会青年"转为"知识青年"。如果这个预判成真，"知识青年上山下乡调查报告"就失去了意义。

我们决定第二天返回 B 市。

当天夜里大风呼啸，次日早晨天寒地冻。我们每天清晨都坚持到井台进行冷水浴，来这里后从未间断。可这天感觉外边冷得"邪乎"，不免有些畏惧。梁京生问，今天咱们还去井台不了？我说"去"，其实我心里很想停一天，但我逞能，也想向梁京生表现我的意志力现在足够坚强。

在滴水成冰的清晨，这种头脑真是一根筋，莽撞蛮干近于自伤。可我们不知深浅，不懂利害，上身赤裸，下面只穿着短裤，走老路跑向村边的水井。大风已经停息，气温却骤降了许多，一出门就感到浑身针刺似的疼，跑到半路觉得有些扛不住，互相鼓励着，咬着牙硬着头皮继续跑。

井口因为结冰而变小了，周围冻出了几坨大大的冰疙瘩，我们哆哆嗦嗦小心翼翼靠近，唯恐滑倒更怕落入井中，勇敢地握住辘轳的铁摇把，觉得不对劲赶紧撒手，剧痛，手上被撕掉了一层皮。此时我们全身痛得跟剥了皮似的，这还做哪门子冷水浴！我说回吧，梁京生已经说不出话来了，俩人拼命往回跑，跑回屋子，知青同学们还没起呢。我们不管不顾，跳上火炕钻进了炕头的被窝。

二

我在东北上学和教书的那些年里，每年的寒暑假都要往返于辽宁和 B 市，中途必经北京，我都在梁京生家住几天，接触首都方方面面的时新思潮，新华书店是必去的地方。

那时北京新华书店在王府井，周边的卫生很糟糕，书店近处那家公厕的管理更差，离得老远，臭味扑鼻而来，就是书店的别致招牌了。我们加快脚步走过，赶紧进入书店，直奔二、三层，在社科文艺类图书那里流连。收入有限，买书不得不挑挑拣拣，专挑最想看的、不可不买的书。有时受同学或同仁的委托，我也会按书单代为购买一些书。这样，我们在书店里一待至少半天。好在令人掩鼻的臭味未能进入书店，书店里弥漫的是浓郁的书香。

我调入北京工作后，每年的书市和书展，都是梁京生和我跟书格外亲近的日子。

图书业强劲复苏、猛烈兴盛的年月，北京图书订货会在五月举办，会址设在劳动人民文化宫。每年订货会开幕的日子，我和梁京生都约定在文化宫南门，就是那座红色拱门旁聚齐，之后一起在熙熙攘攘的人群中挤来挤去，挤到很多出版社的简易展台前过一把书瘾。这是书迷们的幸福时刻，在中意的出版社摊位前停下脚步，见到心仪已久的书，先拿到手里翻看，看得入港凝神不动，间或被摩肩接踵的人蹭个晃儿，也不在意，重新站定接着看。即便不买书，在书的世界里尽情流连，也是一大乐事。

五月的北京，天气已经很热了，有人挥汗如雨，有人挥扇如风。订货会会场设在小树林里，树荫下站满了提着大包小包书的人。我们一直逛到近午，提着沉甸甸的书，到南池子大街的街边，找家小馆子。赶饭局的人多极了，饭馆里人声鼎沸，一时很难找到座儿，侥幸看到两个空位，赶紧占住，要两扎冰镇啤酒，几样时鲜小菜，俩人喝着清凉的啤酒，翻看新买到的书，满意和遗憾都有。现在回想，那真是极为难得的惬意时刻。

我在出版社当图书编辑，梁京生跟我约定，凡我编辑的图书，或并非我所编辑但我认为好的，都要为他留出一册。他后来主持《大众科技报》的文化副刊，做事极为认真，约稿、改稿、画版，等等等等，事必躬亲，把当作的事处理得清清爽爽后才下班，所以离社往往很迟。报社在学院南路西头一座楼房里，他下班后不走中关村南大街，而是出楼门后右拐，骑车一路向东，绕到安德路边上六铺炕的我家。他到的时间一般都比较晚。要是夏天，正是一天中溽热难熬的时候；要是冬季，天早黑了下来。无论冬夏，他每次来都要在我家待到很晚。饭吃得不多，酒一般是要喝的，标配是一瓶红星二锅头、一盘土豆丝和一盘炸花生豆，如果再炒几样时鲜菜蔬，梁京生的酒兴和谈兴会更高涨。

我和梁京生少年时都好酒，我的酒量不大，却贪杯，不止一次醉酒。岁数渐大，我的酒量渐小，喝酒的速度倒是越来越快，倒满盅，仰头一饮而尽。梁京生的酒量比我的大，喝得很慢，越往后越慢，不急不缓，吃菜、喝酒、漫谈，有条不紊有滋有味。往往我喝不到二两已经不胜酒力，他还在不紧不慢地喝着呢。都说酒助谈兴，其实也不尽然，像我，喝到足量必定醺醺然不知所以，"谈兴"无从谈起，就极力控制自己的酒瘾，以至于梁京生有一次对我说，跟你喝酒越来越没劲——现在咱俩根本不同步。干脆，你算了，我替你把酒喝了吧。

我就停杯，梁京生便自饮自酌，话自然不会中断，我留住了清醒，他则更加健谈，于是畅畅快快地聊半夜。午夜前后，我拿出这段时间为他积攒下来的书，帮他捆绑到自行车后架上，送他到小区门口，看他骑车走上旧鼓楼外大街。他骑车的姿势比较刻板，上身微微前倾，挺得很直，特别认真的样子。我站在原地看着，看他远称不上潇洒的身影消失在灯火阑珊的远处。

我住鼓楼北，他住天坛南，相距之远纵贯大半个北京。我似乎看得见梁京生骑过鼓楼南大街、景山东街、北池子、南池子，穿过天安门广场，接着骑过前门大街，由天坛公园西门一侧往东南入天坛西胡同，几个弯儿走过，左拐进入复康南里巷子。这是条尚算平直的狭窄小道，左侧是天坛公园的南墙，墙内即大名鼎鼎的神乐署，右侧墙上则缀满了爬山虎的叶子，春夏深绿，仲秋绛红，最是迷人。小巷尽头的路极不规则地一分为二，右转、掉头，进入两栋平房之间的通道。

梁京生下了车，推车进入那条左凸右凹的狭窄小径，到家门口了，为不惊扰熟睡中的妻子和女儿，他悄悄停好车子，把书搬进小到仅可容膝的"半步斋"——他的书房。

三

上世纪八十年代是令人难以忘怀的明亮岁月。十年噩梦结束，民众渐次醒来，国门打开，多项禁忌解除，改革势头很猛，虽有旧习掣肘，文化新潮的波涛拍打着古老的堤岸，其势已不可阻挡。我第一次赴沈阳上学那个夏末，在北京停留了五六天，梁京生带我拜访了我所学专业的几位前辈，还领我参观了"星星画展"，那可真是大开眼界，看得很有兴致，虽然我在这些风格迥异于往昔的画作前懵里懵懂。梁京生看我兴趣颇浓，便引我去拜访了这届画展的发起人和主展人之一马德生。好像是在前门大街一间狭小的地下室里，室内光线昏暗，腿有残疾的马德生看上去很瘦弱，生活似乎清苦，但谈起新兴美术却兴致勃勃，眼睛闪闪有光，那是燃烧着艺术激情的表征，回想起来，每每在我的心中闪烁。

后来，梁京生和我一同观看了北京人艺小剧场演出的《绝对信号》。它呈现出了崭新的话剧艺术形态，比如舞台空间的假定性、演员表演细节的真实性，并尝试使用现实、回忆与想象三个层次的表现形式，以及打破"第四堵墙"以使演员与观众直接交流，等等，让梁京生和我都产生了极为浓厚的兴趣。此外，还有突破重围横空出世的朦胧诗、摇滚乐、实验派小说，几乎所有的艺术类别都蓬蓬勃勃发展起来，终至成为当代文艺的蔚然大观。这些新兴的艺术彻底改变了梁京生的艺术观念，捎带着，我也从陈旧的观念中突围而出，尝试着以新颖而多维的角度去欣赏、享受现代艺术。

古人说天下快意之事莫若友，快友之事莫若谈，确有道理。与小时候一样，我和梁京生经常谈天说地，有过无数次对话，从生活到工作，从家人到友人，从现实到历史到未来，从图书到电影到各类艺术形式……有专有杂，又雅又俗，多荤多素，也庄也谐，有宏大主题，有琐碎小事，无所不谈。不见面的时候也煲电话粥，不多，更多的是在一起聊。也跟小时候一样，我们有说不完的话，像河里的水流绵绵不断无尽无休，既是互相释放、激励、启迪，同时滋养和增进自己。我跟别的友人很少有这么多的话，而且很少这样无论说什么都兴致勃勃没完没了。但凡在北京相聚，他那套拥挤的住房就成了我们高谈阔论的地方。晚上，尤其是很晚的时候，我们就拿两个小板凳，在门前的窄窄通道边坐下，我还在抽烟，他早已戒掉，聊得来劲，他会拿支烟横在鼻子下面嗅一嗅，算是醒神吧。直聊到北斗横斜，我们才蹑手蹑脚进屋休息。

聊了些什么，大都忘掉了。唯有两次别致的聊天，至今，还记得特殊场景及聊的大致内容。

一次是在联运票的售票口，我们几乎聊了一个通宵。

我在大连教书那些年里，夏季回B市探亲后返校，火车票只买到北京，在北京逗留几天再回大连。回大连有两条路线，一是坐火车经沈阳然后拐弯南下直达；二是车船联运，由北京坐汽车到天津塘沽，换乘海轮到大连港。我喜欢坐海轮，船上活动空间大，感觉特爽，下午开船，次日早晨抵达目的地，能够尽情享受大海夜航的浪漫，运气好的话，还能看到壮丽的海上日出。但联运票十分紧张，一票难求。早上六点半还是七点半开始售票记不清了，反正开售不一会儿票就售罄。所以，不到早晨五点钟，北新桥船板胡同临街的联运售票口外，长长的队伍已经站满了街边的人行道。为了买到联运票，梁京生和我很早起床，坐头班车到这里排队，还不一定买得到。

有一次，我们索性头半夜，大概是十一二点吧，赶到这里，在售票室的窗口外占个头名，其实就我们俩，身后一个人也没有。没地儿存身，窗口外几级砖阶，我们就地而坐，一边聊，一边等候早晨来临。

那一夜，《西方现代派文学研究》让我们聊了很长时间。这本书是在梁京生的强烈推荐下，在北京大学那边买到的，我刚刚看过。

无论在哪个领域，梁京生本能地厌恶陈腐和僵化，而以充沛的热情拥抱新思想、新潮流。坐在砖阶上的午夜，梁京生轻声细语地说着这本书的精髓，作者从实例到理论解剖了诸多对我来说陌生的文学现象，大大拓展了我的视野，获益多多。后来读欧洲、南美文学潮流中的新作，因了接受过现代派文学理论的启发、铺垫，对它们并不觉得陌生，其光怪陆离、奇崛诡异的风格使我获得了极为新鲜的阅读体验。

我们一直聊到了周身困乏。

八月下旬的北京，后半夜慢慢凉下来，暑气却未完全消退，洒水车洒过清水的马路，会在微弱的灯光下泛出扭曲的光影。听得到远处有汽车呼啸而过，旋即复归平静，行人寥落，路两边的国槐枝叶茂盛而静默。有两位老人，是一对老夫妇吧，男人将长长的竹竿举向国槐的枝丫，拧扯槐树的果实，妇人便将其从竹竿上取下，放入脚边的竹筐。

　　触景生情，我对梁京生讲起小时候的农村趣事：拧下槐树荚果，堆在碾盘上用石头砸烂，弄成糊状再成胶状，然后揉成圆球，乒乓球大小，外软内硬，如果打野仗——相邻村庄的孩子如果结下仇有了过结，秋后经常发生——瞄准对方奋力掷出，中弹者会特别痛，弹着点却显不出伤，是很特别的秘密弹药。无野仗可打的时候，可以埋入一根细绳在荚果球里，拴一红绿缎子长条。大秋收割后的农村天高地阔，把这弹子扔向高空，看它们带着大红大绿的尾巴在蓝天的背景中飘曳着坠落，煞是醒目。这种极简易的游戏也能使农村孩子乐不可支。

　　梁京生听了，说，那两位老人打荚果，恐怕不会是做弹子用的吧，我去看看，就起身走向那对老夫妇。我没跟过去，看他在树影幢幢里跟那两个人说着什么，又接过竹竿伸向茂密枝叶，他是在试着打荚果吧。

　　梁京生的兴致很高，他举起的长竹竿在槐树树冠里搅了很长时间，好像真的将几捋荚果扯了下来。罢手后，他跟我说，那两位老人打槐树荚果是为了谋生，荚果能够卖掉做药品，有药店收购。这使我惊讶，因为我从来不知道小时候拿来玩闹的东西竟然还有这么大的用处。

　　一次是夏天，在篮球架下的阴影里。

　　一九八三年暑假，我到北京参加"全国高校电影课教师培训班"，住在师大二附中，上课和看电影在位于小西天的中国电影资料馆。培训课程安排得很饱满，上午听北京电影学院的专家教授讲解电影的基本知识及这门综合性艺术的起源、发展、演变、现状和未来趋势，下午和晚上看电影，一天看两部，二十五天培训期间共看五十部片子，都是电影史上的经典作品和不同流派、不同风格的代表作，其中很多都是未曾公开放映的，只在这里供大家观摩。这些片子保持着完整的原始形态，绝大部分是外语片，由翻译人员现场"同传"，隔三岔五还邀请当红的演员、导演到场与大家交流。

这是我参加过的最轻松、最享受的"培训"，而更享受的是能够与梁京生经常会面。梁京生在报社做记者，对这个培训班放映的电影特别是"内部观摩"的片子很感兴趣，我就想方设法为他搞票，搞到了，他从报社所在地海运仓那边赶过来，我们一起看；搞不到，有时他也来，我索性把自己的票送给别人，与他痛痛快快聊一个下午，或半个晚上。我们什么都聊，也会专注于一个或几个话题，畅畅快快地聊下去，多由梁京生随机提议，聊得比较透彻了，聊到"底"了，没什么可聊的了，再漫无边际胡说八道。

有天我没搞到票，梁京生也赶了过来，我们就站在师大二附中的操场上说话。那是个大晴天，阳光强烈，我们站在篮球架下，让脑袋躲在篮板下极不规则的几何形阴影里，兴致勃勃地说个没完，身上不是没感觉到阳光重重压下来的热量，却并不在意，也察觉不到时间的消逝。篮板的影子慢慢偏移，我们的站位下意识地随着它移动，不知不觉间，那影子变宽、变窄、变扭曲、拖长，我们随着它一点点移位，直到被又扁又长又尖的影子拖曳到了球场一角。

这一次，我们谈的主要是电影。

梁京生对"新浪潮电影"很感兴趣，比如前几天跟我们一起看过的《舞会的小提琴》，他觉得这部电影的彩色镜头与黑白镜头的切换很是新颖和到位，影片最后，主人公穿过树林逃往了瑞士，镜头处理让梁京生尤为赞叹，但他最关切的并非技术性的改革和创新，而是影片达到的思想高度，即对战争的反思。"二战"后几十年，西方电影这一主题新作迭出，从暴露战争的残酷到揭示人性的复杂，思考日益深入；而人道主义在电影中的表现也螺旋式上升到很高的档次。从技术角度来说，他们的电影也时有大胆的突破，比如机位设置得新颖，可以使观众从不同的角度观影。影片向不同的方向呈现自己，会产生意想不到的艺术效果。

梁京生的议论让我很惊讶，他的观点，有的，培训班的专家教授们讲过，有的则是我第一次听到。梁京生天性爱艺术、善思考，厌恶刻板陈腐，喜爱一切有新意的艺术作品。一两年后，《黄土地》上映，他第一时间看了这部电影，第一时间写了难掩激动的长信给我，说这部电影如何撞击了他的内心，如何打开了他的视野，他说这部电影具有颠覆性的力量，在它面前，人们应该重新为"电影"定义……

再以后，梁京生受命组建一张电影专业报纸。与他的伙伴们紧锣密鼓地筹备之后，这家拥抱新潮而不弃旧物、艺术胸襟非常开阔的周报问世了。报纸版面并不算多，然而品位高、视角新、跟进及时、评述大胆，在影视两界颇有影响。梁京生是这家报纸的创办者之一，也是该报最有影响力的记者和编辑之一，他的细腻观察、深刻思考以及敢为人先的犀利批评，在这张报纸上得到了充分展现。他曾对中国电影抱有很高的期望，希望这门综合性艺术在世界电影大格局中占据更重要的位置。

表现历史大事也好，描述日常点滴也好，电影，最应该发挥它的声光电长项，开掘人性的深度。正如他后来写的：

　　我盼望在中国的银幕上看到一个真正的活人，这个人能以卢梭《忏悔录》的坦诚来剖白自己内心深处矛盾重重的一切：作伪和真情、自私和忘我、狂态和痴愚、偏狭和通达、老成和稚嫩、平庸和优雅、空白和丰富、呆板和敏感、多虑和决绝、沉迷和反思……以及他的行为上表现出来的践踏和珍惜、低能和才华。

　　然而，艺术向商业急剧转向，以及时局的遽然变化，那家报纸不得已停刊。报纸的发刊词是梁京生撰写的，停刊词也是由他撰写的——他跟我说，停刊词写毕，像是亲手埋葬掉一个自己养育了好几年的孩子。

四

　　一九九四年，梁京生跟随《寻找楼兰王国》摄制组，深入塔克拉玛干沙漠瞻仰古楼兰遗址。摄制组是北京电视台组织的，其成员包含但不限于严格意义上的摄影人。跟随摄制组走进大漠的，还有考古学家、历史学家、地理学者、艺术家，以及人文学者。梁京生就是作为后者被邀请入组的。

　　楼兰遗址的古老、丰富、多样以及它的很多未解之谜，给有幸进入它的各类人物的研究与创作提供了无限可能。摄制组的组织者杜培华撰写了一本厚厚的书《去楼兰》，我读到它已经是十年之后的事了，很佩服这位探索者的勇敢和博学。她并非专业考古人士，也正因为如此，她才能不囿于某个学科的限制，得以以自由心态观察广袤无垠的地域，思索无尽交错的古今，最后，将思维落回到"语言变乱"那个神秘的交点上，提出一个千古之谜并给出了初步解释，见出她思考角度的大胆和新颖，也有相当见地。这部书的内容丰富而不乏深刻，可以看作是摄制组楼兰之行的重要副产品，与他们此行摄制的八集纪录片《寻找楼兰王国》相得益彰。

摄制组里的一位青年艺术家在荒漠中立起了铁器制作的方向指示牌以及十二个人形木雕，触发了梁京生的思考。优秀艺术作品寓意的丰富、多解，往往能激发观赏者的激情，增进他们的智慧，使人的思绪和感觉抵达从未抵达过的高度。梁京生就是如此，他对这些极具象征意义的艺术作品的解读就是它们隐喻了人类最本质的困惑：我们从哪里来，又往哪里去？

我们一路走来，不断寻找又不断失去，精神家园只剩下断壁残垣，而人的心灵已伤痕累累。楼兰，让梁京生看到了历史的残酷、人性的荒漠和久远的忧伤，还有人类自身的渺小、卑微以及在苍茫天地中不可更易的宿命。

梁京生这些即时感触和思考，后来都收入了他的遗作《半步天涯——一个精神远行者的足迹》。

《半步天涯——一个精神远行者的足迹》含诗歌、散文、随想、游记、艺术评论……文体各异，是梁京生一生中重要的文字结集，闪烁着思想的光泽、刚直的气节与纯正而热烈的情感。在这本书里，他的探索触角遍及多个领域，都给出了鞭辟入里的分析、评价，当然，也有困惑。从这本书里我们读到，梁京生恪守自己的生活准则，真正体现了知识分子的尊严和担当，同时承受着深深的失望和痛苦，在这喧嚣浮躁的时代。

《半步天涯——一个精神远行者的足迹》，在我的编辑生涯中具有极其特殊的重大意义。

梁京生的遽然离去，不是我们友谊的终结，而是在另一个层面上的重新开始。

感谢上天将梁京生赐我为友，我们一路携手走来，共同读书共同成长，我因此而不沦落、不孤独、不怯懦，有进取、有自信、有自知，更明断、更温润、也宽和。梁京生的善良、纯粹、正直、坦诚，在我的生命中打下了深刻的印记。他的真挚而深厚的友情改变了我的生活道路，也提升了我的生命质量。

五

梁京生在盛年跋涉中停下了脚步，他长眠于北京西北的大山里，朝向开阔敞亮的蓝天和大地，墓冢周边，树木茂盛，春天枝叶繁茂，夏天遮雨有阴，秋天金黄灿烂，冬天白雪皑皑。每年他的生日和忌日，清明或者平常的日子，黑色墓碑前经常有亲友们送上的鲜花。我自然来得勤一些，敬一瓶他爱喝的"小二"，跟他说说话，或默默地陪他坐一会儿。

　　失去挚友的黑暗岁月如流水般逝去，坐在这儿，我的心有时候像洗过似的干净，寂寥淡远，什么都没有；有时候也会想很多，比如想到很早以前，我们没能实现的一个重大计划——探查"赵长城"——当然是梁京生提议的。

　　那是一九六八年春天的事。我既不知道"赵长城"的具体方位，也不知道为什么要去考察它。梁京生说他是从某本书里偶然知晓的，在B市东北方向的大山里藏着很古老的长城，乃赵武灵王所建，而赵武灵王是"胡服骑射"的倡导者，有大功于中华历史，我们应该去看看。

　　梁京生提出找寻、考察"赵长城"的时候，神州大地上的粗暴劫掠与无情损毁并未停歇，数不尽的文物古迹毁于年轻人之手，而不足十七岁的他对尚不知具体方位的古文物如此好奇，一心去实地看看，这种心态完全与时代逆行，需要多么大的勇气，还有见地！在我的见闻里，有如此胆识并付诸实施的，唯梁京生一人。

　　B市北倚阴山山脉，山脉连绵起伏，望不到尽头，按说，仅凭书本中得来的零散小知识，并不确知"赵长城"藏在何处，我们就要进山找它，是不是太莽撞了？但那时我们的想法特别简单，认为长城必定很高很大很长，找到它完全没问题。没地图，没向导，可以找当地农民打听道路。吃、住怎么解决？梁京生说他想过了，我们每个人多带些干粮和水，不会饿肚皮。船到桥头自然直，总能有地方住的。

　　我们分头联络了四位朋友，大家都对这次考察有兴趣，同意一起冒这个险，算是组合了一支小队伍。梁京生给这个小团队起了个名字

"赵长城远征队"，自己创作了队歌，毕同学的小提琴拉得甚好，为歌词谱了曲，唱起来挺带劲。制作了一面小小的队旗，上书"赵长城远征队"几个字。我们分派了各自的角色，谁举旗，谁打头儿，谁殿后，谁筹措干粮和水，等等等等。万事俱备，只待出发。

不巧的是，这天夜里我母亲突发病症，紧急送往医院救治。第二天早晨梁京生赶来医院探望，看我母亲的病情并未有大的起色，而熬了一夜的我神情恍惚，"远征队"出发的日子不得不推迟。我与梁京生约定，一俟母亲出院，第一件事就是赶快实施我们的远征计划。然而，我母亲住院治疗两个礼拜，致使"远征"错失了最佳时机。

母亲尚未病愈，学校开始"复课闹革命"，军代表入驻，通知学生立即返校。接着，一波接一波的事情接踵而来，考察"赵长城"的计划被一推再推。到了八月，"远征队"的六名成员中，老杜插队牧区，毕君下到农村，Z君徜徉于城乡之间没着没落，小M则因为"太俗气，不读书"被梁京生和我当面正式宣布"断交"，这个计划已无圆满实现的可能。值得一提的是，我们仍然对这项宏大计划怀有信心的时候，大家凑到一起，留下一张以母校教学楼为背景的合影，成为了"赵长城远征队"全体成员的绝唱。

次年四五月，梁京生奔赴兵团，我到工厂做工，远征队完全散了架，成员们风流云散，考察"赵长城"的事无限期搁浅，但我们都没有忘记。它长存于梁京生心里，是遗憾和惋惜。长存于我心里，是失落，也是歉疚。此后若干年，有几次谈及这件事，梁京生都会顿一下，随即自嘲两句。我觉得，那个遗落在塞外的小小梦想，一直存在于他心中。

二〇一八年初秋，我回 B 市参加我们班同学初中毕业五十周年纪念活动，看到这座城市变化极大，市属疆域拓展了很多，曾经的平静小城如今高楼林立、车水马龙，繁华得很也嘈杂得很了。私下里打听"赵长城"，有同学回应说，听说有这么个地方，还听说它已经被开发为旅游景点，但很少有同学去过。位置嘛，只知道它大概在东北方向五十里左右的山里。

回 B 市第四天，我与几位朋友先驱车到后山的固阳城，午饭后出发。道路沿着山脚逶迤东去，山势高而不峻，漫坡幽缓，有大片的荞麦在秋雨中露出紫红的茎秆，最具本地风光。塞外秋雨，时骤时歇，路还算好走，只是有些低洼路段积了浅浅的水，车辆极少，都开得很快，车轮过处水花四溅。几次错路，几经问询，两小时后，我终于站到了"赵长城"下。

出现在我面前的"赵长城"与我和梁京生想象中的完全不一样，它只是一道隆起的土垒，沙土夯筑，像一条僵卧的苍龙，在野草覆盖下露出了饱经沧桑的身躯。长绳上的彩旗冲淡了古文物应有的庄重肃穆，使人一度怀疑这里真的是我们向往已久的地方。但彩旗旁立着一通石碑，上面镌刻的文字告诉我，这就是我国现存最古老的长城——"赵长城"，迄今已经有两千三百多年了。

是的，这就是"赵长城"，是我们很早就想朝觐的圣地。

此时此刻，距梁京生计划来此整整五十年。

距他去世已经十五年了。

"赵长城"看似没有了生命，但只要我们没有遗忘，它就没有死亡，只是在沉静地长眠。我的挚友也是如此，此时此刻，我相信梁京生的灵魂与古长城相交相融，我能感知他的生命与古长城一样在缓缓地起伏呼吸。

远行与回家

一

一九六九年夏天，我动身去内蒙古生产建设兵团看望梁京生，肩挎的黄书包里，装了他母亲交给我带上的一床军绿色蚊帐。可怜天下父母心，老人家生怕在兵团的儿子被蚊虫欺负，这床蚊帐特别大，撑起后的空间足够庇护好几个人了；还有一本《钢铁是怎样炼成的》，是应梁京生的要求，我从他的小书橱里拿出来带上的——他去兵团以后，书橱钥匙由我掌管。

《钢铁是怎样炼成的》大开本，布面精装，繁体竖排，看着很大气，是梁京生的珍爱。其实这本书他看过，我也看过，我们是前后脚看的，都把它当成革命教科书，看得特认真特虔诚，梁京生看得尤其认真，但他并非不加辨识完全接受，他的质疑总是与好奇相连。梁京生曾经疑惑于它的"自传"与虚构之间的关系，即在奥斯特洛夫斯基与保尔·柯察金之间究竟有多少联系，后者做过的哪些事情是前者亲身经历的，哪些是出于作者的艺术虚构和想象。梁京生被这问题纠结了很长时间，曾经跟我探讨过，可我根本答不出。他喜欢提出问题也能提出有趣的问题，这比我可强得多了。一般来说，我是个纯粹的"读者"，看书不动脑子，全盘接受书里的一切。与那个时候的很多问题一样，保尔·柯察金和奥斯特洛夫斯基之间的关系让他思考了很久，最终也想不出答案。我们也探讨、争论过，却讨论不出个所以然。我们正在懵里懵懂的年龄，大部分"问题"提出之后没了下文，也就不了了之。

去梁京生那里的路挺长，也挺复杂，不知道会遇到什么情况，我把这本书裹在蚊帐里一点一点地塞入书包。书包是特大号，模样也特旧，军绿色变成了黄白色，棱棱角角都磨出了细细的毛茬，被书和蚊帐撑得鼓鼓胀胀的。我小心地挎着，得把它稳稳妥妥地交到梁京生手里。

我的路线是，先到二姐下乡的巴彦淖尔盟临河县城关公社进步大队，从那里过黄河到伊克昭盟杭锦旗，再到梁京生所在的三师二十三团团部驻地巴拉亥。梁京生这年四月中旬奔赴兵团，五月下旬被从四连抽调到二十三团新组建的文艺宣传队，他在那里等我。

B市到临河县四五百里地，坐客车单程也得好几块票钱，我只有五块钱，手头太紧巴，就想蹭车或扒车去。

扒车一般是扒货车，不过在货车车皮里太不舒适，特别是冬天，赶上冰天雪地的日子会冻得忍受不了。理想的扒车是上守车，也叫瞭望车，就是货运列车末尾的那节七八米长、前后各有个大屋檐的木质铁皮车。守车里的旅途是舒心的，虽然停靠和启动的时间没个准儿，在那个简陋却宽敞的空间里却能够自由自在，与客车车厢里的拥挤局促相比可惬意得多了。我不会在意守车里的铁皮长椅生硬冰凉，也不会在意身体随着车尾摇晃得有多厉害，会趁车长不注意，像他那样站在后门外，手抓铁栏将上半身探出去，宛如踩着龙尾，看长龙般的火车逶迤而去，看它拐弯儿时跑出的那个巨大的优美曲线，配上"叽里咣当叽里咣当"的铿锵和机车头上喷出的黑色煤烟，心里美美的。尽管过后觉得自己有些狐假虎威，也确实在那个时刻感觉脚下正在碾压千山万水，一往无前的磅礴气势最能让人陶醉。夜里的守车也有趣，整夜都可以不睡觉，看暗蓝色夜空里的星辰旋转，看前方的灯火疾速来到眼前又一闪而过——刚刚读过《西去列车的窗口》，诗意在此时得到了物理性显现。我会痴痴地等待"一站站灯火扑来，像流萤飞走"的画面。对"流萤"二字佩服极了，那真是绝妙的比喻。最喜欢、最渴望的是紫色灯，它好像是另一个世界里生成的幽谷之火，或者是一只神秘的眼睛逼视而来，飘飘忽忽来到眼前却又倏尔闪灭，不让你看清便驰入了暗夜，撇下深邃的秘密和无解的惆怅。这惆怅沉静而且让人入迷，就希望这铁路长得没有尽头，火车永远跑下去不要停才好。

　　这些快乐都建立在守车上，也就是说，这都需要上得了守车才能获得，而运转车长一般不许上他的车，特别是像我这样子不像善良之辈的男青年，更在不受待见之列，就算趁他不注意爬上去，也会被他赶下来。头年冬天我和梁京生去临河县我二姐那里搞"知识青年上山下乡社会调查"，就被赶下来过——那时候有个特定的青年群体叫"社会青年"，我俩离开了学校，失去了"学生"身份又没有"单位"接纳，也被划入了这个行列。跟很多同等境遇的人一样，我们无地立足无处可去，不管我们怎样努力做到本分和恭谨，举手投足之间自带一种没有根底的游民气质，三三两两结伴晃荡，像极了散兵游勇，也的确惹事多多，算是应了"社会青年"之名。正如孟子所言："若民，则无恒产，因无恒心。苟无恒心，放辟邪侈，无不为己。"

我们处在最易惹是生非的年龄、境地，被车长拒绝和驱赶是再寻常不过的事了。他们对女青年还宽容一点，结伴而行的男女知青也比较容易被接纳。头年冬天那次被赶下来，我和梁京生没有走远。天气太冷了，假如我们舍弃守车而扒上货车车厢，车要是开起来再长时间不停的话，非冻死不可，就在守车附近转悠，巴望能在守车上并不火热的铁炉子近旁暖和暖和身体。我们想等车长走远后再次上车。可这人警觉得很，察识到了我们的不良企图，偏偏不离开，守护守车像守护着他的老窝热炕头。但我们没有白等，不久时来运转，等来了一男一女两个唐山知青跟车长恳求上守车。车长是个五十岁上下的师傅，站在守车的铁梯下，唐山知青恳求的话他好像没听进去，盯着他们看了半天，又越过他们看不远处的我们，有些厌烦的样子，最后什么话也不说，头一扭，往机车那头走了。

这意思我们都懂，车长恩准了，赶紧上车吧，别指望他明说，永远不可能。开车前他会回来的，他还得在这里给火车司机发信号呢，但不会再赶我们下车了，他将在我们近乎谄媚的热烈感谢中履行运转车长的所有职责。

事实如此，车长生冷的善意成就了我们那次快乐的扒车旅行。

这样的好运气未必总能碰到，这次我决定走另一条路：蹭车。

　　蹭车是不买票坐客车，有多种"蹭"的方法，我走的一般流程是买张站台票，装作送人过检，上车以后赶紧找个座位坐下来，位置不要紧靠车门，车厢中部最佳。就我的经验来说，车走两三站后开始查票，列车员，有时还跟着乘警，或从车头开始查，或从车尾开始查，或两头往中间夹击。逃票者的应对策略是你从车头来，我就往车尾走，反之，我就向车头方向走，从容站起，不急不缓，做回原座位状、找人状或如厕状，装得跟真的似的，要诀是提前发觉被查到的危险并始终跟检票员保持距离。B市到临河十三四站，不管站大站小，这趟慢车逢站必停，站和站之间的距离很短，基本上还没查到你，车就到站停下了，赶紧下车，跑向查过票的那些车厢，上车，回到原座位，万事大吉。

　　起初一切顺利，上车了，坐下了，车行平稳。邻座是乌达煤矿一个青年工人，我们很投缘，争着给对方敬烟，山南海北聊得高兴。几站走过，心想快要查票了，就有些心不在焉，果然，窄窄的过道里，不经意间人多了起来并往后慢慢地鱼贯而行。

　　这趟火车被上山下乡的学生们称为"知青专列"，铁路管理得相对宽松，疏漏之处很多，处罚得也不严厉，熙来攘往的旅客中，知识青年多了去了，蹭车的人也多了去了。我虽没下乡而是进了工厂，心思和一些知青没两样。我们绝不心甘情愿买车票，更不喜欢被列车员或乘警押解着到车长那里补票。一有风吹草动，我们都知道前头正在发生着什么，眼睛一对视，满车厢的乘客里谁是逃票的，大多心知肚明。退却的队列里有人朝我神秘笑笑，眨眨眼，这信号再明白不过，都是同道中人，我站起来、插进去，挤在人流里慢慢往车尾方向挪步，走过一节车厢，进入下一节车厢，忽然拥堵得走不动了，好像沟里的水回流似的，前面的人也在往这边挤——今天碰上两头往中间查票，还好，车停了下来，我们拼命挤下车，你争我抢地往前或往后跑。

忘记这个车站的名字了，真是个鬼站，上车的人多得不得了，与下车的人在车门口迎面相撞，都是附近农民，肩扛手提箩筐扁担麻袋行李。上车的人唯恐上不去，下车的人更怕下不来，上上下下谁都不肯让步，一窝蜂争先恐后，车门前快挤成金字塔了，列车员的高声吆喝加两手扒拉都不管用。我死活挤不上去，只好扭头另找出路，跑过两节车厢，屡屡错过时机，开车铃声响起来，我仍在车下跑。本来可以放弃这趟车的，由它去吧，老子蹭下一趟车，总不能趟趟车都这么挤吧，但我太大意，那个装着《钢铁是怎样炼成的》和大蚊帐的书包丢在了行李架上，所以必须黏住这趟车。

火车是冷酷无情的铁家伙，才不管车下的人心急火燎，它"咣叽"一声自顾自开动了。紧急关头，没有别的办法了，我紧跟着跑了几步，快速越过路基碎石，手抓车门边一侧的铁把手，把自己挂了上去。

把手是根长长的铁棍，竖着固定在车门两侧。我双手上下攥紧右侧的，尽可能稳住身体，脚下向前勉强去够踏板，踏在了最低也最凸出的一阶，但还是使不上劲，我尽量贴紧火车，身子基本还在"挂着"，怎么也平衡不了，总觉得要飘起来，便不敢冒险去抓另一侧的把手。车轮碾压过铁轨的声音，也声声碾压着我的心。火车明显加快了速度，耳边风声大作，眼睛前面是没了颜色的车门。我不想"挂"到下一站，太危险了，就腾出一只手使劲捶车门，高声呼喊，希望有人听到。老天爷，总算有人通过高高的车门玻璃俯瞰我了，好像听到他在问我什么，我大声说让我进去再说，不过那人未必听得见，或者听到了故意不理睬，我只仰望到门玻璃里面他叼着香烟的脸。车开得越来越快，挂在车外的滋味非常不好受，手臂开始发麻发木，我感觉时间过去了差不多一万年，门玻璃那边又出现了一张人脸，两张扁平的人脸挤在一起跟我说了些什么，可能是让我小心配合，他们要开门了，随后车门开了，我以门把手作为把柄，手臂使劲握住把自己提高，身子荡起来，车内的人伸出手把我拉了进去。

哪个学校的？

我还没站稳，那两张脸就逼过来问，语气凶巴巴的。都跟我差不多的年纪。还有一张脸靠在通向车厢的门边，也很阴沉。

我说了母校的名字，问他们是哪儿的。

我们是铁一中的。他们说，认识姜××吗？

姜××是我的同学和好友，我说认识。

他跟我们打过架！他们说，打坏了我们两个人。

我的母校与铁一中分处两个区，两区之间是十几公里的未开发地带，一条马路连接，两所学校相距很远，向来没有交集，不知道姜××怎么跟他们"打架"的。不过，那年姜××在B市的名头正响，我猜铁一中这仨家伙也许跟他并无瓜葛，也没什么仇怨，只是借此给我个下马威罢了，这是青年人在江湖上惯用的手段，不管诈得住还是诈不住你，气势上先压你一头再说，其实未必真要把我怎么样，所以毫无实际意义。我不好说什么，由他们怎么想好了，好在我与姜××的交情究竟怎样，他们并没继续诘问，我也不想回答，只想尽快回到书包那里去，但一时不能如愿。我要走开回车厢，他们却跟没听见一样，净跟我胡诌八扯些不着调的事。

我们站在两节车厢中间的连接处，不但左右两个上下车的门是锁着的，通向前后车厢的门也是锁着的，我们站立的地方成了一个钢铁合围的空间。门的开阖机关控制在这几位的手里，三四把形状各异的钥匙串在一个小铁环上，在他们手里递来递去。他们不理睬我的焦急，继续跟我东拉西扯。还好，都是年轻人，心思容易敞开也容易受纳，一轮香烟应酬之后，气氛缓和多了。

火车停靠站台，几个方向的门都打开了，被上上下下的旅客推来搡去弄得很心烦，我再次说要回那节车厢。他们极力挽留我多聊会儿，好像跟我的缘分多深似的。我说到怕书和蚊帐丢失，这几位说，放心，你那两样东西没人要！再说了，就算有人没眼力见儿拿走了，只要在这条线左近，我们都能给你找回来。

大家熟络起来，互相报了姓名，知道了要去哪里、要干什么。原来他们也是去会同学和朋友的，要在临河站以远下车，却完全不需要蹭车，之所以没坐在车厢里而是簇集在这个小小的空间中，是因为他们乐意这样，他们才不愿意跟普通乘客一样规规矩矩地坐在座位上，无拘无束地跋扈游走和占有独立空间自得其乐是他们的最爱。那时铁路子弟自我标榜是"吃两条线的"，无限延伸的铁路"两条线"，他们"吃"得平安而快活，完全不必像我刚才的冒险和狼狈。铁路员工是他们的亲属，为他们提供了若干方便。可以说，"两条线"上跑的火车就等于他们流动的家。

　　我们互留了联络地址，几乎成为了朋友。一位男列车员——他们中某一位的亲友吧——寒暄着给这里送来两大盘热气腾腾的饭菜，"铁一中"们邀请我一起吃，其热情之切简直让人不好拒绝。

二

　　二姐说我做事冒失，什么也不准备就出远门，光知道挎个大书包，空空的两只手，连个搪瓷缸子都不拿，也不会借个行军水壶带上，路上你不喝水？你去伊盟得过黄河，过了河还得走那么远的路，这大热天的，渴不死你！带上这些"华莱士"，拿它解渴吧。吃不了的，给你那个梁京生好了。

　　这一线绳网兜的"华莱士"瓜我一个都不舍得吃，想都留给好朋友。

　　黄河是好过的，有渡口和渡船，有船长和水手。渡河价码不便宜，渡一人四毛钱，渡一辆自行车价格减半。那天渡口冷清，不小的渡船只上了两个人、一辆车，等了半天也不见再有人来，船长就说开船了开船了，抓紧了啊。我们矮下身去抓牢船帮，马达就"突突突"地响起来，水手的长竹篙深深插入了河水，绷紧了全身的肌肉，船慢慢开动了。

　　正逢雨季，河面很宽，往上游望去，不尽河水滚滚涌来，匆匆擦过船舷，并不是想象的那样黄，也不太浑浊，流速却很急，马达干劲十足，船斜刺里往对岸走，哗哗水声里有丝丝水腥味。我的水性还好，曾经在黄河里游过泳，当然并非横渡而只是在离岸不远的水湾里扑腾，坐船过河没觉得有什么可怕的。带一辆自行车过河的旅伴是个很壮实的汉子，供销社的职工，此次公干完毕要回家。真亏了他就在黄河边上过日子，离水这么近却怕水怕得要死，这么大一条木船，哪里不能站人，他偏半步不离开，我到哪儿他跟到哪儿，两手死死抓住我的膀臂，弄得我心里很烦。我想真要是落了水，这家伙非得把我拖死不可。

船到河心，听到了轰隆隆地响，我看到左前方有个巨大的漩涡急速旋转着，旋出一个圆斗形水坑，轰隆声就是它发出的。船长喊了声什么，船身抖动得厉害，船速明显慢了下来，像被什么东西拖住了似的。那是我感到微微恐惧的时刻，我的旅伴紧张得五官都变了形，他的身子微微颤抖，我的胳膊被抓得生疼。好在这神秘的漩涡很快被甩在了身后，距离南岸不远了，两个水手纵身入水，一左一右，在没胯深的水里艰难地将渡船推到了码头。

踩着跳板跳上了岸，走在踏踏实实的土路上，我觉出渴了，很渴。

左肩挎个鼓鼓胀胀的书包，右肩挎个沉重的七凸八凹的网兜，我走向一个村子找水。时近正午，烈日当头，街上人不多，狗热得趴在树荫里张开大嘴吐出舌头喘气。树下有水井，有辘轳，缠着辘绳，偏没水筲或笆斗，我跟近处一户人家的大娘借，大娘说，井里头是臭水，不能喝，我给你"滚一滚"吧，"滚"了的水就不臭了。我懂得她的"滚"即烧水以及烧沸了的意思，凑近井口闻闻，果然有股说不出的味道，特别不好闻。我想有味的水，即使"滚"过也不会好喝。大娘看我迟疑，说，我们这个村子好几口井，井水都是一个味儿，你到哪口井，都喝不到好水，还是到树底下等一会儿，说话我就给你把水滚开。

我不想等待了，谢过老人家，快步返回黄河岸边。我的童年是在农村度过的，知道一点野外求生的方法，此刻派上了用场，双手在潮湿的沙滩上掏出个一肘深的坑，等了会儿，眼见得河水渗过来了，再等一会儿，水积到一定深度同时澄得清亮了，掬起一捧喝下，一丝腥味也没有，那半坑河水又清凉又有淡淡甜意，熬人的干渴和焦躁瞬间都解了，脑子清醒起来，周身顿时涨满了力气。

重新上路的时候，我突然想到，刚才在村子里见到的人，无论男女老少，没几个模样顺溜的，或个头，或眉眼，或口鼻，总让人觉得有欠周正的地方，脸色也大多晦暗枯干，看上去病恹恹的。一方水土养一方人，这应该是"臭水"造成的祸患吧。可他们离黄河并不很远，挑担河水，来回不会超过几里路，为什么死守着那几口臭水井呢？

和梁京生见面后，我说出了这疑惑，又夸黄河水清凉好喝。京生想了想，煞有介事地说：严重的问题在于教育农民。

这是他对某句语录的照葫芦画瓢。后来他问我那个臭味到底是什么味，我说难闻得很，烂菜帮子味？臭水坑的味？捂了一冬天的地窖放出的味？也说不出到底是什么味。

你错过了一个好机会。要是我，我就尝尝那口井里的水，到底是怎么个臭法。梁京生认真地表示遗憾。

我可没他那么多想法，离开黄河，在它与库布齐沙漠之间一条尘土飞扬的路上走了很久。说是三十几里路，真的走起来觉得越走越长，我觉得得有三百里那么长了，总也走不到巴拉亥，沿途没几棵树，没遮没挡的，也没风，更没人，好像这世界上只有我一个人在赶路，晴空万里，连片云彩也见不到，毒辣辣的太阳晒得我的头脸烫得很，身上都快冒烟了，准备带给梁京生的"华莱士"我吃掉了一半。这东西又香又甜，瓜汁浓得粘手，好吃得根本忍不住，但越吃越渴。

三

　　团文艺宣传队组建不久，如同所有初起时期的新兴团体那样洋溢着朝气和亢奋，清规戒律也多，规定非团员亲属来访，概不留宿。梁京生早在信中和我商量好了，我扮作他的表哥，先订对好各种细节，比如是姑表还是姨表，我在哪儿工作、什么工种以及为什么来兵团等等，合卯合榫，别穿了帮，蒙混过头儿们，我就能够吃住在宣传队，我们就可以在一起尽情聊天。我们就爱聊天，什么都聊，聊什么都开心。可我们的聊天时间很少，梁京生他们一天到晚忙得不得闲。就算聊不成天，能在一起吃住，也是快乐无比。

　　我跟梁京生会面的时候，他还没从重体力劳动中完全恢复过来——二十三团南边是库布齐沙漠，背靠黄河，河滩上原有片盐碱地，梁京生刚到兵团，立即投入了劳动，干的都是特重的体力活儿。在这片盐碱土地上开荒种田，先是担沙压碱，接着脱坯、盖房，全部生活设施都需白手起家自己解决。梁京生是特别愿意吃苦的人，有时候颇像苦行僧，以吃苦为乐，为了磨炼自己，主动吃大苦，所有的重活儿苦活儿，他都争先恐后去做。梁京生干活儿不惜力，拔麦子累到差点虚脱，脊背和手臂上的皮肤被烈日晒成了"日光性皮炎"。调到团宣传队后，繁重的体力劳动一点也没减轻。报到的第二天，梁京生和宣传队的战友们每天早起到砖窑帮着出窑、背砖，早饭后排练节目，也紧张得很。七月中旬他们奉命到一个叫"库伦滩"的地方帮助农民抢收小麦。烈日当头，苦力难做。当地民间有"四大累"的俗谚，"脱坯"和"拔麦子"是其中的两样，"军龄"只有四个月的兵团战士梁京生都赶上了。

团宣传队虽说隶属于生产建设兵团，管理得倒比正规军还严，要按时出操，要整理内务，要排练节目。内务的要求十分苛刻，稍有差池就得返工重做。宣传队队员们按部就班地做这一切，我基本上是看客。梁京生把床铺收拾得跟真正的军营似的时候，操练齐步走的时候，以及列队恭听首长训话的时候，我就在不远处溜达，人家竟也容忍这样一个异己分子不尴不尬地待在这里。

宣传队正在进行文艺节目的"创、编、练"，听上去挺有趣，比较大的节目比如歌舞类是在场地上排练的，在原为小学教室现为男战士宿舍中排练的是小型节目，都不排斥我这个"表哥"在一边观看。他们政治学习以及开会的时候，我必须离开，就在团部周边游荡，也把那本《钢铁是怎样炼成的》拿出来看消磨时间。那个地方树少，连块树荫也不好找，有时候只好躲在房后的阴影里看一会儿。重新看这本书没什么兴趣，我盼望的是晚饭后，那可是聊天的最佳时间，梁京生和我可以踏着月色，在营房周边的小路、沙地、沟渠岸上，信步走来，信步走去。有两次，梁京生在宣传队里结识的好友也加入了我们的遛弯和谈天，话题就广阔无边了。

我们的知识面不宽，层次也不深，但我们渴望探求真理，渴望知晓世界的秘密，尽管极其初级，歧路多多，绝大多数聊天都没有结出果实，但这种探求本身是有益处的，它使我们没有囿于一时一事，跳出狭隘的个人爱憎、见闻，并始终保持健康向上的精神状态。

知心朋友之间的交流具有奇妙的魔力，互相碰撞，彼此激发，融汇又分流，会使我达到一种类似喝酒"微醺"的境界，交谈的很多内容随着时间的流逝都忘却了，但那种微醺的美好感觉历久弥新。

我们无所不谈。

有一次我们谈到了"人所具有的我都具有"。那几年，印有这句格言的"格言集"油印小册子大行于世，里面集纳的都是革命老祖宗的醒世箴言，对我们有特别的魅力。梁京生赴兵团前夕，我们就这句格言的含义究竟有多深多广争论了很久，此时，在兵团宣传队驻地，我们接续着几个月之前的分歧又争论起来。

"我都具有"的意思很明确，应无二解，分歧意见出在"人所具有"。梁京生和我的阅读范围有限，知识结构的缺失也多，争论双方都不太讲逻辑，甚至争论伊始我们所站的基点都是错的。我们还未能对"人"的善恶有多深刻、多准确的认知，未能对人性的复杂、脆弱和黑暗有深入的理解，我们也未能认识具体的"人"之本能与意志较量的深层意义，欲望、本能、意识……自然之人与自为之人，"形而上"的人和具体的人，我们都分不清。我们认真而错谬，浅薄而执着。人所具有？什么"人"？坏蛋和好人"具有"的能是一样的吗？坏蛋"具有"的，伟人们难道也"具有"吗？

打住，不可往下说了。隔墙有耳伏寇在侧，这么接着说下去，极有可能就出格了。要想说服对方，那等白天得便的时候跑到旷野或空地去说吧。

有时候话题往斜刺里跑了，跑到相邻的事物上去了，也不回头，顺势聊下去；有时话题跳到毫不相干的事物上去了，索性信马由缰地乱聊，也能聊得畅快。下乡到农村和牧区的知心友人的现状，父母和兄弟姐妹的近况，我在工厂发生和遇到的笑话，他的以及他的战友们的糗事，以及所有想到的事，都成了我们的海聊内容。

兵团那几日可真是好时光，好得让我们觉得时间短得离谱，说起来在一起聊天的时间不算很少，我们聊到了很多事情，却仍然觉得时间太短，似乎刚开始说话，远没有尽兴，就寝的哨子催命似的响起来，我们得赶快从沟渠边、小路上快步回寝室。兵团"土八路"们在装扮上虽然比正规军人差得远，军装既不合身，颜色也不纯正，又没有领章帽徽，军令军纪还是很严肃的，允许我留宿几夜，已经足够宽宏大量。但梁京生和我不知餍足，屡屡违反人家的禁令。

寝室很大，好像是由教室改造而成，宣传队的男兵全部睡在这里。一排大通铺，头挨头睡下去，差不多就该熄灯了。我带来的大蚊帐梁京生没用上，宣传队每个成员都分到了崭新的军用蚊帐，又实用又简洁，这个大蚊帐正好由我独自享用。梁京生睡在近旁的蚊帐里，哪有睡意啊，我们聊得正起劲呢，还有那么多话要说呢，声音低低的，尽量不让别人听到。熄灯哨子吹过，挂在屋顶的电灯熄灭了，黑暗中的我们压低声音，仍然兴致勃勃聊得起劲。聊天本是畅快的事，这样喊喊喳喳的声音也让我们觉得特逗。说到趣事，我们会忍不住笑起来。笑声很低很小，但也惹人反感，大通铺的尽头处有人轻轻喝道：那边别说了，睡觉！反而让我们绷不住劲，突然爆发的大笑打醒了宣传队队员们的朦胧睡意，这便犯了众怒。宣传队队员们给我们留足了面子，没有谁大声谴责，但不满加抗议的咳嗽声响亮起来，警告意味明确的手电筒光束照在我们头上，就不移走。

那是兵团创建的第一个夏天，后勤供应很充足，团宣传队的伙食尤其好，人家待我很优厚，我心大，不见外，过得跟在自己家里一样，一日三餐和大家一起上饭桌，饭菜丰盛得很，我每餐都吃得放不下筷子。

我像附着在兵团这个庞大躯体上的一只蚊虫，飞起飞落，优哉游哉地过了好几天。

我本来有望在宣传队再住几天的，可只住了三天，就被下了逐客令。

事情坏在一个访客上。那两年，下农区、牧区的同学你来我往走动得很频繁，又都喜欢到兵团串串，体验一下不一样的生活。梁京生本年级的一个同学，不是一个班的，从很远的牧区来兵团找同学玩儿，先找梁京生，由于不是"亲属"，只允许在宣传队吃顿午饭，饭后就下连队找其他同学去。我们事先跟他说好假扮"表兄表弟"的事，让他别说漏了嘴。据说鱼的记忆力只能持续七秒，这位高人的记性比鱼好不到哪里去，刚才的话他转瞬即忘。开饭了，七八个人围坐一张桌子吃。年轻人喜欢边吃边聊，谈起某件事，梁京生说，这是我表哥昨天告诉我的。这家伙一脸懵懂，问你表哥什么时候来的？怎么不来吃饭？梁京生说你怎么了，不就坐在你边上吗？不料这小子大笑起来，我在桌子下踹他的脚也阻止不了他的嚷嚷：表哥？我还不知道你俩，他什么时候成你表哥了？哈哈！猛然意识到自己失言捅了娄子，他便哭丧着脸，再也不言语。

后果很严重，团宣传队领导很生气。他们没有当面揭下我的伪装赶我走，只是命令梁京生，让他这个"表哥"立即离开。梁京生在头儿那里面折廷争，一口咬定我就是他的表哥，他就是我的表弟，货真价实，如假包换，只是那个同学不知晓这层关系才闹出了误会，希望能再留我几天。可宣传队根本不听他的辩解，逐客令即时下达。军令如山，我只好走。

梁京生很郁闷，因为我的半途离开，有的事情还没聊通透，也因为近来他的心情不太舒畅。

团文艺宣传队组建比较仓促，连队里稍有演艺方面一技之长的战士都抽调来，真要上台演出，还得有台面上的真本事，无非是铿锵豪壮的歌舞，要么颂，要么仇，颂要激情澎湃，仇则咬牙切齿，高亢、激昂，极度崇拜，或横眉立目。梁京生被抽调上来，是看上了他的语言天分。他能模仿不同地域、不同方言、不同语调的人，说得像极了，又打得一手好梨花板，山东快书说得很纯熟。但他发现文艺宣传队对曲艺不大看重，山东快书和快板书段子始终没有被列入重点节目，他自己对这种技艺也产生了怀疑。我问他为什么，他说，不知怎么回事，每次说山东快书，我觉得自己跟个小丑差不多。可我又不会唱、不会跳，一种乐器也不会——我也不太喜欢摆弄这些。我整个儿快成宣传队的冗员了。

　　梁京生希望承担的是文艺创作任务。他有写作计划，有激情，写诗、写剧、写散文，想得特别多，却都有些大而无当。

　　梁京生说"困难还没具体化，是最大的困难"。他说眼下最重要的"实践"是写作而非"阅读"，《钢铁是怎样炼成的》要我带到兵团，原是想重新读一遍，以期再从主人公那里获取些力量，同时学些写作方法的，此刻改变了主意，这本书他不想看了，保尔·柯察金所经历的艰苦卓绝，兵团战士们差不多也经历过了，他们的意志和毅力经受了足量的锻炼和考验。再说，他现在也没有时间看书，就算挤出时间来，怕也是看不了的——兵团的生活节奏紧张，政治氛围比地方上严苛得多，不太适宜读书，时兴的政治图书之外，所有的文化产品，基本都在被排斥之列。梁京生有些不舍地抚摸着《钢铁是怎样炼成的》说，算了，你还是给我带回家去吧。

　　用军绿色大蚊帐把《钢铁是怎样炼成的》重新裹好，小心而费劲地塞入书包，这件鼓胀欲破的家什又原样挎在了我的肩上。我身上还多了件东西：一把成色不错的胡琴。宣传队新近添置了若干乐器，队员自备的琴、笙、笛、箫可以退役了。二胡演奏员与梁京生交好，得知我有学琴的念头，将他拉了多年的胡琴连同一块蛋黄大小的松香都赠给了我。

　　回头又坐船过黄河走到进步大队。从二姐那儿再出发的时候，我的身上挂得累累垂垂：装着《钢铁是怎样炼成的》和大蚊帐的黄书包斜挎在肩上；又是一网兜的"华莱士"，足有十几斤，挂在另一侧肩头；胡琴套着墨绿色包衣，虽然很轻，却娇贵得不得了，小心翼翼地提着，生怕磕了碰了；最要命的是装了二十几斤糜子米的粮袋子，羊毛编织而成，鼓鼓囊囊的，扎紧后的袋口留得极短，弄得袋子没头没脑的，提不好提，背不好背，腋下又夹不住，只好扛着，这么多东西滴里当啷披挂了一身，太累赘了。我再三跟二姐说我还得扒车呢，带不了也不想带这么多东西。二姐根本不听我的抱怨，她认为我无所不能。她说，别的我不管，"华莱士"和糜子米是给父母的，带不带，你自己看着办。

四

一个名叫"蓿荄"的铁路小站，停着一列长长的货运火车，避开一位矮墩墩、冷冰冰把守车当作金銮殿不容他人有非分之想的运转车长，我带着一身的宝物，爬进了一节空空的车厢，这就是典型的"扒车"了。

运输原木的车皮坐不得，弄不好，"封车"的绳子断了的话，这身肉就被"擀了面片儿"；运砖头的车皮坐不得，把自己塞在砖头与车厢板壁之间，万一砖垛码得不好，刹车刹得猛了，砖块垮塌下来，被砸个鼻青脸肿恐怕是轻的。暂且栖身的这节车皮好像是刚刚卸掉了沙子，脚底下不干净，总打滑，脏是脏了点，比运煤车可干净得多。我的运气不错，能扒进这样的车，知足吧。

这列货车的车帮很高，差不多得有两三米吧，我把自己安顿在它的一角，妥妥地放好又沉重又零碎的行囊，静候火车开动，可它总也不开，在这个可能是世界上最小的车站停了不知多久，烟抽了好几根，天上的云彩聚拢得越来越厚，无聊而郁闷中，身下拖了一下，前后的挂钩在碰撞中拉紧了手，火车总算开动了，我舒了口气，舒舒服服地靠着板壁半躺下来，看云彩在天上涌动，真个是白云苍狗变幻莫测。听火车轮子"叽里咣当叽里咣当"地转，节奏感十足。独占一个大大的车厢，横躺竖卧全都由着自己。扒车的感觉真爽，我的心情很好。

什么情况？

感觉车加速跑了没多会儿就开始减速，居然慢慢停了下来。发生了什么事吗？刚刚停稳，一张长满络腮胡子的大脸出现在车厢上方。居高临下的检车员说话懒懒的：

出来吧！

原来是临河站到了，它怎么这么快就到了而且还停了？原以为这列货车会呼啸而过呢。临河车站很小，看上去比一节火车车厢长不了多少，真够背运的，我坐的这节车皮不前不后，恰恰对着车站正门，这位大脸检车员踩着车皮上的梯子，不经意间把我逮个正着。他看我的眼神里有些得意，也有些嘲弄，就像俯瞰一条被困住的流浪狗。

我插翅难逃。

通常的情况是，扒货车的人被从车里赶出来，跟饭粒或菜屑被从牙缝里剔除差不多，残渣一枚，赶快走掉便罢了，我就这么走掉过不止一次，人家不屑于再理睬你。但抓住我的这个家伙太讨厌了，非得让我补票——坐货车补得是哪门子的票？真是活见鬼！此公不听我的恳求和辩解，根本不和我讲道理，一点通融的余地都没有，扎撒着满脸的络腮胡子催逼我快下车，不然他就下来抓我。然后他催促我快点走，补票去。他怕我中途跑掉，押解着我去站里的时候寸步不离。其实他大可不必如此紧张，我倒是想跑，可满身这么多累赘哪跑得了，就算跑出半里地，他费不了多大劲也能把我逮回来的。

被押解着到站里补票的还有个人，跟我差不多的年纪，是从前头的车皮里被人捉出来的，也是一脸的晦气，各自补交了五毛钱——没什么事由，名目好像是"罚款"。本是同道中人，惺惺相惜，我们两个倒霉蛋立马成了朋友。

此人姓段，B市四中毕业，从巴彦高勒那边过来，目的也是回家，腿脚有残疾，走路不太利索，却是个扒车的老手，看上去精干得很。他看了看我背的扛的提的，皱了皱眉说，你带这么多东西还怎么坐车！来，我替你拿一样吧。他把我的书包拿过去，很随意地与他的书包交叉挎上，和我商量下一步行动。

天阴得越来越浓，夜色早早地来了。我们在面对着车站的一排铺子外找了个不引人注意的旮旯，难兄难弟"圪蹴"着，两对膝盖中间放着我那些东西。

还扒车吗？当然得扒车。

想不想蹭车？当然想，可带这么多东西，就别想那好事了。

什么时候？越快越好。

这个车站又小又老旧，可管得太严了，我们得跟它拉开距离，离开铁路人员的视线，但不能离得太远。我们选定的出发地是车站东侧木栅栏的尽头处。先将自己隐藏在木栅栏外一所屋顶仅剩几根檩椽、几片破瓦的房子里，说白了就是断壁残垣。也顾不得满地的灰土和屎尿味道，只有一门心思，从豁口瞭望车站里来来往往的货车，其实看不见什么，主要靠支起耳朵倾听，生怕错过往东开的车。车站的大喇叭不时高喊诸如"妖拐洞妖"或"妖洞八勾"准备发车啦什么的，都不是我们要扒的车。我俩要上的货车是尾号必须为偶数的车，千万不能上尾数是奇数的车，上错了方向的车那会很惨的。然而，我们急于听到的"偶数"车次一直没听到。往西开行的车不少，往东开的也不少，都是隆隆驶过，绝不停留。

等着等着，在这破房子里我们居然睡着了，入夜才醒。

星月隐没，乌云满天，风很大而且越来越大，有几个大雨点落下，打得土地噗噗响，头顶上仅存的瓦片发出嗒嗒的声音。此时此刻，终于听到盼望已久的尾数为偶数的火车"就要发车啦"，一刻也挨不得，我们拿起所有的东西，拔腿就跑。再次从栅栏东端的尽头跑进多股轨道间。

左右两台机车拖着长长的货车并排停着，都点着火，我们不知道停在哪条轨道上的火车是可以信赖的，只好在两列火车中间，沿着高低不平路往西跑，希望运转车长举起的灯光能够给我们确定的指示，或许还能扒上守车。

很黑的天地，黑色的列车，高处的几盏红色大灯照出了淋淋漓漓的雨，我们在焦急中更觉得雨水大起来了。正在跑着，左侧的火车车皮发出连串撞击的闷响，感觉到火车在动。果然，这条看不到头和尾的钢铁巨蟒缓缓爬动起来。上守车是没戏了，先扒上车再说。正好一节平板车开到眼前，我们将随身的杂物扔上去，跟着跑几步翻身上了车。

这节平板车上四轮固定绑着一辆小轿车，我们忙不迭地将书包和米袋子塞在车下，接着把胡琴也塞了进去。还没起身，雷电闪过，蓦然发现在小轿车前面有个庞然大物——一辆公交客车稳如泰山般屹立，它的轮毂也被紧紧绑缚在平板车上。我们真是蒙了，近在咫尺，却才看到它。车里有微弱的光点一闪一闪，是烟头明灭的红，里面有人！那我们也进去。

客车门紧关着，车窗多是升起半截的，幸运的是有一扇窗玻璃落到了底，这扇窗户成了落难者进出的唯一通道。车里的人很友好，先将我们的随身宝物接进去，然后下面扒，上面拽，我们总算把自己塞了进去。

谢天谢地，狂风暴雨中，我和段君有了栖身之处。

跟我们的年龄和身份差不多，车里的人都是这几届中学毕业生，来自 B 市不同的学校，经历和处境也大致相同，彼此说起来一度热烈，不一会儿场面就冷了下来。偌大一部客车，七窍八孔，此刻显得玲珑剔透，通风漏雨，几乎没有一处能够安身。我们从头到脚浑身湿透，都冻得不愿意对话了。冷，特别冷，异常冷，是那种浸入骨髓、由里到外的冷，好像心脏吸尽了全身所有的热量，便不由自主地瑟缩了全身，让肢体尽量靠近它吧。

我们身着单衣薄裤，根本抵挡不住狂风暴雨的鞭打。有人将蒙在汽车引擎上的人造革揭下来裹在身上，或将自己缩进风雨击打面积小一点的角落。我将身子缩小，瑟缩成小小的一团，闪过这样的念头：冻死的话，身体也会像胎儿般蜷缩着身体吧。心口紧得要命，控制不住上下牙"嘚嘚"地打架。曾经有过将大蚊帐掏出来裹在身上救急的念头，却生怕它包着的书被雨水淋湿而放弃——书包已经被淋湿，只是不知道湿透了没有。它被小心地放到安全的角落，盛米的羊毛袋子摸上去也有些湿了。

太冷了，冷得要命。救我命的是半盒"朝阳"牌香烟，手抖抖地点一支吸着，口腔里的热气氤氲而过，想象它经由肺腑直达丹田，当它是真的，它就是真的了，似有若无的热就传递到全身了。

我们坐在汽车上，汽车坐在火车上，火车奔跑在铁轨上，它一往无前，在浓密漆黑的夏夜里冲出一条生命隧道。闪电如金蛇狂舞，霹雳乍响在头顶，狂风抽打着汽车和火车，无孔不入，嘲弄般扑到我们的头上和身上。没有表情的四五张脸，在电光明灭中频频闪现又疾速隐没，刹那间的闪烁明灭里看起来都跟鬼似的。火车声声长啸，天地在混沌中旋转，我们风驰电掣隆隆前进，"浪漫"极了，也恓惶和狼狈极了。

溜进来的雨忽而猛烈浓密，忽而稀疏细小。火车忽然停了，停在黑魆魆的旷野里，车和人都像凝固了似的。不知道停了多长时间，让过了一趟客车，又开动了。风雨飘摇，车头甩过来的烟尘，和着雨水和煤灰钻入遍布车身的窍孔缝隙。前方的天空现出一抹灰白色的时候，火车又停了，停在 B 市西南面的一处地方，我的感觉好像这里是个铁路机务段，雨雾朦胧中，大喇叭的喊声听起来很远，我们听得懂的大意是这列火车要重新编组，不走了。

活动活动冻僵了的四肢，从窗口依次爬出，我们又困又冷还饿，胸口更加紧缩，躯体伛偻，脚步踉跄，浑身筛糠也似的抖。好在雨变小了，五六个人互相点点头算是道别，都得想办法继续搭上东去的车，离B市还有十几里路呢。此地不宜久留，我们就是一群"贱民"，到处撞破人家的规矩，也许惩罚很快降临，赶紧各自逃生吧。

我和段君是先后扒机车到B市火车站的，扒车的人多，都拼命往机车上爬，挤在它后面窄窄的落脚之处，段君再次拿去了我的书包并顺手帮我卸下了最沉的米袋子，我爬上去站住了脚，他一身累赘没赶上，大声喊我什么，眼见得他退得越来越远越来越小了。书包和米袋子都怕雨淋，最让我提心吊胆的是书。糜子米着了雨，晾晒后应该还可以吃，要是书被淋湿，那可就面目全非没法看了。

我到B市火车站后不敢出站，一直在与站台隔着几道铁轨的对面，观望着西边来车，直等到又一辆机车驮着段君赶了过来。他的手脚不麻利，能扒上这趟机车不知费了多大的劲。此时雨已经停歇但天还未放晴，段君身体僵直，两腿都不会打弯了，趔趔趄趄，一步一颠，把书包和米袋子交到我的手里。

快看看你那宝贝书淋湿了没有？这破天，下的这破雨，没完没了的。段君哆嗦着说，你跑得也太快了，我紧赶慢赶都没赶上。

打开鼓胀胀的书包，费劲地掏出卷成一团的蚊帐，再小心翼翼地翻出《钢铁是怎样炼成的》，我感觉特像从绿渔网里摘出一条捕获的鱼。再次感谢天地，这宝贝虽然因为被严重压缩和受潮不那么挺括了，书页边角有些起皱，却显然没被淋着，切口的颜色也都正常，翻一翻，整本书一丁点水渍也看不到。

我和段君如释重负。

我忘记了段君的名字，只记得我们一同到站外吃早点，油条铺的老板娘瞪大了眼睛看我们，诧异里带着警惕，还有点怕意，像看两个怪物。其实我们早该意识到自己就是怪物，十足的怪物，压根儿就不该招摇过市。从绕出车站到这家简易的早点铺子，我们一直是在诧异的目光中走过纷纷闪避的人们的。此时此刻，醒悟过来的我和段君面照面打量，眼前陡然亮了。我们彼此为镜像，看到的就是自己：满头灰发蓬乱，肮脏的脸被雨水冲出了几条深深的沟壑，嘴唇青紫，颧骨立突，红眼圈里的黑白眼珠直愣愣对视，蓝裤子皱巴巴没了模样还破了裤脚，黑地儿和蓝地儿混合了尘灰煤灰雨渍，变成了斑斑驳驳的迷彩色……

五

好友陈幼民插队陕北，回到北京多年，依然对那里魂牵梦萦，写了很多篇回忆文章，后来结集为《崖畔上开花》出版，是知识青年怀旧类图书中别具一格的佳作。在幼民兄质朴清新的笔下，峁塬沟壑都有了生命和灵魂，风俗民情的鲜活，寒暑劳作的艰辛，陕北之苍凉中的美好，作者之惆怅中的思念，读来如在眼前感同身受。书中的《回家之路》篇，记叙他从下乡之地回北京过年，路上窘迫多多，百折千转，备尝艰辛。很多岔口前的临时选择看似荒唐，实则无可闪躲，均属成长道路上的必然，都是我们这一代人绕不过的青春。

我虽然没有下乡插队，却多次到农村、牧区和兵团探亲访友，远行兴奋不已，返程归心似箭，夏季烈日当头，冬天大雪封路，舟车风雨道路盘曲都刻入了生命的年轮。生命之树经霜见雪，年轮便如涟漪般圈圈扩展绵绵不绝，纹路也越来越清晰，深深浅浅曲曲弯弯，记录了太多的无奈、拼争和快乐。看了《回家之路》，感慨系之，作了一首诗《回家》，写自己从村庄、草原和沙漠回家路上的坎坷困顿，以应和幼民兄大作。诗写得太直白、很稚拙，缺少了古体诗应有的含蓄，格律也不太对，但对于我们来说，诗艺高下并不重要，重温并记取那段蹉跎岁月，是有意义的事：

青春做事无荒唐
"回家"牵我记忆长
托钵踏冰鞭驽马
避警怀书匿陋房
白草错生黄蓬雪
晚山接覆早河霜
破衣怕伤慈母泪
才叩柴门又彷徨

我和老杜

一

人与书结下缘分，有时候是需要运气的。

大概是一九六八年前后的事。有一天，我到老同学唐君家玩儿。唐君家在"老楼房"，即五十年代工厂创立初期盖起的一批苏式楼。他家房间多，还有个小过厅。过厅的水泥地上胡乱堆着不少书，是我那天一进门看到的不寻常现象，好好的书怎么扔在这里？接我进门的唐君说，这些书是他的小弟从图书馆弄出来的，没地儿放，也没人稀罕，随手堆在家里。

你不是喜欢书嘛，唐君说，随便挑吧，看哪些书可心，尽管拿走好了。

这真是天降好事，我就蹲在地板上一本本翻看。科技类、少儿类、教育类、文艺类……书很杂，什么类型的都有。过厅是暗厅，昏黄的灯光下，蓦然看到书堆里有一本很厚很厚的书，没头没脑的混沌模样，拿起来看，缺了封面封底，直入眼底的是扉页上西方风格的装饰性图案，中间横陈两个大字"唐璜"，下面有小字：（英）拜伦著。打开看看，除了一些插图，从头到尾全是一行一行的诗句。

曾经影影绰绰听说过近代欧洲有两个诗人特别了不起，一个叫雪莱，一个叫拜伦，但从来没读过他们的作品。此刻突然出现在眼前这么大部头的一本书，应该是拜伦的巨著吧，这可是遇见宝了。虽非"踏破铁靴"寻觅，却真的是"不费工夫"得来，兴趣大增，也很兴奋，别的书不看了，只取这一部。让我纳闷的是书只有内文，秃头秃脑的，宛若一只被拔光了羽毛的绿孔雀，看上去十分别捏。

好好的一本书，书皮儿哪里去了？

唐君说，他的小弟看书的硬壳子封皮好玩儿，就撕扯下来要做个什么围挡或者什么垫儿之类。他的回答让我哭笑不得，这不是暴殄天物嘛。像所有的图书一样，《唐璜》的封面和内文应该是长在一起的，离开了书瓤子，封面还能做什么用？我真想象不出。唐君看我拿着兀兀秃秃的《唐璜》，反复摩挲着书脊上凝固了的残存胶质，很惋惜且心有不甘的样子，就说，如果我觉得封面很重要，再如果封面还没有被他弟弟弄残或毁掉的话，他出面给我讨回来。

一部难得的大书，怎么可以忍心它遭此没面目的酷刑？第二天我跑到唐家，没等我开口，唐君就拿出了连成一体的《唐璜》封面、书脊和封底，还算保存完好。封面正中是一幅欧洲风格的画：林间月下，头戴宽边帽，上唇留着小胡子的青年男子面色忧郁右手托腮，必是唐璜了。而鬼魂儿似的出现在画面中的姑娘头像，应该是唐璜的情人吧。

大喜过望，将正文与三节鞭式连接的硬壳子对接起来，榫卯和合，浑然天成，世界名著《唐璜》全须全尾地站在了我的小书架上。

唐君兄弟四人，他行三。他的小弟十四五岁，与唐君一样不喜欢看书，某一天不知道怎么心血来潮，突然对书来了兴致，跟上一帮小伙伴砸开某个图书馆久锁不开的大门，每个人都抱了些胜利品回家。他对书的新鲜感只持续了这么一段时间，到此已经耗得净光，弄来的书成了赘物，再也不理睬。出于废物利用的心思，他撕掉了《唐璜》的封面。

我的运气不错，这部宝贵的大书归了我。

但《唐璜》的命运多舛，到了我的手里，它又受了一次伤劫。

这次伤劫来自于老杜。

老杜是我的好朋友，在工厂里学做铣工，操作一台体量庞大的铣床，在那时算得上先进机器，据说某种军工产品之关键部件就是由这台床子加工的。能将这么重要的机器交给老杜操作，看得出他很得领导和师傅的信任。老杜脑子活泛，没学多久就掌握了操作要领，但他做事浅尝辄止，学会了便停下了，技术够用就行了，再不往前走一步，他不会将更多的时间和精力用半点到铣床上的。足够用的技术使老杜自信心满满，操控起床子来潇洒飘逸，不幸的是铣床不懂风情，粗暴地铣掉了他右手食指的第一节。

老杜痛彻心扉呼天抢地，被送入医院紧急救治，最终落了个"劳动功能障碍伤残十级工伤"。工伤事故嘛，公家医治公家养着，老杜理直气壮地在医院里待了很长时间，半治伤半疗养，痛苦中不乏惬意。我去医院外科病房探视的时候，老杜半躺半倚在涂着白漆的铁质病床上，说话间，时不时发出一声呻吟。我说这么长时间了，你怎么还疼得这么厉害？他说你站着说话不腰疼，十指连心你知道不知道，切掉你半根手指头你试试？

老杜要求我下一次去看他的时候务必把《唐璜》带去，说他想看这本书，读到这本书他的手指就不会疼了。我说这本书你不是看过了嘛，他说那次不算数，现在，就是此刻，在医院的病床上，他要重读，要认认真真地把《唐璜》读个够、读个通透。

外科病房病患不多，颇为清静，时在初夏，窗外高大的白杨树将婆娑树影和沙沙响声洒进病房，躺在窗下病床上的老杜尽可以在这里很惬意地看书，尽情领略唐璜在大海上落难漂流的传奇。如果他真的看过，那么他可以重温救生木船上那些因饥渴到极点而变态的人如秃鹫一般的凶残。以抓阄的残酷方式来选出谁将是要被吃掉的倒霉蛋，奇崛荒谬的故事让老杜念念不忘，一次次讲给我听。再往后，是令老杜最动容的情节：唐璜的情人写给他的情书被作为纸阄，船上的人不得不经历可能抓中的恐惧，或逃出生天的幸福……老杜说这个情节非天才不能想出，拜伦就是不世出的天才，老杜对他佩服得五体投地，这与老杜懒散而浪漫的天性十分吻合。

老杜有没有将《唐璜》读完我不知道，我知道的是，老杜的耐性不足，而《唐璜》这部皇皇巨著，体量太大，从头细细看到尾的人真不多。他上一次借去自称读完了，但我感觉他读得比我还糙，记住的全是好玩儿的故事，书的精要并没读出来。

老杜在医院住得很惬意，医生几次催促他出院，他都赖着不走，实在赖不下去，才恋恋不舍地告别了病房，来到我家，将《唐璜》还给了我。我打开书看，总觉得缺了什么，突然明白，扉页与正文之间的作者像不见了！

那是印在铜版纸上的半身黑白画像，面容俊朗的拜伦卷发蓬松，领巾飘拂，微微斜视的目光中自有俾睨天下的高贵，还有忧郁和冷漠……不知去向。

面对我的质问，老杜一脸懵懂，把书接过去，书页翻得哗哗响，好像那图片还在书里，只是被移到了别处似的。整本书都反复翻过了，对着我发了好长时间的呆，不知所以，忽做恍然大悟状，骑上自行车飞速跑走了。直到晚上，他也没露面。

那几天我心神不宁，缺失了作者画像，我的《唐璜》再次变得不完整。对这部书来说，这哪里仅仅是一幅画像，打个牵强的比喻吧，画像无端消失，等同于老式四合院里精美的影壁突然不见，这个院落的气蕴就泄了。我不能接受。

在我快要无望的当儿，老杜骑着车子飞驰而来，将拜伦像——还好，没有折叠，夹在两张硬壳纸中间——送到了我家。

我将拜伦像小心地贴在原来的位置，正神归位，图书圆满，饱受蹂躏的《唐璜》又有里儿有面儿全活儿了。我在高兴之余，严重怀疑老杜将我的《唐璜》借给了别人，才导致画像不翼而飞。

借书有个约定俗成的规矩，书只供借入者自己看，他不可将书转借给第三方，特别是未经书主人知晓的前提下。显然，老杜破坏了这个规矩。

老杜坦坦然然承认，没错，《唐璜》是由他借出去了，借给了某护士，那护士对他照料得极为细致，人家看到他的床头放着这部大书，提出来借，他没有拒绝的道理。书借到手，看没看别人不知道，反正拜伦把那护士迷得神魂颠倒，她禁不住把这画像从书上撕下来，贴在单身宿舍自己的床头，朝夕观摩以慰相思。

面对我的质询和讨伐，老杜毫无愧疚之心，比我还要理直气壮。他说那护士喜欢读书，这在女孩子里非常罕见，而她的美丽和善良更是罕见，对他照顾得又格外上心，堪称无微不至，让他心存感激的同时不无浪漫遐想。书借给如此出众的女孩子，如此出众的女孩子能够读如此之好的书，进而想将作者像据为己有，是拜伦的荣幸，也是《唐璜》这部书的荣幸，进而还应该是书的主人即我的荣幸，我应该为此高兴不过来才是，凭什么对他抱怨和指责！

老杜这种近乎无赖的"辩解"，我无言以对。

二

老杜生在四川，长在塞北，有才情，好看书，性格里也有各涩的一面，尤其在他年轻的时候，多有不合群的言行。他不轻易附和朋友的看法，却又不完全是"和而不同"，独辟蹊径是他的乐趣，尽管有时候这"蹊径"近乎往斜刺里走向荒野。初中二年级，他在三班，我在二班，做课间操的时候他和我之间隔着好多人，但我能看得到他，那是因为在操场上他是独一无二的存在——整齐划一的体操，愣是让老杜做成了混元太极剑。他的每个动作好像都没有出格，但举手投足、一招一式成了没有刻度的钟表，在做操的队列中最为惹眼。

他喜欢抬杠。你说东，他偏说西；这事你觉得好，他也觉得好，却未必附和你，总要找出不一样的好，或者干脆找出这事里的不好来与你对峙，不太遵守江湖规矩，很招人烦，可和他碰撞多了，别有一种快乐在其中，能使我从中受益。它逼迫我不循常规而从另一种角度观察、体悟社会与人，而他的不合群也历练了我性格中比较稀少的宽容和雅量。

老杜年轻时喜欢读外国书。有个时期我们都痴迷俄苏文学，特别是俄国诗人的作品，能搜罗到的诗作我们都争抢着读。老杜喜欢普希金，《欧根·奥涅金》读得他欲罢不能；也欢涅克拉索夫，对涅氏的《俄罗斯女人》爱不释手。他对书里的两位俄罗斯贵族妇女崇拜极了。她们的丈夫是十二月革命党人，被罚到西伯利亚服苦役，两位贵妇非要到西伯利亚去，她们历经千辛万苦到达了目的地，看到形容枯槁的丈夫，不由得匍匐在地亲吻他们的脚镣。

老杜对这个细节最为赞赏。他不是记忆力很好的人，却死死记住了这两位贵妇人的名字。时隔多年说起，他对这本书、这个细节、这两位贵妇人，依然记得清清楚楚。这在他，是很罕见的。

我和老杜共同经历过一次劫难，加深了我们之间的友谊。那是因为老杜的军帽横遭抢劫，我俩在与那些抢劫者的打斗中各自挨了一刀。老杜的伤在屁股蛋上，流血很多，并不危险；我的伤在后腰，流血少，却有点儿悬。

老杜拼命要夺回他的军帽，原因在于那顶九成新的帽子是他费了不知多少工夫跟人借来的。那时候军帽、军装最为摩登，特别是军帽，弄一顶戴在头上，就有了某种有别于常人的标识。老杜将这顶军帽的内里用硬纸壳转圈儿撑起来，挺括得很，戴在头上很拉风，很招摇，很得意，便招来了更喜欢军帽而又不讲武德的劫掠者，那是一九六九年九月三十日晚上，B市庆祝新中国成立二十周年要放焰火，我和老杜还有另外一个同学P赶去看热闹，走在灯光昏暗的路上，不经意间，我眼见得他头上的帽子被一只手倏地掠走了，老杜反应极快，反手抓住了军帽同时破口大骂，于是我也被带到了路边那一团激烈搏杀着的黑影里。那是在缺失了半数路灯的马路边上，在通向焰火燃放地的半途。

打斗的过程混乱、激烈而短暂，到我们抢回帽子，听得嗖哨一声，对手瞬间消失。从昏暗混乱的路边战场重新回到大路，老杜突然瘫软了，他说坏了，他挨刀了，他说血流到了脚上的球鞋里。我也猛然觉得右后腰剧痛难忍，有黏糊糊的东西堆积在腰带边上涌动，心里登时慌了。前头大约几百米处是市军分区大院，焰火即将在那里升空，听得到高音喇叭大声宣告第一枚焰火就要点燃，大名"春风杨柳万千条"。这当口，谁还有心思欣赏焰火呢，我极力主张马上去医院，我的腰痛得跟火烧似的，老杜的伤势看上去也让我们担忧，但老杜不干，他宁死不舍焰火，非要看过那玩意儿才行。

老杜的身子软得跟没骨头似的，双臂架在我和P的肩上，两腿在地上拖拉着，脑袋耷拉着，跟电影里的国军伤兵没两样，却不断扬起头来看夜空中的绿色流泻，随即再耷拉下去，任凭我和 P 半架半拖着他走。片刻，名曰"芙蓉国里尽朝晖"的焰火在空中爆响着绽放，老杜的脑袋再一次拼命扬起。我至今记得焰火绽放的短暂光影下，他拼命睁大的眼睛和一脸满足的样子。

B 市第一医院急诊室的值班大夫先救治了老杜，之后撇下他，迅速检查并缝合了我的伤口。创口不大，像后腰张开了一个还在汩汩涌血的樱桃小嘴。大夫让我也看看这个特恶心的创口，是从镜子里看的，一边问我怎么受的伤，我随口说是在高空作业，不小心跌下来被架子上的钢片弄伤的。大夫不理睬我的胡诌，为我缝合伤口的时候下手特别狠，我喊疼，他说："你能耐大，忍着"。话冷冷的，准是在有意惩罚我的说谎。

缝线完毕，大夫给我看那根弯曲如硕大钓钩的手术针，笑笑说，小子，你连谎也编不圆，就别胡说八道了。你怎么受的伤我不管，这几针给你缝好了，够费劲的——你的皮肤可真厚，回到家，小心别让伤口沾水，六天以后来这儿拆线。拆了线就没事了。

这大夫喜欢说话，说的话很有趣，我一辈子忘不了。我下了处置室的小窄床准备离开，他盯着我的眼睛，又说了些话。他微微笑着，可笑容后面好像有什么东西，让我浑身不自在：

小子，我要是你，就找个没人的旮旯儿，就着花生豆喝上二两小酒，好好为自己庆贺一下，乐一乐。你小子命好，这刀要是再往上挪二指，要不就再深二指，你就不是走着进来，那必定是抬着进来了。

这话老杜听得清清楚楚，可他压根儿不认为我的伤有多重，而是比他的轻多了。这家伙认为自己的血流得多，缝的线头多，因而有理由也有权力指使我做这做那，这是他新发现的乐趣。我的血流得少，只缝了三针，因而只能做小弟，不得不听从老杜的指令，将他想看的好几本书送到他住的小后屋，却不相信屋子的主人会认真读。实际上老杜确实没认真读，那根本不是他看书的日子，这位伤号受伤的屁股肿胀得厉害，连睡觉都得趴着，平时也不敢落座，只能将另半个屁股勉强搁在板凳一角，不留心稍微触碰到伤口就疼得直吸气。他也无心看书，跟之前借《唐璜》时一样。

三

老杜是一九六八年八月插队牧区的，第二年年初回家过春节，看到我、梁京生和Z君从厂图书馆弄到的那一批书，很意外，特羡慕，不高兴，质问我们为什么这么自私，难道没考虑他的感受？说过大家有福同享的，为什么不等他从牧区回来一同行动而抢先动手？他说我们本来都是穷光蛋，现在我们陡然而富，每个人都藏有那么多书，而他仍然两手空空，惨不忍睹，这叫什么话！总之，他说我们不够朋友。这世道，不公平。

老杜的抱怨不久就没了，心平气和地从"众生平等"沦为了"借书的人"，隔三岔五地从我这里拿了书去看。他看书全凭兴趣，高兴起来闭门谢客，读得昏天黑地。放纵起来玩得黑地昏天，全不沾书。他看书无计划，随意而行，后来他喜欢上了鲁迅，一发而不可收，成了他一辈子的挚爱。那时我已经拥有了全套十卷本的《鲁迅全集》，他提出要全部借走，说要从第一卷到第十卷通读。我只允许他一次拿走一卷，还书后再借。倒不是怕他赖书，这套书是我的小书架的门面，看不到这套书，我的小屋和我的心会变得空虚。老杜罕见地没用他的歪理和我争辩，每次只借一卷书走，这回是认真看的，看完也都还我，只是时间没准儿，最长的一次差不多借去了半年。他只借到第八卷，后面两卷"两地书·书信""书信"他没借。他对那些琐碎的文字读不进去。到还回第八卷"中国小说史略·汉文学史纲要"，已是他返城就业后的事了。

记不清是一九七三年还是次年冬天的一个黄昏，狂风呼啸，老杜突然来我家借改锥和克丝钳子，问他做什么用，他支支吾吾的，欲说还休的样子，最终什么也没说，拿上家什走了，过后很多天不见他的踪影。那些天我们厂里正在做一个大工程项目，每天加班到很晚，礼拜天也不休息，往返跑几十里路，回家吃过晚饭便再也不想出门。好不容易那宗活儿告一段落，厂里给我们补了几天假，我计划大睡两天解解乏，不想第一天老杜就来还钳子和改锥，话说完了，他不走，站在屋子中间，欲言又止，这倒是他平日的作风，总让我不知道葫芦里装的是什么药。我父亲平时跟着我叫他"老杜"，此刻觉出他有些迟疑，就说老杜坐一会儿吧，坐暖和了再走。老杜跟没听见似的走了，临出门时跟我眨眨眼，鬼鬼祟祟的，还留下一句话，让我过两天去他家看看。

他家住房的格局跟我家的一样，都是一大一小前后两间卧室，狭长的小厨房居中连接。他跟弟弟住小房间，其实多半被老杜独自占用。几天后我登门拜访，一进小屋就觉得眼前亮了——一套崭崭新的《鲁迅全集》，整整齐齐站在新铺了雪白床单的单人床上。这是人民文学出版社新出的全集"乙种本"，二十大卷书倚墙而立，端庄大方，列队领受着老杜眼神的爱抚。这套新书从规模上、模样上，更丰富、更齐全，都大大盖过了我的那一套。

看到我的吃惊和困惑，老杜得意之极。

珍贵而罕见的《鲁迅全集》是老杜从新华书店偷来的，跟我们说起几年前劫掠工会图书馆一样，老杜绝不说"偷"，只说是"拿"来的。

这套新版书刚刚摆上新华书店的书架，就被老杜发现了，大喜过望。书的价格不菲，足足五十元整，而他的铣工学徒期满，刚刚拿上一级工工资三十七元五角整。他一定要买下这套书，不惜血本也要买下以解多年饥渴，在朋友面前炫耀也有了资本。然而，书店店员告诉老杜说，这套《鲁迅全集》系非卖品。B市三个主要城区，每个区的书店只进了一套，摆上书架只是做样品，展示而已。

老杜被兜头浇了一盆冷水。

书店里的书怎么会不卖？老杜不信店员的话，揣上一个半月的工资，骑车跑到另一个区的新华书店，得到的是同样的回答，还额外得到了这家书店店员的一脸轻蔑。那眼神老杜看得懂：看看吧，饱饱眼福吧，这可不是卖的，你就是花多少钱，也别想买走。

这使老杜心中很受伤，书买不到手，倒受了些羞辱，就陡然起了贼心。贼念的产生与那个店员的趾高气扬有直接关系。事后老杜对我讲起来，说不管是买还是"拿"，好书到手都是快乐的，而他的快乐还多了一层，就是对自己经受的无视、对那个店员、那家书店充满了报复性的快感。

老杜话说得快，把四川话带了出来。他说你是书店嘛，是卖书的嘛，书摆出来就是要卖的嘛。书要么别摆出来，藏在你家后院供你们几辈子当饭吃好了，没人和你争。可你摆上了书架，就没有不卖的道理，不卖它你摆出来显摆什么！谁都知道《鲁迅全集》是好书，好书摆出来不卖，炫耀？撩人？搓火？你个龟儿子！书是给人看的，姑娘是要嫁人的。我下聘礼你不收，怎么，要把你家黄花大闺女展览成老太婆？明媒正娶得不到，那就别怪老子了。

老杜平日里懒散，一旦下了决心，行动力超强，而且如箭离弦再不回头。那个注定要失去头牌图书的傲慢书店远在十几里路之外。书店坐西朝东，门前一条上下分行的南北向马路，马路中央是花池，间隔几米种有小松树，都不粗，也不高，树下有圆形土埂以便浇灌，土埂很矮，里面结了薄冰。老杜将他的二八车子倚靠在树干上；再次检查好车后架上的弹簧卡与小绳；前后轮必须是充气饱满的；车锁是不能扣上的，必须让车子保持着即骑即走瞬间逃离的状态。

我没问改锥和克丝钳子在老杜的冬夜行动中派上了用场没有，好像没用上。老杜只说他是从书店正门南侧通向后院的两扇小门进入，再由后院进入店内的——书店后门上的锁等同于摆设，手一拧就开了。他说自己的运气好，那夜北风凄厉，后院房屋的窗户没关好，被吹得砰砰响，遮盖了他手脚的响动。老杜惦着这套书，几次来这里"踩点儿"，对这块地方了如指掌。他记得猎物放在左边起第几排书架的第几层，他还知道封面宽宽敞敞地朝向厅堂的是第一卷，后面共一十九卷是并排挤着摆放的，只给顾客看书脊。面对这些宝贝，老杜真有将它们一揽子收入手边的大口袋的冲动，但这家伙是何等冷静，他先伏下身子，在柜台后面藏好自己，静听大门外的风吼和后院里的动静，神不知鬼不觉，一切正常。他不慌不忙地将一卷一卷《鲁迅全集》收入囊中，一边收一边数，从一数到十，再数到二十，二十大卷，一卷不落地装入了口袋。

将鼓鼓囊囊的口袋绑上自行车后架，一秒钟也不耽搁，飞身上车，向北再向东，走大路抄小路，凯旋！寒风越来越猛烈，逆风刮、侧风吹，老杜都感觉不到。老杜疾驶如飞，老杜心花怒放。

四

小时候，新华书店是我心中的圣地。

我们那个区的新华书店坐落在十字路口的西北角，坐北朝南，与马路斜对过的群众文化馆遥相呼应，是我们那个区两个重要的文化设施。走进书店，进深不大，两侧扩展很阔。东、北、西三面沿墙摆着浅黄色的书架，分别展放着不同类别的图书，在与书架等长的齐腰高玻璃顶板柜台之间，是供书店店员巡回走动的窄窄甬道。在小时候的我看来，这条甬道无异于跨不过去的天堑。

夏天，洒了清水的洁净地面渗出一种好闻的味道。冬天，书店里的大铁炉子里，煤火烧得有时旺有时蔫，所以热气"狗一天猫一天"的，温度不均衡。东面的浅黄色书架上摆着的是成套的小人书，西面书架上站着的是我喜欢的文艺类图书，每一本书里面都藏着好看的故事。进了书店，眼花缭乱。我的兜里钱很少或者没有钱，书架上那些让我怦然心动的书，看一看，过过眼瘾也是好的。

年轻女店员白里透红的圆脸永远不温不火，似乎不太爱动，不得已时才在柜台和书架间的甬道中巡行，应顾客点的书名从书架上取书，话也很少，总喜欢站在甬道的尽南头打量着进进出出的顾客。每次请她拿书，她都不言语，面无表情地把书拿下递到我的手里，顾客多的时候她就放在柜台上让我自己取。我往往觉得很多书都好看，如果拿到手里的书特别好看，难免看进去，忘记了时间在悄然流逝，更忘了这还不是自己的书，不可以这样无休止地看下去。有时候忘记了身在何处，也听不到那位女店员让我还书的提示。一般而言，她的声音并不因了我的听而不闻而变严厉，只是加重了一点点语音而已，我会惴惴不安地将书放还到柜台上。

有本书叫《古峡迷雾》，曾经迷得我不知南北。那段时间自己的衣兜干瘪得让人难为情，连一毛四分的书钱都没有，只好去书店蹭书看。这是我看的第一本科幻作品，内容太奇幻太吸引人了，开篇不久我就彻底沦陷。"巴人"的最后去向和终极命运、长江高峡的诡异传说、神秘莫测的黑暗洞穴，还有凶险的"间歇泉"……看得入迷，根本放不下书——饿鬼尝到了珍馐美味，怎么会停嘴！我的身心完全沉浸在重重迷雾里，把书店忘了个干净，把人间世忘了个干净，于是我捧着的奇幻世界突然被空中一只手提走。错愕中回到现实，眼前的一切都是恍惚的、陌生的，魔幻般的时空交错让我极度不适应，如同在美梦中优哉游哉之际，猛然被人一巴掌拍醒，半天才回过神来，认出了女店员，并读懂了她略带不快的脸色。那是书店要关门，人家要下班而我浑然不觉。

即便如我那般忘我，耽搁了人家的事情，她也没说什么，只是默默地把书放回书架上，甚至还扭过脸对我点点头、笑了笑。多年之后想起，对她还怀有感激。

书店是宁静的，但生机勃勃。这里绿草如茵，也硕果满枝。这里有暴风骤雨，也有彩云追月。书在洗涤你，也在提升你。你可以在这里小憩，还可以从这里出发。可以在这里畅游，也可以从这里攀登。书店是聚集人心的地方，它自有一种庄重典雅的氛围，让人不由自主地沉静下来。

离开 B 市二十年后，世纪之交，我重访这家书店，还是原来的门脸，但里面的格局却大变样了：横隔在顾客与图书之间的柜台撤掉了，人们可以到书架前任意选书；半个堂室出租给了小摊贩，出售的是音乐磁盘和时尚杂志。俊男靓女大明星腾空而起，飘荡在书店里悬挂的大幅广告上。图书退缩到了西面和北面一角，仍在固守着半壁江山。

我熟悉的那位女店员还在，脸还是红红的，不过已无复当年的青春气息。中年的她变得微胖，些许银丝在尚且浓密的黑发中格外显眼，嘴巴紧紧抿着，法令纹又深又长，凶狠地奔流而下，下半张脸几乎被分割为三，使她看上去显老，也显得不太和善，其实她是个很和善的人，话音也轻，与年轻时候的她一样。我试图与她谈谈多年前的事，说那时候的寒暑二假，隔三岔五我到这里来，总是麻烦她给拿书看。她对此完全没有印象，似乎也无意回忆过去，所以没什么话，只听我说。但说起人头攒动热闹红火的往日景象，她的脸色变得明朗而生动，话也多起来。她说到店里来的顾客一年比一年稀少，营业额一年比一年萎缩。书店想了很多应对措施，开辟出一个角专卖"走得快"的教辅图书，最近又将另一个角出租出去卖 DVD，却仍然上客不多，效益很差。

也不知道这是怎么了，人都不喜欢看书了。她说，神情十分无奈。

午后四五点，没有顾客进门，店里冷清，我们俩轻声聊着，她听我说，后来我听她说。偏西的阳光照射进矩形光影，时光静静流逝，让我颇有"白头宫女在，闲坐说玄宗"的感觉。

我与 B 市亲友相聚，聊工作、聊生活、聊时事，随着年岁的增长，变成了聊旧事、聊健康、聊孩子，或聊别的什么，但绝少聊书，原因多多，当地居民的经济收入与消费水平严重不匹配是其一。我认识的亲友里，下岗的下岗，内退的内退，也有停薪留职另谋出路的。仍在职的，收入的增长大都赶不上物价飞涨的速度。住房、教育和医疗三大民生变化太大，人们手头太紧，心里没底，哪里还有买书的念头。人心变化剧烈是其二。潘多拉魔盒打开了，对金钱的追求、对富裕生活的向往，如烈火干柴般腾腾燃烧。物欲横流之际，图书尤其是"闲书"被冷落是顺理成章的事。有那么多好玩儿的东西，谁还执念于文字呢。

不多的例外是老杜，我与他相聚，常常胡扯到很晚，无论扯得多远多不靠谱，总有书的话题在其中。我的感觉，老杜天马行空似的思路开始沉淀，表现在读书上，从新华书店"弄"到手的那套《鲁迅全集》是他下功夫阅读并且最乐意跟我聊的书——他等于把大部分鲁迅著作重读了一遍，真下功夫读，绝无敷衍。可惜的是，这个时期老杜的日子过得很窘迫，谋生占去了他太多的精力。

五

老杜的工资本就不高，第二个女儿的出生违反了计划生育政策，他与妻子都受到了严厉惩罚，既有经济的又有行政的，致使他的生活更加拮据。也是在此时，老杜通过自学考试拿下大专文凭，再借助于"工伤十级伤残"，顺利地从铣床边调入另一个分厂看守泵房，活儿轻松。这个工种施行的是四班三倒，工余时间多，也整壮，老杜在街坊里租了间屋子，开了一家棋牌室，主要提供麻将牌，捎带着摆几盘象棋、几副扑克供人消遣，赚些零钱以补贴家用。棋牌室的屋子不大，五六张牌桌，小本经营，收入并不高。

棋牌室里声音嘈杂，空气浑浊，老杜差不多天天混在里面，提供茶水，打扫卫生，有时赤膊上阵补个缺，顺便过过赌瘾。他是个贪玩的人，玩兴高涨后根本收不住，放任自己在牌桌上尽情流连。我曾劝他，这种环境对人的腐蚀性太强，对身体健康也没好处，不可长期耽溺其中，有条件的话，能不能换个事做。但老杜找不到别的出路，至少那时他找不到。

我们生活在由国营大企业衍生出来的家属社区，工厂对文化、体育投入很大，篮球场、游泳池、俱乐部、文化宫、图书馆……，设施齐全得很，但老杜更愿意在最熟悉、最刺激的棋牌中消磨时间。到了冬季，室外滴水成冰，哪儿也不好去，炉火熊熊的棋牌室吞噬了老杜的大好时光，也腐蚀着他的健康。寒假我回 B 市与父母亲友团聚，也会与友人在棋牌桌边放纵几次。我的底儿潮，极易入港，非常适应带一点彩头的博弈氛围，以至于有时也欲罢不能。

后来我想，环境真像无形的大网，在你不知不觉间严密地笼罩着你，而你则乐在其中。除非你有超强的意志，或借助于某种机缘，否则很难挣脱它的束缚，而是快快乐乐地与它同流合污。我的幸运是每次在 B 市逗留的时间都不长，陪伴父母、探亲访友占去了大半假期，在棋牌中撒欢儿的时间并不多。回到北京，恢复日常生活，职业素养能让我完全投入工作并在紧张的编辑事务中得到充实和快乐。谈起来的时候，亲友们对我的忙碌很不解，不止一次问我，北京人怎么那么忙？都跟狼追着似的。你整天都干些什么呢？

我很难回答这问题，或者说我的回答很难使亲友们满意，自己有时也被这问题困惑住：终日忙忙乱乱，到底做了些什么？有哪些能够在大家面前骄傲地说起？有哪些静心自审的时候感到满意的事？成天价忙，整年地忙，一一检点，还真没什么拿得出手、说得出口、让自己为之骄傲的。然而，除了这些庸庸碌碌的日常琐事，我还能做什么呢？

我是图书编辑，工作的最高价值应该是编辑出有意义的书。那么，在我编辑的书里，哪些能够将真理、善良和美感传递给读者？哪些书能在读者的书桌上、书橱里和心中停放的时间久一点？不敢期望流传后世，那个目标太高大上，只说一年后、十年后，哪些书还能被人记起？那必定是极其稀少，也许一本也没有。我编辑的图书可能早已与草木同朽，甚至比草木还要早朽。那么，我为编书所做的一切努力还有没有意义？值不值得去做？

设若我所做的事无意义，那么，哪些事是有意义的？

或许，生活本身的形态就是这个样子吧，忙碌地做庸常的事，服务社会，奉养老人，养育后代，也滋养自己日渐老去的生命。

尽管我对生活比较悲观，也还是不满意老杜在棋牌室里损耗生命，而希望他干些较为健康的事。我为他做不了什么，唯一能做的就是劝告他少抽点次烟，多喝点好茶，但泛泛的劝解难以取得效果。

享乐——哪怕是最低端的享乐——的魅惑从来都是人攀登路上的关隘，强大的意志力才是通关的文牒。人生莫不如此，往前走、往高攀登总是吃重的，而几乎所有的享乐都温软舒适，极易让人沉迷其中。古人所说"从善如登，从恶如崩"，不只是道德的选择与追求难易悬殊，意志力的养成何尝不是如此。坚持做成一件像样的事难着呢，而如果放弃，那就稀里哗啦，一垮到底。老杜的自制力不够，抵御不住那种无所不在的诱惑。在环境与人的无形较量中，他终究未能胜出。我知道，他也知道，我们都知道。过程不改变，结局就不会改变，他最终屈从了环境，屈从了与生俱来的松散懈怠，严重损伤了自己的身心。然而我还是喜欢老杜，正如他也喜欢我。

一九九四年年初我回B市与父母一起过春节，那年的二月九日是癸酉年腊月二十九，除夕。黄昏时分，B市已是万家灯火，母亲做好了年夜饭，然后跟父亲和我边包饺子边"拉呱儿"，我和妻子、儿子在北京的日常生活是他们最乐意听的内容，哪怕再琐碎，哪怕是无数次的重复。父母特别享受这种每年一度的团聚，平日里沉默寡言的父亲话也多了一些，很高兴地用尚能自主运动的左手压扁一个个"剂子"以供母亲擀皮儿，我则为二老展示在外地学到的好几种新鲜包法，包出或挤出馄饨样、元宝样等各样饺子，一一摆放在盖帘上。

融融泄泄之时，老杜的妻子突然破门而入，带着哭腔说老杜下午肚子剧痛，紧急送到医院，医生诊断是胃穿孔，需要立即动手术，老杜心里没底，她的心里更没底，两口子都拿不定主意，老杜要我赶快过去。父母很惊愕，也很着急，说，老杜怎么了，病得这么厉害，你赶快去吧。

我骑车赶到医院，见老杜蜷缩在接诊室外间的小床上，脸色蜡黄，好像处于半昏迷状态。听到脚步声，他费力地睁开眼睛看到了我，喃喃地说："延庆你来了，我就放心了。"

没说几句话，主刀医生就把我和老杜的妻子带到另一间屋子，向我们详细讲解手术的若干不确定性，听上去好像凶多吉少，老杜上了手术台就有可能下不来似的，很可怕。老杜的妻子吓哭了，高低不肯签字同意手术。我见过类似场面，有些经验，明白医院和医生都这样，先将种种不测的可能性向病人和家属交代清楚，不管手术意外发生的概率多么低，以免事后出现纠纷己方担责。其实，一般说来并没有告知的那么严重，所以我劝老杜的妻子不必犹豫，痛到了休克状态的老杜正等拯救呢，我也在呢。她最终在手术告知单上签下了自己的名字，老杜的手术得以顺利进行。

化用一句曾经的流行语：被朋友信任是一种幸福，被朋友需要，是巨大的幸福，被朋友信任并需要，是特别巨大的幸福。"你来了我就放心了"，老杜这句话我终生不忘。他没有召唤他的弟弟，也没有召唤他的妹妹，没有召唤他的至亲，他召唤、等待和倚靠的是我，使他心安的是我，在他的艰难时刻。

还有什么比好朋友以生命相托更庄重更能令人感到神圣，而且觉得连自己的生命都很有价值了呢。

那一夜 B 市风雪交加，医院外科走廊上的窗户碎了两块玻璃，寒风裹着雪花从破窗吹进来，贴壁而立的暖气片摸上去半天才觉出有微微热度。我穿的羽绒服被麻醉师临时征用去垫在老杜的身下，仅剩的毛衣是抵御不了如此严酷的寒冷的，就把身体蜷缩起来，躲在背风的角落里倒替着跺脚、搓手，祈祷老杜平安。实在太冷了，很难忍受，老杜充满信任和情义的肺腑之言，温暖着我度过了那个除夕之夜。

六

老杜的妻子在市政工作，工资比国有大企业低，夫妇俩拼命干活儿，仍然入不敷出，两个女儿上学，日子过得紧紧巴巴。老杜住在平房的一头，便将房头接出去加盖了间屋子，稍加装修后出租出去，租价虽然低廉，对日子也不无小补。有一年春节，老杜说要写春联卖赚些零钱用。那间自建屋子的租户回老家了，做了老杜的临时书房。我帮着裁纸、研墨、倒腾地方。他的行书没有师承，只是用心临了几本字帖，完全是自生自灭的野路子，凭了天生聪颖，他的字倒也写得有些模样。他写一副，我晾一副，挂满了、铺满了屋子里的床、桌、箱、椅凳和地面，弄到我们无处下脚，却也乐得满屋子的墨香。文字是从《楹联大全》中选的，尽是吉祥如意的话。五十副对子写好，第二天，我们俩拿到临时集市上卖。

工厂俱乐部门前的南北水泥路，曾经是职工们上下班的通衢大道。企业强盛风光的年份，每天早晨上班的钟点，自行车和行人汇成蓝黑色河流涌向工厂，车铃丁丁，脚步匆匆，有不断的寒暄问候和说笑声，一派蓬蓬勃勃的朝阳气象。现在，"河流"干涸，"河道"两侧变成了年货买卖的地摊市场，渐而向中心挤压，宽阔的"河道"变得壅塞起来。我们在路东侧占了一小块空地，将折叠起来的春联摞在蓝布地摊上，手臂上挂一副最满意的，向路过的人兜售。无需大声吆喝，全凭春联意蕴的魅力和字体吸引买主。老杜的字有点功力，文辞也讨喜，五毛钱一副带横批，称得上是良心价，然而停下脚步认真欣赏的人不多，买的人更少。两个小时过去，没成交几副，送出去的倒比卖出去的还多。

环顾四周，人们熙来攘往，叫卖声音嘈杂，真正的商人很少，摊位的主人和问价的行人，多是旧日的工友、同学，或是亲戚、老乡，瓜连瓜蔓连蔓，相识或似曾相识，打个招呼，拜个早年，看看字，夸两句，老杜高兴，就说拿副对子走吧，算是年礼了。临近中午收摊，看看没怎么见少的对子，我不免有些沮丧，老杜倒不然，他看得开，说今天才腊月二十八，明天的卖相应该好过今天，五十副对子，剩不下几副的，放心。实在卖不掉的，就送给左邻右舍好了。

他的心大，想得开，行事潇洒。

老杜的两个女儿长大成人，没有走老爸的道路，她们学的专业离文史哲法很远。长女的专业是英语，工作在上海；次女学医，研究生毕业后留在大学里做事。女儿离家后几年，老杜与妻子的生活大有改观，乔迁 B 市电视台附近的新居。新居在高楼中，宽大而舒适，新开辟出的书房占据了家中的重要位置，图书琳琅满目，排满了好几个书架，最老的一个书架上，他那套《鲁迅全集》赫然而立。我去拜访他的新居时，他刚刚重新读毕《死魂灵》，依然沉浸在果戈里笔下的怪异情节中，对鲁迅的译笔崇拜得很。他对有人批评"硬译"很不以为然：

"硬译"怎么不好？不比你损伤了原著的精气神好！

老杜认为，得益于著者的智慧和才气，加上译者那种虽然读起来不太顺畅但极耐咀嚼的译笔，才成就了中文版《死魂灵》的艺术成就。

坐拥书城的老杜是惬意的，满足的。他书写好的一副对联"满眼云山长画卷，一壶天地小书楼"平铺在靠近窗户的地板上，墨色正浓，看样子是要给他的书房增添气蕴吧。

越过青年时期的散漫和苦涩，五十岁以后的老杜变得踏实、勤勉多了，心思趋于沉稳细密，潜心读书颇多心得。我们都一样，到了知天命之年，便把功利心收起，浮躁的心性让位于沉潜，读书的乐趣自然多起来。有几年他生活在上海，喜欢沪上风情，帮着长女带孩子，尽享天伦之乐，诗书雅好越发纯粹。大把的时间用来阅读，有几册书是不离手的，其中有《楚辞》和《古诗十九首》，当然鲁迅著作必不可少，那是老杜的终生最爱，吟哦默诵，乐在其中。他的爱书和读书，在灯红酒绿的现代生活中简直形同文化孑遗。

某年夏天老杜与女儿一家由上海去厦门旅游，在写给我的信中说：

　　……厦门真是好地方！可惜只游了三天。此行遂一宿愿……早年读鲁迅杂文，先生曾谈到厦大以及鼓浪屿。我一直以为厦大在鼓浪屿，原来她在厦门岛上，相隔鹭江而望……

　　匆匆地参观了鲁迅纪念馆。本无游客，我和女儿到得又晚，几间展室，爷俩儿退出一间，管理员随后锁上一间……

　　可以想见那纪念馆的清静，说它冷寂也未为不可。也能想见在馆里徜徉流连的老杜是何等的不舍。他对先贤的敬慕心态和行止，虽隔千里，如在目前。

书路诸友

李 君

一

　　我与李君原本不相识，我在工厂做工，他是 B 市电台的新闻记者，彼此向无交集。我们成为朋友，是梁京生居间搭的线。李君与梁京生是大学同学，按哪儿来哪儿去的分配原则，毕业后的梁京生返回河南三线工厂服务了一段时间，便调入北京一家报社的群工部做记者。几乎与此同时，返回兵团的李君被 B 市电台选中，高高兴兴走马上任。人生地不熟的李君知道梁京生曾在 B 市生活多年，亲朋故旧多，就请他引荐几个当地的朋友，帮助自己熟悉 B 市的厂矿企业和风土民情，以便尽快打开工作局面。梁京生就向他推荐了我。

　　梁京生在给李君的信中介绍我说，我对 B 市知根知底又交友甚广，友人分布在全市各个行业，差不多都可以成为李君的向导，帮助他第一时间进入记者角色。梁京生还对李君说我比较爱看书，有上进心，知识积累在 B 市的同代人中算是比较厚实的，与李君应该有共同语言，一定能够成为好朋友。而在给我信里，梁京生又一次说我"好读书不求甚解"的毛病并未根绝，"随遇而安"的性格也没改变，所处的生活环境惰性大，我容易沉迷于各样游冶，如果有人在旁及时告诫和给予针砭，对我的成长和发展再好不过；我在自学路上或有迷惘，或有颓丧，也需要有人点拨和鼓励，李君经得多见得广，随和热心，正是恰当的人选。

总之，梁京生认为我和李君如能成为朋友，必定能够彼此扶持相得益彰。他对我和李君的交谊前景很有信心。

电台在另一个区，距我家差不多有十里地，李君骑着电台配给他的摩托车第一次来找我的那天，那辆招眼的黑色坐骑给了我很大震撼，一连串震天轰鸣将左邻右舍和半个街坊的孩子都吸引了过来。李君给我第一个深刻印象，是壮实的中等个，国字形大脸，蓝布中山服规规整整，头戴一顶鸭舌帽——这顶帽子是李君的标配，戴在他的头上走遍了 B 市的厂矿企业和大街小巷，我从未见过他摘掉帽子，即使我们后来混得烂熟，即使在并不冷的室内。

李君像极了厂矿里的技术人员，在我的第一印象里，他甚至是个活儿干得精巧的木匠。只有那辆大摩托车和这一顶永远戴在头上的帽子，才让我把"记者"与眼前这个人统一起来。

李君是个自来熟，他从三三两两、远远近近围观的人群中一眼就认出了我，向我大步走来并且毫不犹豫地握住了我的手。他的握手又用力又长久，他的笑容坦诚而热烈，我的些微拘束立时烟消云散。

我们的第一次见面没有多少客套，甚至寒暄话也不多，到进入我的小屋，他让我觉得我们已经是老朋友了。李君对我的小书架兴趣蛮大，十分认真地贴近了查看五层隔板上的书，不时抽出一本翻翻，就忘了我站在他身后等着和他说话，只是在我父亲送过茶来，他才如梦方醒般连连向老人致谢，顺便对我点点头。好在我的书不多，李君不久就大致考察完了，像老朋友那样随意坐下来，待我像认识了很久的熟人，所谓"一见如故"可能指的就是这种场景吧。两个素无交集的人刚一见面就可以把话说得很随意，想来很是神奇。这里面有梁京生的居中引荐和铺垫，也得力于李君的练达与随和的脾性。

我们主要聊的是书和读书，当然主要是他在说，正如梁京生所言，他是个有识见、能直言的朋友，我多半只有听的份儿。李君对我的书的评判是，从数量上说，我的书还算不少；但从种类上看，这些书很杂乱，有文学、时政、教育、科技及别的品种，他说这就跟拼盘似的，没有主次之分，没有重点与非重点之别，见出我平日里的阅读也是平均使用力量，面面俱到却都浅尝辄止。如果我读的范围大致限于这些图书，那么，我的知识必定流于浅表，而且不系统，也可以看出我没有明确的努力方向。知识如海洋，术业有专攻，我应该确定个喜欢并比较有优势的领域，将全部精力集中在此，争取在这条路上走得远一些。

后面的这些话都是我们相识很久以后说的，那时他对我的了解已经很多，待我宛若一位和气宽厚的兄长。我们初次相识的那个下午，李君并不尽说这些，尽管他检阅了我的书，像久经沙场的将军检阅了拼凑起来的散兵游勇或童子军。我们熟识以后，我说、他听的时间就多了起来。他喜欢听我讲 B 市的地方习俗和我的工厂见闻，比如钢铁企业和机械加工业中的工种啊工序啊流程啊等等，甚至对我差点去那里干活儿的棉纺厂也很感兴趣，说自己对这种工业类型向无知觉，如果有机会的话必定进入采访以增广见闻云云。李君的性子随和，很能引发我说话，话也很甜很殷勤，让我如沐春风，也非常讨我父母和家人的喜欢。他比我二姐的年龄还大一岁，却跟着我一口一个"二姐"地叫，叫得我二姐满心高兴，张罗着要为初次光临的李君做顿拿手好饭。

李君胆子很大，做事干脆利落，他骑摩托车带我去电台玩儿，到了电台的大门口，车子略略减速顿了一顿，他的一只脚在地上点了点，对门卫说了声"我的作者"，便一脚油门径直开了进去。

电台坐落在那个区的东部边缘，坐北朝南的院落不大，楼也不高，李君的办公室也不宽敞，他的办公桌很整洁，各种本、夹分门别类极有条理。李君兴致很高，领着我走遍了能够进入的所有部室，让我见识了电台的内部设置和工作流程，还引荐我认识了他的几个同事。在电台食堂吃过简单的午饭，李君问我想不想骑摩托车，我的心痒痒的，可从来没骑过，有些犹豫。李君说你来，领我到车旁，让我坐上驾驶座，他坐在我身后，手把手告诉我如何打火，如何给油，如何刹车，就这三样，比骑自行车还容易。我看你行，你肯定能行。走！

我载着他在电台院里骑了两圈，感觉良好，不禁跃跃欲试。李君下了车，说让我独自骑半天，我就风驰电掣冲出了大门，十几分钟后才骑回电台，那时我已跑过了电台附近的几条马路。后来他几次将摩托车借给我，任由我这个愣头青骑着他的坐骑满世界驰骋。没有头盔，没有护肘、护膝，没有骑行服，也没有其他任何防护装备，跟 B 市所有的骑手一样，这算是别一种"裸奔"吧。B市地广路宽，机动车稀少，郊区的道路更是一马平川，摩托车加大油门纵情狂奔，风中的感觉，我和车融为一体，像是在水中疾速前进的大鱼，那种极致的速度快感使人忘乎所以，直到某天它载着我旁逸斜出，栽进了一个很大很浅的土坑。

二

李君和我很快熟悉起来，我们喜欢凑到一起。我领他到访过钢铁公司的好几个厂矿，还有棉纺厂、绝缘材料厂、五金厂和马车合作社，他对这几家企业的兴趣很浓，看得很仔细，也问得很仔细；也带他游逛了坐落在荒郊野外、破旧不堪的喇嘛庙，李君对这座庙宇兴味十足，其实这里全是断壁残垣，佛像大多破损，喇嘛是没有的，香火当然也是没有的，连人也难得见到一个。我们的脚步声赶出了好几只野狗野猫，无数蝙蝠被惊醒乱飞。他则带我听过几场音乐会，都是我从来没有领略的。B市的高档文化娱乐活动不多，好的音乐会票，像我这样的普通工人很难搞得到。我喜欢音乐，但激昂热烈整齐划一的乐曲早已麻痹了我的听觉，越听越没感觉，倒是被打入冷宫的古代经典乐曲却激起过情感深处微妙的涟漪。我甚至喜欢起了地方曲目，令我意外的是李君对流行于晋北、陕北和内蒙古中西部的民歌不感兴趣，而我原以为他至少会欣赏的。我曾经请他听《挂红灯》《五哥放羊》《走西口》，都是流行很久远的民间歌曲，女歌唱家鞠秀芳的代表作《五哥放羊》是很经典的版本，但李君听了，不置可否，既不赞赏也不贬斥，没看出他有什么兴趣，甚至看不出他究竟听进去了没有。

交往久了，看得出李君最热衷的还是时政，他对政治生活极为看重，在这个领域里如鱼得水。政局的隐秘动态，国家大事的前景预测，要人们的宦海沉浮，他说起来头头是道，也有我们难以窥见的内部消息。

那时最难搞到的是"内部电影"票，公开放映的片子就那么几部，翻来覆去地放，早就看腻了，"内部电影"又新鲜又刺激，比它们好看一百倍都不止。人们热烈追捧，一票难求。但李君总能送票来，或者我俩一同进电影院，或者我一个人先睹为快。《虎！虎！虎！》《山本五十六》《中途岛海战》等电影看得我目瞪口呆。我因此在工友和朋友面前很骄傲，讲起电影故事情节来眉飞色舞，却对票的来路秘而不宣，那是一条通向快乐的隐蔽小路，保守这个秘密会使我的快乐加倍发酵。

B市的历史沿革、风俗人情更能激发李君的热情，他多次主动挑起这个话头，希望我能多介绍一点，我将自己的经历、亲友、爱好，还有见闻等等，巴不得统统都讲给他听。他对当地语言的兴趣十足。B市语言比较复杂又泾渭分明，听口音即可判断出说话人来自何处。那时候，它的三个主要城区彼此距离很远，老区偏安东南一隅，那儿的人说"此地话"，与山西话差不多，据说最接近大同话，听上去十分硬朗。另两个主要城区的居民由山南海北迁徙来的移民组成，说的都是官话而又分别。李君所在的电台大致属于东北官话区，我居住的区则是真正的五湖四海，普通话说得最为标准。有趣的是普通话与东北话彼此瞧不上，又共同鄙视"此地话"，而"此地话"似乎也不屑于与官话争高下，当地人在公众场合也说半通不通的普通话，同乡之间的交流则顽固地保留本地语言，并在这种话语系统中自得其乐。他们对字正腔圆的普通话表示某种顺从，而对东北官话很不以为然。这种语言鄙视链使李君特别感兴趣，让我引着他认识三地的人，极有兴趣地倾听并试图学"此地话"。真不敢恭维，李君的语言模仿能力很差，怎么学也学不像，不伦不类，难听得很，不久他自己就放弃了。

李君也讲些电台的事，说得不多，轻描淡写而已，也很少说他的身世，我的大概印象是，他的少年生活极其不如意，究竟如何不如意，他没往深说。

我觉得与人交往，一切顺其自然，正像一棵树、一片水、一块石头或一方土地一样自然，只要它们是葱茏的、清澈的、密实的和富饶的，不必追寻来处，更不必晓得为何如此，只管享受友情好了。他托我从朋友处借过几本书，很快就看完还了回来。据他讲，那几本书他久闻大名一直搜寻，可他们电台的资料室里竟然也没有。他对某些文学作品的看法与定评不一致，比如《蚀》三部曲。李君说，这是茅盾最优秀的小说作品，最真实不过地写出了大革命陷入低潮时期知识分子的心理和情态，比名头特响的代表作《子夜》要好很多。我问好在哪里，李君也说不出更多，可他对自己的判断颇为自信，几乎不容我辩驳，当然我也不可能辩驳，即使辩驳也辩驳不过他。这就是读书的不同感觉吧，书的好与不好，只取自己的感觉好了，并不一定非要说出理由的。感觉最真实也最珍贵，是书在读者心中响起的第一波回声。非要上升到理论高度，将血肉鲜活汁水丰盈的文学作品解析为干瘪的要素构成，对于我这种不爱思考的读者，有时候倒与作品生分了。

我发现李君和我属于同一类型的读者，看书都停留在喜欢或不喜欢的浅表层面，很少再往深走。当我褒贬某作品的时候，并不同时承受必须讲出为何如此褒贬的理由的压力，这让我特别自信特别轻松。

三

某个礼拜天上午，摩托车的轰鸣声如一团烈火般由远而近，火势急速减弱以至在我家门口烟熄火灭。李君跟我说他应邀去采访我们这个区的"治安联保会议"，问我愿不愿作为他的临时助手，跟他去见见这场面，中午还能赶一顿不错的饭菜。我当然愿意，于是我开车，李君坐后座，风一般开到了会场——华北建筑公司大礼堂的后院。

大会开始不久，正在紧锣密鼓地进行中，我们被迎入并不宽敞的院落，进入附属于礼堂的小会客室，里面有四五个人忙忙碌碌。李君报上名字，大沙发上站起一位高高大大的人，自我介绍系区公安分局副局长，此次会议的最高官员，刚发表完热情洋溢的开幕致辞，就从主席台溜回来略作小憩，握着李君的手上下摇个不停，一连声地说欢迎欢迎，早就跟电台联系过，此刻就盼你们来采访，见到你们特别高兴。李君谙熟场面上的事，他的应对又得体又练达。他将我郑重介绍给这位副局长，说我是他的同事，乃电台的年轻记者，跟他一同来了解情况并诚心向与会人员"学习"云云，于是我也得到了这位副局长的热情寒暄和不知从何谈起的夸奖，说我有知识、有才情、前途无量，等等。副局长这一通奉承，弄得我有点得意、有点心虚，又有些尴尬。

　　你推我让大家落座。李君问了问会议的主旨、规模、人员等，让我一一记下。他似乎并不等待详细作答。就在人家备齐材料准备一五一十全方位介绍会议内容细节的时候，李君突然说某某地方有急事需要他即刻去处理，此刻不得不离开，抱歉。不过，会议的全部采访工作由这位年轻记者完成，他将坐在沙发上的我再一次做连吹带捧的隆重推荐，之后，对主人略含歉意地颔首，对我诡秘地笑笑，自己扬长而去。

　　李君的冷不丁离开使我措手不及，一时有些发懵。我是来凑热闹的，也就是做个小跟班的角色，见见这种世面，顺便混一顿据说很丰盛的午饭而已，根本没有做"记者"的思想准备，更没冒充记者独立采访的念头，可李君预先连一点暗示也不给我，似乎他也是临时起意，也或许他的确有急事突然决定离开，反正一切都在我眼前发生了。我不得不独自面对从副局长到办事人员各色人等，心里的弦立时绷紧了起来。这种心怀鬼胎的滋味很煎熬，不过，一旦意识到没有了退路，不管情愿不情愿，不管有没有这个能力，都必须将"记者"角色冒充到底，心也就不慌乱了。被李君推到这个让我觉得云里雾里的高度，等于鸭子已经被赶上了架，万万不可掉下来，否则会粉身碎骨。我若露出马脚，自己固然收不了场，李君也要吃瘪，恐怕也会成为"治安联保会议"的一大笑谈或丑闻。还好，热情有余的副局长要回到会场去坐主席台，让他的副手全力配合我的采访，一切正常进行。会议的文字材料——议程、与会者名单、重点讲话稿要点等一一交到我的手上。忙碌的工作人员再次诚恳表示，我的任何提问都是他们乐意答复的，他们将全力配合，毫无保留地满足我的所有要求。

坐在沙发上，装模作样地翻阅材料，拿支钢笔在上面画着，一心想看进去却基本没看进去，我在尽力想象"记者"在这样的场合会说什么样的话，会有怎么样的举动，我必须亦步亦趋不能走样。

我的假模假式肯定还行，没有引起主人的怀疑，主客之间相当融洽。他们谦恭地、不停地递给我各种资料，还有带锡纸的"牡丹牌"香烟和据说是"碧螺春"茶水，真的是好烟好茶，这种享受很真实，滋润得我慢慢有了"记者"的感觉。我看着自己的钢笔在材料上像模像样地画着写着，从容自如多了，思路就冷静和清晰起来。这类会议稿件处理起来并不复杂，我能应对得了。最初的忙乱和紧张告一段落，我把乱糟糟的"材料"放在身旁，深深地抽了口烟，让自己在沙发上舒舒服服地展开了身体，头脑中一个大大的问号在反复跳跃：

假如他们知道坐在面前的是个假记者，我是个如假包换的架子工，他们会怎样？会暴跳如雷吗？会将我驱逐出去吗？会扣我在这里接受现成的批斗？那场面一定特可笑特尴尬。这开的可是"治安联保会议"！如果被识破，我固然非常狼狈，可他们也会难堪也许还会恼羞成怒。那么，惹恼了他们，我会像骗子和小偷那样被人戴上手铐押送到分局吗？

但假想中的一切后果都没有发生，门开开合合，断断续续传来发言人高亢的调门，我人模狗样地坐在沙发上，几个秘书样的人在我面前恭谨而殷勤，一切正常，我的伪装严丝合缝，没露出一点破绽。

我觉得自己就是"记者"了，是 B 市电台派来的货真价实的"记者"了，就更努力地装出老练的样子，我想真正的记者就应该是这个样子吧：不紧不慢地喝茶，千万别咂摸出难听的声音来；从从容容地抽烟，别像平时那样随便把烟灰乱弹一气，而要大模大样地弹入他们特意拿到我身边的玻璃烟灰缸里；对材料指指点点，说这里略显空洞，应该增加具体事例，那几个段落多了些冗文冗句，重复的部分太多了，必须裁弯取直以使文章更加简洁洗练，等等等等。他们无一例外地点头连声说我说得对，可我不知道自己说得到底对不对。几十分钟下来，我看透了会议采访的门道，不过如此，我想，把这些文字材料修修剪剪，添头改尾，应该就是几篇合格的报道了吧。

身上的汗蒸发干净，感觉利索了，我的言语、动作已经很纯熟自如了。

李君一去不返，午餐前才重新露面，那时我差不多忘掉了自己的架子工身份，很高兴地应邀坐到了餐厅的主桌。李君满面笑容地径直向这边走来，会议的最高领导极为热情地拉他坐在左手边，他的左边是我。李君极为练达地应付着副局长的殷切问询及一众主人的热情洋溢，颔首得体，握手适度，礼仪周全，应酬话说得滴水不漏，在那么乱的场合里应付裕如，竟然还能瞅准空子转过头来给我作一脸鬼笑，把我看得有些发呆同时佩服得五体投地，也对他眨了眨眼。我们在人家的眼皮子底下唱的这出双簧，我明白，他明白。李君的回归越发增加了我的胆气，平安无事。好，吃饭！

餐厅内摆放了十几张圆形餐桌，我们的主桌在餐厅正北，居中而设。午餐食谱并不奢侈，一瓶烧酒，四样量很足的菜肴，主食与酒菜一并端上桌，那可是我垂涎欲滴的羊肉胡萝卜包子，皮薄肉厚，香气四溢，最受大家欢迎。分局的官员热情地为大家倒酒并亲自剥蒜，将白嫩的蒜瓣放在我们面前，又往左右的小碟子里倒进些老陈醋，主宾快乐，气氛融洽。我乐得吃这顿大餐，很久没有放开肚皮饕餮，正好解一把馋瘾。不料，危险不期而至。

气氛热烈得很，官员的致辞话音刚落，宾客纷纷举杯之际，周边餐桌上的会议代表纷纷来向主桌上的人敬酒，也顺便给李君和我敬酒，副局长和他的随员应付不暇，连带着李君和我也不断地陪着站起坐下，到嘴的包子还吃不到，正不得要领心烦着呢，蓦然瞥见了老杜的老妈——她是街道居委会治安积极分子，出席会议的正式代表——端着一盅酒，笑容满面地走过来，看样子是要给主人敬酒。我和老杜成天泡在一起，老太太待我宛若子侄，头天我还在她家跟老杜胡吹了半晌。如果在这里被她撞见，她必然大为惊诧。老太太是干练爽直的人，我想象得出，她的川蜀女性的高亢嗓音必定响彻整个餐厅：

你不好好上班来这里做啥子嘛?

我想象不出自己如何应对这种危机，穿帮几乎是一定的，那么，公安很生气，后果很严重。李君不知道危险临近，正在与人把酒言欢谈笑风生，我侧过脸，避免与老太太迎面撞上，快步走开躲到了外面。

后来我将这次戏剧性的历险告诉了李君，并抱怨他为什么突然离开，将我一个人抛在那么陌生的场合做那么吃力的事，就不怕我穿了帮给他惹乱子? 真的差一点就惹出了大乱子。

他们才不会怀疑你呢，我说你是"我台"的记者，你就是。李君说，再说，我觉得你装得挺像的。

李君大笑不止。

四

几年后，我与李君的友谊走到了尽头。

我们之间并没有直接的利害冲突，准确地说，我们之间没产生矛盾，李君照常做他的记者，已然在 B 市有了些名气，我则继续做架子工，我们的交往正常而且更加紧密。分道扬镳的起因是梁京生寄我的一封信，信中着重谈他发现了李君刻意隐瞒多年的某件事，事情十分恶劣，这件历史旧怨爆发出来，导致梁京生与李君深度交恶，成为了我与李君之间不可跨越的鸿沟。

在梁京生给我的数百封信件中，从不言及他人的错谬，这是绝无仅有的一封，看得出他对李君已经到了不能容忍的地步。信里历数李君在那件事情上不可原谅的罪错，既有公义上的偏废，也有私德上的欠缺，而深藏在心，从不吐露半点，显得很阴，更让人厌恶。梁京生告诉我，他们数度交锋，言辞之激烈前所未有，李君的形象在梁京生心里已经彻底丧灭。

我很吃惊，电话打到北京，与梁京生核对过所有的细节，具体事由不足与外人道，李君的过错实在太过离奇和荒谬，铁证如山，确凿无误。放下电话那一刻我的心情非常复杂，说不出是遗憾还是失望，抑或是不舍或没有来的沮丧。热情、随和、谦恭，对我十分信任和热情帮助的李君，怎么会做出那么不堪的事而且欺骗了友人！

梁京生并未告诉我该怎样做，但我知道自己应该怎样做。一天也不耽搁，我跑到电台当面质问李君，李君给予了激烈反驳和争辩，终于争吵得不可开交。话赶话，非"赶"到决绝的、不可挽回的地步不停口，终于吵到把话说绝没有了退路，也不留退路。我不相信他的所有解释，怒气冲冲地拂袖而走。我只想赶快走开并且再也不进这个大门。

李君随即给我写来一封很长的信，逐一解释和辩驳，但我已经听不进他的任何辩解了，他在我心里的地位一落千丈。那时我正在读竹林七贤，嵇康的《与山巨源绝交书》我很喜欢，尤为喜欢文章起始的"闻足下迁，惕然不喜，恐足下羞庖人之独割，引尸祝以自助，手荐鸾刀，漫之腥膻，故具为足下陈其可否。"和末尾的"野人有快炙背而美芹子者……"遂仿照这位中散大夫的文笔，写了封与李君的绝交书。

其实嵇康绝交山涛的依据并不充分，他的决绝姿态有些造作和夸张，这是魏晋中人追求自洁的某种矫情吧。我写信时已经隐隐觉得，李君的错谬很让人不快以至不屑，然而罪不当诛，尚不足以构成我与他一拍两散的实据，何况他与我的友情称得上诚笃坦直，我并没有充足的理由与他断然分手。我的所谓"绝交信"也是造作和夸张的，与嵇康的大作更靠不上边，连祖先的皮毛也没学到，义理上根本站不住脚，文词差得天高地远，不过是故作愤怒东施效颦而已。

李君读了我"义正辞严"、自以为是的信件，肯定是不快的，也不会接受。他到我家找过我，我恰好不在，失去了最后见一面的机会。我父母说：电台的小李没出什么事吧？看他的样子急急的，好像有什么要紧事，可又说没什么事，就是想和你说说话。

我知道他要说什么，并不想听他说，也不想跟他说话，就没回应李君，我们的交往就此戛然而止。但我没有完全忘记这位友人，虽然老死不相往来，遇到相关的人还是要打听他的踪迹。大约一年后，听说他调离 B 市回到了老家，继续做电台记者，后来做了电视台的记者。又后来，我远赴东北求学，之后辗转数地工作，再也听不到他的讯息。直到前些年，听说他从媒体辞职下海南投身商界，房地产生意做得风生水起，已经多少多少身家了，只是健康状况不佳，见过他的人说他齿发皆衰、垂垂老矣。这使我有些不解，他刚到耳顺之年，应当不至于这般衰朽吧。

大前年冬天，在北京某高校一九七六届毕业生结集出版的纪念书画册上，我偶然读到了李君的文章。文章很长，主要写他高中毕业时正逢世情断崖式剧变导致无路可走，为了摆脱同代人的命运，万般无奈之下，断然离家自谋生路，从内地只身一人投奔内蒙古生产建设兵团的离奇经历。他那一路独行数千里，昼夜兼程险象环生，也得到了意想不到的福报。正是当断则断做事不犹豫的个性，帮助他渡过罕见的困苦艰险，从而畅通了这位老高中生的人生之路。这篇长文使我约略知晓了李君的过往，也大致懂得了他既圆融通达又杀伐决断的多面性格。

近半个世纪过去，我对自己当年的决绝也有了某种认识。我忠实于友谊没有错，梁京生与李君决裂到了势同水火，在他和李君之间，我当然要断绝与李君的所有来往而义无反顾地与梁京生站在一边。今天如果让我重新选择，我依然会一如当年。我会与当初一样给李君写信，告诉他我必须与他"断交"。与当年不同的是，我不会拙劣地模仿《与山巨源绝交书》，而是减少些少年意气，另出机杼，以自己的语言说心里话，明白无误地宣告我要怎么做，如此，足矣；另外，我会将文字写得委婉温和一些，尽可能减少对李君的伤害。

此刻，这种很难言述的复杂情感，只好自己慢慢品咂了。

姜　君

一

在我青年时期的朋友中，姜君是不喜欢书的，既不爱看书，也不爱谈书，特别对文艺类图书，起根儿就瞧不上，曾经从我那里拿走本小说集回家看，很快还回来，问他书怎么样？他说，净瞎编，没意思。我跟他说非写实的叙事文学作品都离不开虚构、联想和夸张，这是艺术创作的必要手段，不可以说成"瞎编"。姜君满脸不屑，说"虚构"不就是"虚"的嘛，还"夸张"，都没实话，那不叫瞎编叫什么！我试图解释"虚构"与"瞎编"之间的区别，很快发现这是徒劳，即使我口吐莲花，也是说不服姜君的，何况我并不擅长辨析，在他顽石一样的固执面前显得笨嘴拙舌。我这窘迫样子使姜君很开心，因而有些得意；而他的单纯和粗暴，以及认死理儿的样子，事后也让我觉得有趣。

人也是会变的，后来姜君居然看文艺书了，不知从哪里弄本小说看了半宿，结果被感动得不能自已，以至于我去他家，他宛若见到了分别多年的亲人，又递烟又沏茶，热情得异乎寻常，完全不像平日里哥们儿之间的随意自在，弄得我应接不暇。我刚刚坐下，他就坐近来，又站开去，像有很多话说，却欲言又止，磨蹭许久，踟蹰许久，总算说开了，前言不搭后语，没头没脑地说了很多，才使我明白他刚看完一本书，感觉有若天雷滚滚，使他受到了从未有过的震撼，因而有太多的想法要和我聊聊。

姜君语无伦次，这在素来理性的他真是前所未见，而他这种罕见的混乱更让人不知所以。我记得那本把他激动得不得了的是本小说集，书名忘记了，里面有一篇很短的作品，篇名倒记得，是《毛毛狗又绿了》，对姜君具有奇妙的魔力，将他激动到了不说话不行，不马上说话也不行，不马上将他的秘密说给我听就要憋闷至死的那种状态。

姜君如骨鲠在喉不吐不快的秘密是爱上了一个姑娘，不知如何表白，更不敢向人家当面表白。这是他的初恋，也是暗恋，汹涌激荡的情感找不到出口，把自己憋得死去活来。《毛毛狗又绿了》的内容好像是描绘初春时节，青绿色的杨树花序微微飘荡，触动了少年男女从两小无猜到情窦初开再到春情萌动的微妙心理，一下子把姜君的情愫发酵到了疯狂。

青年姜君初出茅庐，爱恋得最为纯净也最为饱满。幸还是不幸？《毛毛狗又绿了》给了他冲决理性堤坝的力量，倾吐的勇气由此而来，不过当面聆听他这满腹情义的，并非被他暗恋的姑娘，而是我。他的勇气有限，只够跟我说说，算是部分释放了心头的爱情高压。

在那个时候的青年人看来，至少在姜君看来，爱是极为神圣也极为私密的事情，与谁分享这神圣和私密，谁必定是他最信任的人，这是友谊到达相当深度才可以让对方进入的领域，我有幸成为这样的朋友。姜君热恋的那位姑娘我约略有些印象，好像是他的同学，平平常常的人，性格比较"闷"，不知道她有什么魅力将我的朋友迷恋得昏头呆脑。

姜君急于告诉我他的心事，并非寻求我的帮助，需要的只是我的倾听而已。于是我很认真地听了，晓得了姜君的爱情故事。我看到被禁锢于地皮下一棵青青涩涩的爱的嫩芽，不能破土而出，把自己折磨得暗无天日。

二

从前的姜君可不是这样，他与多愁善感绝缘，与优柔寡断更不沾边。姜君的性格勇毅决绝，说话语速很快而且绝无废话，做事干练利落，绝不瞻前顾后，是让我很欣赏的别一种潇洒。

姜君和我一样，都是一九六四年升入初中，满打满算上了两年的中学课程，遭逢天下大乱，课本和其他图书多被视若敝屣。我们子弟中学跟别的学校一样，陷入了不读书、无书读的洪荒状态。我们这一届学生学到的知识少得可怜，却被整整废去了四个学年的大好时光。我于一九六八年毕业，其后等待分配工作，与学校藕断丝连，又若即若离地"混"了近一年。一九六九年五月上旬，我接到一家钢铁联合企业的招工通知，姜君则要上山下乡。我特别想送他到插队的地方顺便玩儿玩儿，不巧的是接到体检通知，那家企业要根据身体健康状况以最终决定对我的取舍，我不得不放弃这想法。姜君他们出发那天早晨，我跑到学校操场上为他们送行，在解放牌大卡车"突突突"的发动机声音和难闻的汽油味道里，蹲在汽车上抓紧槽帮的姜君对我说，他到农村落了户，安顿下来，会给我来信告诉他的见闻的，我也信誓旦旦地说以后一定要去他插队的农村看看。

目送车队消失在烟尘里，我有些失落和茫然，略感欣慰的是还有对未来的约定和期冀。但我没有想到，姜君也没有想到，所有的人都没有想到，事情陡然发生了变化。这些同学到达某县县城，需要在城内逗留一夜，等待次日分散插入生产队。而就在这个夜晚，发生了一起轰动该地的恶性事件，姜君是事件的核心人物。那起事件使我们的约定成为了泡影，要命的是，事件重大，对他的一生都产生了深远影响。

那是遐迩闻名的一场群殴。斗殴的双方是我们的七八位同学与当地的民兵，斗殴的场所是该县电影院前。下乡插队的学生与当地人大打出手，而且是与血气方刚的民兵大规模群殴，这对即将成为农民的知青群体来说，极为罕见。斗殴的起因和过程复杂而纷乱，我得到的信息是，那天夜里，下乡的同学大多安顿下来，平静地迎接次日的命运，有七八位同学——有下乡的也有为他们送行的——无心休息，遂在城里随意游走，并无特定目的，却都躁动不宁，不无找碴儿、挑事儿的心思。不经意间，这几位同学逛到了电影院，进去看场电影倒是个不赖的主意，但门口验票的影院老员工很有耐心地劝阻这些学生说，里面放映的电影是县民兵大会闭幕式的招待节目，老得掉牙，而且已经放映到了片尾，进去也就是听个响儿什么的，等于吃人家剩下的残汤剩饭，没什么意思，就不放你们进去了，大家到外面走走吧。

学生们听从了老员工的善意劝告一度走开，不幸的是他们很快去而复返，其中一位同学毫无道理地打了那位老员工一记耳光，这等于在最不适宜的时候，以最恶劣的方式捅了马蜂窝。老人大叫起来，电影恰好散场，听到呼救的民兵蜂拥而出，与学生们的交战瞬间爆发，从电影院的门厅打到门前的广场，一片打杀声。斗殴双方的力量对比悬殊，七八个学生与数百名愤怒的民兵力量极不对等，势单力薄的学生被愤怒的民兵围殴，处境非常险恶，但结局却是民兵倒下了几个，他们是被电工刀刺伤的，手持电工刀出手的正是姜君。形势瞬间逆转，民兵们出现了短暂的慌乱和退缩，被围困的同学匆匆逃离了现场。

消息瞬间传遍了县城全域，当地人聚集在街头巷尾，更多的人逐渐向电影院和公安局门前聚拢，激愤地声讨 B 市下来的知识青年，说他们杀死了民兵，而且死了不止一个，连夜风都在传布这恐怖的流言。其实人没有死，民兵被刺伤了三位，其中两位轻伤，第三位民兵的肺部被扎伤，属于危急重伤员，最终也没有死。事情没有向不可收拾的方向发展，据说是得力于与我们的同学几乎同时抵达该县县城的天津下乡知青专列，那列火车上有几位下放到农村的医学"反动技术权威"，说白了，就是医术精湛的外科专家随行，他们及时参与救治，挽回了伤者的生命等于也挽救了姜君的生命。

那个夜晚整座县城沸反盈天，当地人的情绪极度亢奋，黑压压地围拢在公安局门前，"严惩杀人凶手"的呼啸惊天动地。这个充满复仇气氛的大规模集会，给了知青们巨大的精神压力。知青的临时住处中，气氛极度压抑，谁也不说话，与外面街上此起彼伏的愤怒呼号正成对比。大家不知如何是好，最终是初步知晓了事件过程的带队老师提议，不管事态多么严重，不管现在发生着什么，参与斗殴的同学都跟我走，大家到公安局去说明情况。

斗殴是学生首先挑起的，行为堪称恶劣，动机却很复杂和隐秘。挑头惹事的几位同学并没有与民兵交手的想法——那无异于以卵击石。他们说不出口的隐秘动机，倒是想"敲打敲打"老师，就是那位后来带领他们到公安局自首的师长。说起来让人很难理解，但后来透露出来的内幕大致如此。

我始终没弄明白，为什么会有如此不合逻辑的动粗念头？是因为对上山下乡不满而迁怒于老师，还是肇始于之前恶劣的师生关系即所谓旧怨，抑或并无特定原因，只是心情郁闷亟须打谁一顿出口闷气，而那位老师不幸被列为了首选目标？

没有确定答案。

不论起因在哪里，事情的发展都完全背离了他们的初衷。世上有些事就是如此奇诡，你明明想往南边走，却在不知不觉间走向了北方。大规模斗殴他们始料未及，而在肇事者恐慌加迷茫的关键时刻，正是那位险些被"教训教训"的老师，为他们选择了一条正确的路，阻止了事情向最坏处发展。

姜君有很强的自控力，怎么会动刀子行凶？虽然古人有云"身怀利器，杀心自起"，但以姜君的心性，绝不至于动辄起"杀心"，何况他身上带的并非"利器"，只是一把电工刀而已。而他带这把电工刀下乡插队，其用意并非护身，而是想在农村用电上做点事，他自小对电器知识兴趣十足。有同学说姜君动刀子是为了救同学，即他最好的朋友某某被多个民兵围困，在并不明亮的广场灯光下，高悬于某某头顶上方的一块石头即将砸下，千钧一发之际，姜君不得已出手，将那位同学救出了险地。某某确是姜君的密友，我曾问姜君，这传言是否属实，他不置可否，用别的话搪塞了过去。

两年以后，夏天某夜，我俩一同到厂医院的大院里看露天电影，电影的名字是《红旗渠》，不是我们期待的故事片，不吸引人，却总比没电影看要强，我俩耐着性子看下去。电影放完，姜君说，别骑车了，咱们走回去吧，路上说说话。我明白他有话要说，但不知道他要说什么，就与他并排推着自行车，慢慢走在纷乱的月色树影里。

走出很远很远了，拥挤的人流稀稀疏疏，喧闹着的夜静了下来，一直沉默的姜君突然说，我告诉你一件事：我和某某决裂了，我俩现在不是朋友了。我问为什么，姜君不细说，只再次重申，他与某某已经不是朋友关系了，他说他一定要让我知道这事，此刻，我是第一个也是唯一知道此事的朋友。

某某不是我欣赏的人，他的多次不地道行迹我早有耳闻。姜君曾经与其友情很深，我是知道的，圈子里的朋友也都知道。姜君与他决裂，使我非常意外且震惊。

这一夜，姜君回答了我之前的疑问。他说，动刀的起因确如传言中的那样，但他要解释两点，其一是他并非蓄意伤人，他与那民兵无冤无仇，怎么会下那么狠的手；他那时真的是失去理智了。其二，他并不后悔当时的举动，即使他与某某已然分道扬镳。如今，这件事情已成为往事，他再也不愿提起，也不希望别人提起。

姜君的那一刀虽然没有危及人家性命，罪过也很严重，坐近三个月大牢是他付出的代价。就当时的刑罚来讲，这算是比较轻的处理。之所以网开一面，首先是他的知青身份起了作用，"新生事物"会受到保护，有效而及时的运作也是幕后推手。那个躁动流血的五月之夜惊动了当地，也惊动了我们学校和工厂。厂子已由解放军接管，执掌权柄的是军事管制委员会，军管会的某位军官带了几个人连夜驱车奔赴该县处理善后，姜君的父亲也随后赶了过去。他是位老军工，那时正以队长的身份率领一支工人宣传队进驻数百里外的某煤矿——据说煤矿工人的阶级成分严重不纯，所以调动根红苗正的军工厂的工人入驻，进行彻底清查和严格管理——接到情况通报后急速赶往该县。一行人看望伤员，安抚家属情绪，拜会各方神圣，使尽了浑身解数，有传言说为救本厂子弟，这位军官答应了当地提出的若干苛刻条件，比如无偿提供农村亟须的电缆等紧俏物资，也充分满足了伤者及其家属提出的经济补偿要求。总之，轰动一时的斗殴所酿成的多方对立，最终得以和平方式消弭于无形。

整个事件的起因、过程、后果、参与或介入的各方角力以及背后的隐秘运作等等，不是这篇短文所能记述周全的。我曾打电话问过事件的参与者，想弄清楚事情的细节，但众说纷纭莫衷一是，看来，发生在半个多世纪前的这桩公案，在某种程度上已经成了知青版的"罗生门"。

唯一清楚的后果，是挑起事端并使用暴力的三位同学受到了公安局不同的惩处，比如关押、背拷。他们付出的另一项代价是都成为了在社会上"漂"着的"黑人"。那个县，后来还有与之比邻的几个县，天地虽广，却容不得这几位同学了。他们被视作洪水猛兽，没有任何一个公社任何一个生产队愿意接纳他们，理由充足，无需解释，当地的"安置办"只得将他们三个人的"关系"退回B市，而B市的"知青办"坚称这三位同学已然完成了上山下乡的全过程，拒绝他们"回炉"恢复学生之身。

出狱后的姜君与另两位同学的户口没了着落，被排斥在正常的社会生活之外，失去了合法身份，城市居民的粮油副食等供应与他们无缘，自给自足的农民生活又不可得，真正的上不着天下不着地，开始了很长时间的蹇涩人生。

三

作为事情的另一面，姜君因那次群殴事件而名声大噪。B市某些知青圈子和"社会青年"的松散群落，听到他的名字，都会敬三分、畏三分、避三分。我去兵团蹭车途中被"挂"在火车门外的那次，与我相遇相杀的"铁一中"学生就是拿姜君的名号来试探我的，可见他的名头之响。

姜君的处境艰窘，日子百无聊赖，有时候与朋友们随意游荡，难免遭逢些无厘头的尴尬事，姜君性子刚毅，讲义气，绝非一介武夫，偶尔利用一下他的所谓名气为自己也为他人排解纠纷，也颇有些得意，冷静下来却会自嘲半天。某个夏天我与两个伙伴去厂游泳池游泳，其中一个伙伴嘴太贱导致与人口角，手也太贱打了人，等我们换好泳裤来到池边，感觉情况异样，四处张望，发现游泳池院子的三个墙角上都站了人，有人正朝我们指指点点，那是刚才被打的人叫来的帮手，无疑是来复仇的。我不敢下水了，万一被人家摁在水下淹呛，神不知鬼不觉，落个"溺水而死"，那点儿就背透了，赶忙让一个没介入纠纷因而不起眼的小伙伴跑回去请救兵，第一时间赶来救援的就是姜君。离得好远，他就以高声与我们热烈寒暄做某种威势宣示。再看围墙上，那些仇家已然不见了踪影。

姜君对我格外关照。有几次江湖朋友打斗，听说打得相当激烈，事后我才知道姜君都吩咐不要惊动我，说我不是个打架的主儿而是"文化人"。我也许因姜君的高看而避开了某些灾殃。也有奇葩事情发生，有人拿姜君的名头作为幌子行走江湖。在很长一段时间里，我们那个地方的很多打架斗殴事件都与他扯上了关系，或者怀疑是他牵头组织的，或者说是他背后指使的，要不干脆说是他动的手，事情一旦闹大，都会怀疑到他的头上，蒙受不止一次的不白之冤，成为他摆脱不了的梦魇。

那是姜君的苦闷时期，动辄得咎，有时不动亦得咎。他开始看点书，与绿了的"毛毛狗"发生情感碰撞就是那个时候的事。他没有工作，没有出路，没有前途，而且没有身份，没有足够的勇气向心上人表白，并不奇怪。毛毛狗儿绿了、红了、掉了，掉落满地，用它们的凋落宣示了春天的真正莅临。

姜君的初恋无疾而终。

那段时间我去姜君家很频繁，差不多每个礼拜都要去他家玩儿，或者打扑克，或者下棋，或者聊天，话题不限于我们身边的人和事，书里的人物和事件说得多了起来，他仍然和我较着劲，不时反驳或诘问，但在越来越感兴趣和本能的抗拒之间他逐渐失去了平衡，哪怕我讲述的或随意胡聊的那些事还是"瞎编的"。他与以前一样不健谈，我说的远比他说的多。令人沮丧的是，安居在家的姜君不止一次被公安带走，罪名都是捕风捉影，再往后，根本无需任何罪名和理由，也时不时传唤他或将他直接从家里带走。中秋节前后，他又一次被无端拘了去，好几天才被放回家。那时我在山里干活儿，见山丹丹花开得灿烂，这种多年生草本植物一年开一朵花，我看到有几棵五朵花的，花红得耀眼，曾经想给姜君连土带泥挖一棵，但他说不要。他对花花草草的东西一概不感兴趣。

那些年中苏关系极端交恶，全国总动员备战备荒。B市地处北疆，与"苏修"距离太近，"备战备荒"更加刻不容缓。一度传说要打大仗、恶仗，甚至要打核仗，风声鹤唳，大家不免恐慌，各项战争准备措施紧张进行，称得上沸反盈天、鸡飞狗跳。最要紧的事是挖防空洞，不知战争真的爆发，炸弹、炮弹或者核弹打到头顶时它管不管用，先挖起来再说。B市是沙土地质，挖坑挖洞不难，但坑洞极易坍塌，我曾近距离目睹因塌方而死的青年男女被从沙堆里挖出来时的惨烈场面，那也成了我很长一个时期挥之不去的噩梦。

砌筑石块，可造成坚固的拱券保证深坑或洞穴不变形不塌陷，大量采石、运石就成了亟须的工作。我被工厂派去采石场干了八个月。采石场在大山中，石山已经被炸掉了半座，凹凸不平的灰白工作面看上去让人心里瘆得慌。我干的活儿是推"轱辘马"，就是推动在小铁轨上跑的铁皮运石车。我得将每块四五十斤到百十斤的石头抱进车斗，直到装满以至于冒尖儿，然后弯腰蹬脚使劲推轱辘马在小铁轨上滚动起来，可以站到它后面的踏板上，享受片刻的轻松。轱辘马越走越快，看一侧山景越来越快地闪过。推到石料下山的地方，脚下踩闸，双手协调合作，猛一使劲将铁斗侧翻，大石块便倾倒而出，顺着陡峭的半面坡滚落下去，溅起雾腾腾的灰色烟尘。只要会使翻车斗的巧劲，别把自己搭进去连带滚下山，这活儿不难干，也不算累，我干得挺欢的，最可心的是闲空儿多，前头的采石工序比如打眼、装药、放炮等等，都是我歇工的时间，等硝烟散尽，破碎的石头安静下来，才轮到我起身劳动。这样，我每天都有些空闲。

熟悉了采石流程，我就瞅准这个空儿，躲到一边看书。那些天侥幸借到了《斯巴达克思》，残酷的两军对垒和互相杀戮看得我惊心动魄，讲给姜君，他也喜欢听。书的主人老催着还书，我快马加鞭地把这部阳刚之气爆棚的书读完，时令已经入秋。

大山是玩闹的极好天地，看书的兴致被秋日秋景夺走，就跟工友们漫山遍野乱窜一气。我想捉点活物带回去送给姜君开开心。秋风初起，日光变薄，绚丽的山色暗了下来，身体粗壮叫声响亮的"山叫驴"很少发声，风把天地吹得凉意森森，野草青黄，鸟儿们焦急地鸣叫，"马蛇子"在草丛中时隐时现，兔子惊慌窜过。我用马尾巴和细麻线在草里下了些套儿，极想逮些小禽兽，可气的是天上飞的、地上跑的都不像春日里求偶恋爱时候那么傻，个个贼得要命，全不中我的圈套。我拿脚去蹚野草，一条慌张逃窜的小青蛇一闪不见了。哈，这也是好东西，赶紧追上去捉住，任它缠在我的小臂上，看它的头很小，身体匀溜细长，应该是无毒蛇，我不敢掉以轻心，把它的牙拔掉后，装入电焊工专用的麂皮手套，捏住口沿，小心翼翼地把它带到了姜君家。

姜君正跟一位同学坐小马扎下棋，我说二位先停停，给你们带来了好东西，你们一准儿喜欢，手一抖，将小蛇一下子倒在棋盘上。憋闷了一路的小家伙刚落到"楚河""汉界"，立即挑衅似的立起半条身子，气愤地昂起了不大的头左右巡视并做攻击状，颇有些虎虎生威。

它看到的情景必定困惑了自己：两个人高马大的博弈者在惊叫声中消失——一个跳到了两米外的床上，一个逃进了厨房。

我固然有点恶作剧的念头，主要还是为了让姜君开开心，没想到以胆子大著称以致名声大到在 B 市三区跺一脚地皮都有点颤的他，居然被条小青蛇吓成了这个样子，我有些意外，也被他们的狼狈笑翻了。这成为我们交往中很值得记忆的一件事，过去了很多年，当我们在河南三线厂重逢，回忆起来，他还自嘲，我还失笑。

四

姜君是七十年代随他父亲迁徙到河南某三线工厂的。他的父亲调入三线，固然是听从工厂命令以技术骨干的身份支援新厂，改善儿子的尴尬处境也是动因，他总算如愿以偿——儿子成为了那个三线工厂地方区属的合法居民——悬浮于空中多年的"户口"终于落在了当地。身份有了，但坎坷的经历成为了他求职的最大障碍，处处碰壁，不得不在当地的"小铁路"上做了临时工，直到他的共青团员组织关系转到该地，他的处境才有了改观，最终成为了三线工厂的一名电工，爱好与职业统一，姜君走上了"三更灯火五更鸡"的刻苦自学之路。夜校、电大，样样不落，刻苦和勤勉使他做到了电气工程师，承担了分厂炼钢系统的全部电路图设计，并一举获得验收通过。得知他的成功我特别高兴，我想象得出姜君的自学之路如何艰辛、坎坷，想象得出他灯下苦读的样子。他是那种不做则已，一做必须做到最佳的人。

前些年他为我刻了一枚藏书章，托人带到北京交给我。篆体，阴刻，端方大气，特别可我的意，那个时候买的书，无一例外，统统在扉页上加盖了这枚大红印。然而，姜君何时学会了治印呢？他生活在远离城市的三线山里，年过半百，老师难觅，无人指导，同行稀少，厂矿衰败，人心涣散，必定又是天生的坚毅勇卓给了他智慧吧。

姜君随他父母到河南三线工厂的第二年，他的同学老耷从那里返回Ｂ市，交给了我十五块钱和一张皱皱巴巴的小纸条。纸条上写着"请交延庆台灯一盏"八个字，一看就知道是姜君的笔迹。看我诧异的样子，老耷说，别拿这眼神看我好不好？我可没台灯给你，这是老姜给你的钱。台灯，你自己看着买吧，我在他那里就可以交差了。

纸条是姜君托老耷转交我的，钱则是托老耷在中途停留北京期间，到王府井百货大楼购买一盏台灯带给我。姜君再三跟老耷说明，一定要买他看中的那种小台灯，八瓦的细长日光灯管，浅绿色的灯罩，马蹄形的底座，精巧的拨钮开关。他反复叮嘱老同学，说这是我喜欢的样式，不要买岔了。这个款式的台灯王府井百货大楼有售，价格在十五块钱之内。他跟老耷说，我夜里看书多，累眼睛，需要一盏好台灯护眼养眼。

老耷一个劲儿地跟我解释说，他在北京只能停留几天，那么短的时间，还要走亲戚，还要访朋友，还要看故宫，还要逛北海，哪有时间去王府井！你自己买吧，咱们 B 市肯定有。老耷说，买到了以后，你可别忘了告诉老姜一声啊。

临别时，老耷说，姜君在"小铁路"干了一年的活儿，扣去吃喝住费用，年底，到手的钱是三十元整。

我想不起姜君是怎么知道我喜欢这款台灯的，对他的有心和慷慨既意外又感动。我跑了 B 市多家商店，终于买到了心仪已久的台灯，就是姜君托付老耷去买的那种，我写信一五一十告诉了姜君。

这盏灯陪伴我很多年，尤其是我在 B 市的最后几年，大量的图书就是在它的光照下阅读的。夜晚是读书的好时光，万籁俱寂，伏案展卷，台灯的幽幽亮光与书籍的缤纷深邃、我的艰难成长都留在了记忆中。现在那盏台灯已经不在我的桌子上，但它的幽光依然亮着，在深夜，在心里，在我思念远方友人的时候。

尚　君

一

很小的时候就听说"四大名著"是必看的书，陆续找来看，其中三部看过了，只有《红楼梦》没看。看过同名小人书中的几本，书里的人物眉梢眼角画得细致入微，发髻高高衣带飘飘，倒是挺好看，可男男女女成天待在屋子里要不就在院子里唧唧歪歪，你说了我说，我说了他说，大家找着事儿说话，有病赖病没病装病，没意思透了，就对原著没了兴趣。到了真正读书的年龄，知道了《红楼梦》是难得的好书，中国古代长篇小说的极品，不看这本书就谈不到了解古代文学，不看这部书就别妄称文化人，因而下决心也要做一回"文化人"的时候，它已经很难找到了。B市属于工业立市，现代大工业及其附属设施占据绝对统治地位，相比古城名埠，我们的文化遗存特别稀少，"文革"初年的焚书烟火散去未远，《红楼梦》即便还有存世，必定也成了稀世珍宝，极难觅得。

人心大致如此，越是不易得到的东西越想得到。想到这部名满天下的书，我的好奇心就越发强烈，小人书里那些琐琐碎碎的无聊描画此刻都变得有意思起来。

将我读《红楼梦》的欲望激发到沸点的，是蒋和森先生刊登在《人民文学》杂志上的《林黛玉论》在我心里产生的化学反应。那一"论"真是篇奇妙的文章，读来感觉极其愉悦，立论未必独出机杼超越素常，但对书中人物的内心剖析之细密深刻、浓郁的人文情怀、温婉丰赡的文字以及笔端的深厚情感，与此前接触过的"红学"文章旨趣大异。特别是以动情的文字对林黛玉命运性格极其细微的剖析，让我的耳目为之一新，内心受到的触动极大，得到的精神滋养既丰厚又多样。还有这么写《红楼梦》文章的呀！觉得还没读够，不解渴，极想读到这篇文章的姊妹篇《贾宝玉论》，到处搜求刊有这篇文章的《人民文学》，最终也未能如愿，缺憾深深，这缺憾也便让渡到了《红楼梦》。

　　读过了《林黛玉论》如果不读《红楼梦》，如同人家给你搭好了天梯而你拒绝攀上去欣赏仙界，坐上了宴席拿到了菜单却拒绝享用美味珍馐一样愚不可及。可文化园地一片荒芜，谁的手里会有这部书呢？凑巧有朋友提供了可靠情报，说尚君手里有一部《石头记》，据说就是《红楼梦》而且更罕见更好看。朋友说这情报千真万确，不过，如果我去找尚君借书的话，千万不要说出他的名字。我发誓保守秘密，之后，找上门去向尚君借书。

　　尚君很警觉，问我，谁告诉你我有《石头记》的？我说别管谁告诉的，你到底有没有这本书？尚君说你先告诉我我就告诉你。可我得恪守诺言并且起了毒誓的呀，咬紧牙关不说。来回较量了好几遍，都僵持着不退让，后来尚君说，就算我有《石头记》，怎么着？你想看是不是？告诉你，我不借给你。

　　只要尚君承认有书，哪怕是这么变相地承认，一切都好办了，他招架不住我赖皮似的软磨硬泡，被缠得无法脱身，只好答应我借走《石头记》。出借的条件之一是，我必须在两个月之内完璧归赵。之二是他可以到我的书架上任意挑多本书拿走看。之三是我严守秘密，到我为止，他的《石头记》书讯再也不许扩散，确保它被包裹得严丝合缝，不得走漏一点点消息，三亲六故都不许知道。

　　约法三章后，诡秘的笑容出现在尚君的脸上，《石头记》出现在他的手上，布面精装，繁体字竖排，密密麻麻的，书里有图，都是那种特别老气，所有人物的脸和衣着，以及举手投足好像特别古怪、笨拙的绣像画。

宝物到手，立马告辞，贵重得不得了的《石头记》在我的书包里，身边走着恋恋不舍的尚君，说是送我，其实送客其表，护书其里，他伴着我一起走，喋喋不休地说这部书本来深藏家中独自享用，我是第一个被允许将它拿出屋门的人，必须百倍呵护，如果有一点点对书的不爱惜，那就太不够朋友了。送出很远，都快送到我家门口了。

《石头记》是我用从来没有过的认真并带有"学习和探秘"目的看的第一部古典图书。为了对得起这来之不易的书，我找来两片纸夹子做皮儿，裁了些纸做瓤儿，天头钻两个圆孔，一根鞋带串起，打个活结，一个像模像样上下翻的读书笔记本就做成了。我计划将《石头记》里的生字生词和带韵的文字抄写下来，还要全部把它们背熟。那时我已经拥有了《汉语词典》，手把金刚钻儿，不怕这细瓷活儿，雄心勃勃又信心满满，好奇心又重，书中的"宝玉"和"金锁"先照葫芦画瓢描到笔记本上，开个好头，讨个吉兆。真正读起来，准确地说是"啃"起来，才发现这条路真不好走，我给自己定的标准太高了。很多地方似懂非懂，走得磕磕绊绊。读这本书，锦绣温柔之乡在我这里变成了莽莽苍苍的原始丛林，有的地方榛莽密布寸步难行，生字生词太多了，查不胜查，处处羁绊。

也管不了那么多，先囫囵吞枣吃下去再说。然而，尽管读得极为粗疏，阅读进度还是很慢。厂子里的活儿紧，上班早下班晚，礼拜天也被那些急活儿占用了，有限的业余时间即便都用在《石头记》上，看样子也不能如期还书。后来看得入港，也因了蒋和森先生文笔的诱惑，这书里的人物变得有趣了。因了人有趣，荣宁二府和大观园也变得好看了。到了这种时候，便不肯为了赶进度而草草略过旷世美景。尚君隔三岔五来访，我多半不在家，不是在班上，就是在路上，父母说他是来找我聊天，其实我心里明镜似的，《石头记》才是他不断来我家探望的真正诱因。书在我手里，主人终归是放不下心。不过尚君还算大度，对我的延期还书请求不置可否，但并不催逼着还书。

有几次我被他堵在家里，他不喝酒、不喝茶、不抽烟，也不是来还书，他的话也不多，只是在我这里坐坐，但只要牵涉到《石头记》，他的兴致便眼见得高昂起来。

尚君的代入感太深，第九十六回林黛玉意外听到心上人要娶的是薛宝钗而不是她，"那身子竟有千百斤重的，两只脚却像踩着棉花一般，早已散了"，尚君说他读到此处，自己的感觉跟林妹妹差不多，出门上班，通往厂区的道路在他的脚下也像踩着棉花那样虚软。说到此处，尚君泪眼婆娑，头低下去，好半天没抬起来。我只能听他的，插不上嘴。我还没看到一半，离林妹妹昏了头死了心那段文字还离得远，体会不到尚君的悲惨感觉。另外，书里的人物太多，情节又杂，看得我眼花缭乱，头都大了，没记住几个人物，没背会几首诗，"读书笔记"已经密密麻麻写了大半本。

两个月后尚君再到我家，我们就聊得就比较投机，交流得也比较深入了。我那时已经将《婳嬿词》和《红豆曲》等背得烂熟。我喜欢后者，对前者只喜欢它的前一半，我觉得《红豆曲》是《石头记》中最好看也最好听的文字，也是我读过的最好的曲子，"滴不尽相思血泪抛红豆，看不完春柳春花满画楼……"大气，流丽，读来琳琳琅琅、齿颊留香。尚君虽然不完全同意我的吹捧，也不表示反对。只要喜欢这部书，哪怕只是喜欢其中的一部分，他都会引为同道和知音。我喜欢这部书，他就更加喜欢了我，有些心里话对我敞开了。

《石头记》之于尚君，如同"莫失莫忘　仙寿恒昌"的玉之于它的主人，书若是有个三长两短，他的魂儿非丢了不可。就在我们那些对坐闲聊中，尚君透露出对自己的婚姻不满意，然而孩子已出生，枷锁已经套牢，只好将就着过下去了。他对《石头记》的热爱，与他感情生活不如意有关吧。或者说，婚姻生活的不如意，使尚君在书里找到了情感安放之处？

尚君有梦中情人，真的只在"梦中"。尚君的这个梦中人是个低年级女同学，因了其容貌出众与性情叛逆很是招蜂引蝶。据我所知，这位女同学的追求者众多，而她似乎与他们中的多个人有亲密关系。我委婉地将这些传闻告诉了尚君。他没说什么，也不追根究底，仿佛对这些传闻并不陌生。我的感觉是，尚君属于单恋，那个女同学即使真的拥有多个情侣，甚至后来已为人妻，她的风流韵事依然流传纷纷，都改变不了她在尚君心里女神般的地位。实际上，尚君已经满足于在想象中、在虚拟世界中拥有她。

二

得改革开放之力，后来我读了些书，有中国的、有外国的，有古典的、有现代的。书的来路宽敞畅通，或购或借，犹如身在宝山，大可任意攫取。从随意泛读到明显的偏好，对书的档次和质量也变得挑剔起来。深夜伏案久了，忽然想到，看书真是赚翻了的事情：看一本书，就是与作者的一次对话。作者辛辛苦苦写作，用几个月、几年，甚至终其一生写成本书，将他或她的才情、智慧、心血、思想、灵魂凝结成文字，我却能在几天、几十天或许更长些的时间里尽收眼底、尽藏心中，而只需付出很少的钱，借读的书一文不付，可以细细咀嚼，还可以回味反刍，那就等于再读一次！这是多么划算的事。

读书的好处远不止于此。当文字、符号在我的头脑中被转化为人物、事件、形状、色彩、气味及一切具象的事物，激活、促进了思维，也培植和丰富了情感，我的内心便不再荒芜。

那些年的贪婪阅读，是对我长期求书却不得因而饱受煎熬的补偿，是老天开恩对我的犒赏。所读的书基本是"闲书"，读它们不为稻粱薪柴，无关功名利禄，只为填饱自己的阅读饥饿。排遣无聊也罢，意在猎奇也罢，在愉悦中追随先哲的脚步走向旷野、天空、海洋，走向人的内心，走向抽象，走向形而上，走向地狱或天界。从脚步踯躅踉跄到眼明心亮、脚步顺畅，禁锢的思想关锁打开了，闭塞无知的眼耳清明了，看清爽了这个世界，看深刻了诡谲多变的人性，也看见了曾经浑浑噩噩的自己。某一天清晨醒来，感觉自己真像站上了高山之巅，像风在吹，像云在飞，又像蛹破茧而出变成飞蛾，无忧无虑地随风起舞，有说不出的轻快爽利。

这种阅读体验美妙之极。

不说国外，仅就中国文化而言，先秦文人仗剑去国，无所畏惧地站在天地之间与神灵对话，那气象是何等的恢宏阔大；唐宋文人立于庙堂与功名对话，昂扬而饱满，那是何等的自信；而明清文化江河日下，文人的胸怀大都局促狭小，格局与气度明显不足，笔墨再精细再柔美，胸襟有限，蜷缩在精神牢狱中与自我私语，不能与远古先人的豪放博大同日而语。在这样的文化颓势中产生的《石头记》，固然在中国文学史上具有崇高的地位，无比精巧，其实也是纤弱与阴柔，而我的阅读爱好已经转向了崇高广远与刚健清新。

后来与尚君相逢，谈起对《石头记》的再认识，两个人的评价就有了分歧。我不好刺激尚君，只说"文无第一武无第二"，又说春兰秋菊各擅一时之惠，他的《石头记》当然是好作品，但对于我，《石头记》已然不像当年那样在心里占有无可比拟的地位。尚君说得不多，也不争辩，由着我胡说八道，但他倔强的沉默告诉我，他不认可。

三

尚君说，我们是拜过把子的"结义兄弟"。

小学六年，我上了四所学校，一年级在老家的村办小学，二年级到四年级在 B 市市属小学，五年级和六年级第一学期在故乡一所完全小学，第二学期回到 B 市，读的是工厂的职工子弟小学。转学频繁的后果之一是易忘，前一所学校的记忆不断被后面的覆盖，并在后者的碾压下逐渐变得零碎、混杂以至成为团团迷雾或一片空白。尚君说他和我是小学同学，曾经同班三年，从二年级到四年级，并举出谁谁、谁谁也是我们的同学为佐证，可我的记忆缥缈得很，在印象里怎么也找不到他，直到他说起"结义"。

好像是发生在小学三年级，是件十足的糗事。

我们那个班的男同学一窝蜂地被《封神演义》等神怪小说和《三侠五义》等侠义小说迷得不得了，几部书借来借去，歇人不歇马，流水作业似的看，大半同学都看过，都崇拜豪侠人物。我们都爱雷震子和哪吒，也爱南侠北侠和锦毛鼠，还喜欢专跟黄天霸作对的窦尔敦。课间在教室里，下学后在路上，三五成堆，争着抢着说书里的故事让我们最开心，有时候的争论简直吵翻了天，比如隋唐第一好汉是李元霸还是宇文成都，拥李的同学与拥宇文的同学从下课开始，一直到放学回家的路上，吵得面红耳赤，比比画画，不可开交。

有阵子我最崇拜杨戬杨二郎，他的三只眼在我心里一点也不怪异，反而觉得那才是最了不起的本事。他的第三只眼是竖着的，枣核似的上下尖立，居于额头正中，平时闭着，脑门光光的与常人无异，一遇紧急情况立即睁开，这只眼睛便光芒四射。按说人脸上多了一只眼要多吓人有多吓人，可我觉得它要多迷人有多迷人。我相信世界上一定有某个地方，比如哪个海岛上就有三只眼的人存在，就幻想自己的眉心哪天也能出现一只锐光逼人的眼睛，白天绝不睁开，谁都发觉不了，夜里，最好是漆黑的夜里，我的第三只眼突然睁开，探照灯似的四处扫射，谁见了不怕？不都得捂着眼四散飞逃！

没有三只眼，做不成二郎神，做他身边的哮天犬也行，被主人呼来唤去，为他冲锋陷阵，打遍天界诸神，那感觉幸福极了。

后来觉得二郎神和哮天犬不容易做，那做人间大侠吧，比如展大侠、窦尔敦什么的，实在不济，做"五鼠"也行，钻天钻地潜水捣蛋，也是快乐无边的事情。不止我，有多位同学跟我一样痴迷，也因痴迷而成为了朋友。只做朋友还不过瘾，有谁提议，我们为什么不做拜把子兄弟，一起行侠仗义横行天下呢？

这主意挺好，可总得有个"结义"的仪式吧。

我们都不知道它是什么东西，"桃园三结义"和梁山上的结义似乎效仿不来，不是找不到桃园就是没那么大阵仗，乱糟糟地争吵了好久，结义大礼总算隆重开场了。

我们钻进了防空洞，水泥浇筑的地下建筑，方形的入口吞进了八九个也许是十来个闹闹哄哄的三年级小学生。地下洞穴不足一百平方米，阴森森，黑暗暗，冷飕飕，地上还有人粪尿，气味难闻。我们抱了些柴火下去，拢在一起，点燃了柴堆，大家团团围住，跪下，不知道程序怎么往下走，好像谁领头喊了"有难同当有福同享"之类的誓言，火势大起来，烟雾也重，呛得大家拼命咳嗽，"结义兄弟们"纷纷后退，脸上忽明忽暗，防空洞里多了些诡秘气氛。

我们的"结义"结局比较悲惨——浓烟滚滚涌出防空洞，大人们提着水桶、扫帚赶来救火，看到一些脸上沾了黑灰的小学生，如同被烟熏的老鼠般冲出洞口，在人们惊诧的目光中四散奔逃。

这是件快忘干净了的往事，偶尔说起，我会笑得不得了，不成想尚君再次将它揭开，口吻的认真，让我嗅到了稚气与陈腐气的混合气息。它不伦不类，尚君却留恋得很，说起来如数家珍。可我并不记得那小小的乌合之众里有他。他对我的健忘很是不满，看我的眼神跟看忘本之人的差不多。

尚君跟我谈这件往事并非单纯怀旧，他对现代武侠小说表现出了空前的热情。金庸、古龙、梁羽生三大家的作品，他几乎全部读过，最推崇的是金庸。但凡与尚君见面，话题之一必是武侠，只要谈起这个话题，他就收不住话头。

我的感觉，此时的《石头记》失去了尚君的热爱。她依然神圣依然美丽，但如同逝去已久的恋人，纵然美好到无与伦比，没有了鲜活的气息，就如同琥珀中的蝴蝶了。

四

我也喜欢看金庸作品，一度被那些仗剑天涯的恩怨情仇勾引得寝食俱废。《倚天屠龙记》四大卷，头两卷读得从容，打开第三卷就收不住脚了，不吃不喝一口气看下去，完全忘却了身在何处。那时我住筒子楼，各家各户在走廊里支起简易锅灶做一日三餐，楼道里弥漫着南北东西各样大菜的味道和呛人的烟雾。大家共用一个更加简易的公众卫生间，设在走廊中部。盛夏时节，我从自家门口到卫生间，穿件老头衫和宽松短裤，趿拉着拖鞋在七凸八凹的走廊里跑去跑回，邻居们的目光里应该有诧异和不解吧，这样子也实在有碍观瞻，但自己浑然不觉，加速度跑回斗室，一秒也不耽搁，立即进入"嵩山、武当、峨眉、崆峒、光明顶"，就忘记了时间，耽误了正事。

　　过后曾深恨金庸，这位武侠小说大家太坑人了，我被害惨了，遂发誓与他的作品不共戴天，将已经购入的武侠书全部封存，再不开启。这个过程跟戒烟高度类似，先是百爪挠心，坐不是站不是睡不着吃不香，嗑瓜子、嚼口香糖，熬过最艰难的日子，与金庸渐行渐远，最后总算挣脱了他的魔力。尚君似乎跳不出来，他在金庸里忘却了现实，正如当年在《石头记》中。

　　从花团锦簇温柔乡的宁荣二府到刀光剑影的险恶江湖，尚君这个跨度有点大。

　　如果我一个人回 B 市，会住在父母家里，一居室，连个小厅也没有。朋友来访，我们海阔天空神聊，父母一如既往地准备好茶水，由着我们尽情说话。好在这间屋子很大，父母在凹进去的床铺那边，我跟朋友们在方桌和单人床这边，自然形成了两个区域，父母亲只管做自己的事，我们只管聊天。如果多个朋友来访，看上去聊得投机一时散不了，父亲出门找人聊天，母亲就将大屋子让给我们这些人，自己到厨房去找些事做，让我们聊得尽兴。遇到这种情形，朋友们一般都早些告辞。尚君是很有眼力见儿的人，也很有礼貌，临别前都特意到厨房向我母亲告辞并致谢。但有一次，别的友人纷纷告退，尚君坐着不作声，只剩自己的时候，他到厨房将老人请回大屋，将我拉到厨房，在灶台水池与锅碗瓢盆之间的狭小空间，他稍有犹豫，后来干干脆脆地跟我吐露了个秘密：他开始写武侠小说了，要写一部前所未有的武侠小说。

　　我很吃惊，并佩服尚君的勇气，但也担忧他的莽撞。他提前退休，有足够的时间做喜欢的事，动笔创作未尝不可。然而，以尚君的文学阅历与偏好，写武侠，无异于从百花丛一蹦子跳到了风萧萧里，怎么可能写好！我深知，那几位武侠写手像几座大山一样在"成人童话"中巍然屹立，想写出不同于他们的武侠小说或许有可能，但要写得让人看得下去、看得入迷谈何容易。我告诉尚君，写这类书并非易事，他须做好永远出版不了的打算。当然，我鼓励他说，要是喜欢，那就只管写好了，只要自己写得快活。如果已经写开，就一定要完成它。做成一件你喜欢的事，这辈子就没白活。

我询问尚君的大致设想与写作主旨，他只透露了框架，大意是写新中国成立后大陆地区的武侠故事，他已经构思好了主要人物和大致框架，绝对不同于如日中天的那些作品。他说等写好后让我看看，同时为他在出版界找找机会。

那几年，我每次回 B 市，尚君都要与我谈到他的武侠世界，每次谈到这里，他都很动情，宛若谈到他的心中恋人一样两眼放光，激情四溢，也一如当年与他的《石头记》。我提出先让我看看写成的部分稿子，他总是拒绝，说正在赶写最精彩的段落，一俟杀青，会立刻寄到北京我的手里。我一直期待尚君的稿件，但终是一场空。

在我那个时期的朋友中，尚君是最具艺术气质的。他喜欢看书，好幻想，爱音乐，天分好，二胡拉了多年，已经达到了独立演奏的水平，曾经加入某个有些档次的文艺演出队。后来转学小提琴，我没听到过他的演奏，据同学说水平不是一般的高。很多热爱音乐的人艺术气质浓郁，喜欢寻求新鲜事物，是他们葆有青春的灵丹妙药。囿于写作功力不足或者其他原因，尚君没能完成他的武侠小说巨制，对他对我都是件憾事。我觉得，能否出版面世是一回事，写成写不成则是另一回事。在尚君，只要写成，就是成就了自己。

尚君活得不快活，职业不称心，婚姻不称意，跟我念叨过好几次，可缺乏冲出"围城"的力量，于是想筑造虚幻中的另一种城堡安顿自己，却最终未能如愿。这是他的遗憾，也是我的遗憾。

方君

一

与方君朋友一场，我对他的家庭并不很了解，只知道他的父母是工厂里的中层干部，工作和生活都是很强势的人，平日里又十分忙碌，没工夫管教他，所以他很是自由散漫、无拘无束。不过这是他和我在一起时的状态，他在家里的状态与此完全相反。据他说，他家规矩特别多，家教特别严，让他觉得特别没劲。不止如此，他在家里的地位还特别低下，姥姥不疼舅舅不爱，基本感受不到"家"的温暖。这是方君最为不解也最为无奈的事，每每说到这些，他的情绪立即霜打了似的低落下来。他与弟弟的地位悬殊，弟弟备受宠爱，他则不受待见，准确地说是不受他母亲待见。母亲待他冷若冰霜，对他弟弟却是疼爱得不得了，以至于他严重怀疑自己并非父母亲生。好在兄弟俩感情很深，他很喜欢聪明伶俐的弟弟，弟弟总是护着寡言少语畏缩郁闷的哥哥，兄友弟恭，这是方君在家里的唯一慰藉。不幸的是他弟弟少年惨死，死因与方君毫无关系，但他在家里的处境更加恶劣，日子水深火热。

方君的弟弟是去掏黄土时遭遇了塌方，抢救不及而死的，这是他家的巨大不幸，更是方君的巨大不幸。那时方君家和我家一样住平房，做饭取暖全凭烧煤。从煤场买来的煤经过铁筛子筛选，筛出的煤块不多，省着用，用来生火，或者留到重大节日里做好饭菜用来煎炒烹炸，重量占了大头的煤粉加水拌湿了，填入灶下勉强可以用，但冬季取暖的火炉，煤粉是难以充分燃烧的，家家都要将其打成煤坯、煤饼或团成煤球再填入炉膛。从粉状的煤到固体的煤，是个疲累而无聊的劳动过程。煤粉中需要按比例掺入焦油和黄土，焦油可从工厂的煤气站拉，B市是沙地，黄土难觅，我们多是去第一工人文化宫那里掏挖。文化宫是一座颇具规模的建筑，茕茕孑立于连通B市几个主要辖区的道路交叉点上，它的身后是大片荒地，几十年后这里变成了鸟语花香的公园，但在那时是最有希望挖到黄土的宝地。有经验的人找准地块挖下去或可找到令人惊喜的黄土层，你掏我挖，荒地上出现了大小不等、深浅不一、形状各异的很多土坑，望过去触目惊心。

我非常讨厌掏黄土的活儿，风吹日晒沙土飞扬不说，还须时时小心防备出事。一般来说，黄土层在比较深的土坑里才找得到，用铁锹一锹一锹铲出来弄到地面——头上是陡壁或深入沙土的凹坑，埋头掏黄土的时候，提心吊胆的，有时会产生恐怖幻觉，觉得头上的土壁会突然塌落，跑都来不及。如果是我一个人独自掏黄土，也许连呼救都没人听得见就自我埋葬了。方君的弟弟就是这样死在沙土坑里的，大块沙土突然塌落掩埋了那个善良的少年。方君并不知道弟弟去掏黄土，但这更加深了母亲对他的冷漠，甚至仇视。这也许是方君的性格越来越阴郁、孤僻的缘由吧。

方君在学校的成绩很平常，存在感很弱，属于寡言少语、容易被同学们忽略不计的那种类型。"复课闹革命"那年他有幸被学校和同学空前看重，是因为他们班的黑板上出现了一首据说有严重政治问题的七言古体诗，追查的结果，这首颇见古文化修养的诗出自方君之手。案情重大，群情激愤，他由此成为众矢之的，遭受了严厉打击和冷酷批判。好在上山下乡运动大潮骤起，人们的心思和精力都转到了另一边，方君与大多数同学插队到了农村，所谓"反动诗词"事件也就因此而被大家略过了。

我比他高一届，彼此认得，但来往不多，他从插队的农村抽调回城做工人，我已经在另一家企业干了三四年活儿，碰面的概率甚低，交集更少。同学相聚偶尔说到方君，说他的性格有很大变化，现在开朗了一些，也喜欢看书了，还说方君与某位同样爱看书的朋友经常躲入一间很小的屋子，闭门谢客，苦读不辍，类似于面壁苦修，学问日见精进，并写有若干文章云云。这我没有想到，我不大相信方君喜欢读书，正如我不太相信他会写诗，而且还是"有严重政治问题"的诗一样。

但后来我和方君成为了读书的朋友。说来有趣，我们俩的深入交往，得力于两次"流血事件"，一次是我的，一次是他的。

一次是我跟人打架流血了，非常狼狈。那是上世纪七十年代中期，是我的精神十分郁闷和烦躁的时期，不知道出路在何方，看什么都不顺眼，时时有蓬勃的冲动急于发泄。七月里送妹妹插队下乡，看到她落户的小村子穷得出乎想象，一个工分只值几分钱，从年初干到年尾，拼死拼活，刨去吃的，有的社员还需要倒交钱给队里。我到几户农家看过，土屋土炕，土灶土台，彻里彻外的家徒四壁。最有模样的家具是用红柳编织之后糊上泥巴再晾干的粮瓮，赫然摆在很显眼的位置。户户如此，几无例外。我在那个村子吃的几顿饭，唯一的菜是烧白萝卜，上顿吃了下顿吃，屋里屋外弥漫着萝卜的臊气。

妹妹的体质不好，独立生活的能力很弱，插队在这个一贫如洗的村落，这日子怎么过啊。

我从那个村子回来后挂念着妹妹，满肚皮不痛快，看什么都别扭得很，觉得一切都在和我作对，出门看场电影散散心吧，排队到售票处窗口而电影票恰恰卖光了；想取车骑回家吧，发现自行车倒在地上，车铃碰歪了；扶起车时碰倒了人家的车子……事事搓火，积攒下的郁闷不经意间找到的出口，是与两个彪形大汉由最无聊的口角发展到最激烈的斗殴，一场力量极不对等的对打在车棚里爆发，继而转移到电影院前面的小广场。主动挑衅和不自量力的后果是我几次被打倒在地，脑袋遭到重创，眼角和口鼻都被打出了血，孤注一掷拼命复仇的时候对手已经遁走。我满脸鲜血，白衬衣也遍洒鲜血的模样必定狰狞可怖，忽然有人喊我的名字，声音听上去不陌生，抹去糊在眼睛上的血睁开了看，这个人就是方君。他像及时雨一样出现了——他将我从疯癫中拉回现实，我得把惨不忍睹的自己收拾一下，就跟着他来到了他家。

方君家已经搬入离这里很近的老楼房，此刻家里只有他一个人，我得到了酒精、药棉、紫药水之类。缺什么有什么，真好，方君真是我的大天使。我在厨房里洗刷混合着血液与灰土的肮脏身体，方君帮我清洗头脸上的创口，又给我的脸上抹了酒精，身上抹了紫药水。之后，我只穿短裤，将浸透了血的白衬衣在冷水下洗净而后晾干，衬衫上被撕裂的破绽凑凑合合用针线连上，穿上后感觉能够糊弄过父母的眼睛了，裤子上的血迹也弄干净，万事大吉。

下午两三点钟的光景，那间拥挤但静谧的厨房让我避开了盛夏的炎热，积蓄多日的郁闷、烦躁被一场失败而丑陋的剧烈殴斗打得无影无踪，仿佛压在心头的一座大山被搬掉了，心里的轻松和畅快有如暴风雨后的高原晴空，明净辽远无一粒尘埃，心好像飞起来飘飘然，舒畅极了。那是一种非常奇怪的心理体验，深深地刻在心里，很久很久无从解释。

那个下午我和方君聊了很多。我惊讶地发现，他确实喜欢读书，读得认真而痴迷。他告诉我，他还在很小的时候就喜欢看书了，开始喜欢看的是老书，以古诗词居多，他在课堂黑板上写下的就是学的古人笔墨和情怀，跟政治根本不搭界，天知道为什么被看成了别有用心的"反动诗词"，他也不明白同学和老师与他翻脸翻得那么快，那么无情那么彻底。到农村插队，从某种意义上说，既是从父母的严控中解脱，又改换了读书的路子。他的读书兴趣转向了社会政治类，对曾经热衷的文艺类书再不沾手。

方君看书有着简单而明确的目的性，就是想弄明白社会、世界和人以及自己，目标不可谓不远大，因此他看的多是大部头著作。有规划、很系统地读，很刻苦地读，近乎于悬梁刺股。他读的都是被时代奉为圭臬的书，满大街都是，来得容易，方君读起来书书入心，说起来也很投入。他是一九六八届初中生，一九六五年入学，连一年级的初中课程也未能完整学完，居然能"啃"那么高深的著作，让我觉得不可思议，也很佩服。

那个下午他滔滔不绝地给我讲了很多读书心得，听上去有理论、有见解。我不懂后来也不记得他具体谈了些什么，只是感觉又惊讶又陌生，与其说惊叹于他的博学，不如说惊讶于他的巨大变化。他非常健谈，逻辑严谨、条理清楚，说到妙处神采飞扬，不时还有幽默的话出口，让我们的聊天变得轻松有趣，这哪里还是那个沉默寡言的方君？我听得出，他对我正在读的社科文艺类图书完全没有兴趣，在他的眼里，这类书是小儿科，但他不鄙薄、不评论，只沉醉于自己的世界。我的感觉是，他将自己孤悬于大洋中的孤岛，岛上固然树木葱茏风光无限，却也将他完全封闭了起来，他在此悠然自得。

读书改变人，真是有道理。

二

我和方君的交往开始多起来，聊得多是书和看书的事。不过，我俩的话题是"两股道上跑的车"，各说各的，彼此不交集，他说的时候我不插嘴也插不上嘴；同样，我说的时候他也只是听听而已，也不知道听进去没有。我俩不像在交流，倒像是各自宣讲，都急于告诉对方自己的读书所得，并不希图取得对方的赞同或驳斥。我从不期待他会产生热烈的反响，而面对我的无言，方君的兴致并不衰减。话题不碰撞、无交集，可我们聊起来兴致勃勃，这种很奇葩的聊天，此刻想起来真是匪夷所思。

方君笃实，诚朴，执拗，无论读书还是生活，他都专注而恒久。我感觉他读得多、谈得多，但写得不多。听上去颇有见解，却大多述而不作雁去无痕，止于清谈，这是他的不足吧。有很长时间，他颇为清高，宛若站在高山之巅，视图书——准确地说是他的大部头书——之外的世界如俗物，很有俾睨天下的宏大气魄。这使我觉得他比我纯粹得多，志向也远大得多。我的世俗气和游冶心太重，偶尔与他说起游泳、滑冰、爬山、胡闹或棋牌等玩乐事，他不接话，淡淡一笑了事，我那些兴致勃勃的心思在他这里被化解于无形。

我们属于平淡如水的君子之交，有时候几个月没有交集，兴致来时，能连续几天天天碰面。别时并不想念，各干各的，见时却有很多话说，都急于一吐为快。这样的交往持续了好几年。

我和方君都属于"老三届"中的初中生。对于我们这些人来说，上个世纪七十年代中后期是个重要的年月。那些年国家发生了很多大事，虽然对草民百姓而言暂时还看不出什么大变化，太阳月亮照常起落，街市依旧人流如水，我们过着老日子，却在觉与不觉之间感到了社会和人心有了某种微妙的变易，铁板一块的窒息感觉正在减弱，自小培育起来的价值观念出现了裂痕，如同有陌生足音蓦然而来。大家心底都有朦胧的期盼，渴望出现某种变化，预想可能会有变化，虽然说不出这变化到底是什么。此外，我们都到了成家立业的年龄，目不旁视一心一意读书如方君，有时也从象牙塔里走出来关注人间烟火。我们聚在一起的时候，柴米油盐的话题多了起来，这原是他不屑一顾的事，现在竟然也有了兴致。不变的是他在家里的处境，一如既往，与他的双亲特别是与他母亲的紧张关系没有缓解。这是我们聊天时轻易不碰的禁地，不慎触碰，总会让他的兴致立即沉落下去，神采飞扬的方君不见了，沉闷抑郁的方君回来了。有几次，我们聊到了成家立业过日子的事，他欲言又止，心事重重的样子，我等待他说下去，但他一到这儿就哑火，最终什么也没有说。

于是有了后来的"流血"事件，那是方君的自残。它来得突兀而残忍，使我对他的认识又深了一层。

那时我已经调到另外一家工厂做氧气切割工，活儿忙起来三班倒，有个礼拜我上二班，也叫中班，就是下午四点到午夜的那个时间顶班干活儿，是我喜欢的班次，半夜回家，正是看书最易入港的时候，颠倒阴阳的作息据说对健康不利，但对看书来说十分可意，此时万籁俱寂，伏案极易专心，读得进、悟得快、记得牢。看乏了，看累了，心满意足，倒头即睡，可以畅快地睡到日上三竿。

一天我大睡到午后才起床吃午饭，之后正懒懒地做着上班的准备，听见小院的栅栏门外有人叫我，原来是方君，他的样子让我大吃一惊：脸色憔悴苍白，看上去虚弱得很，说话有气无力。定睛一看，他的蓝色长裤浸满了暗红的血，球鞋上也有血迹，看上去挺吓人。从他家住的老楼房到我家，足有几里地，带着如此重的伤，他走来是多么艰难。我连声问他怎么了，让他赶快进屋坐，他说先别问原因，也别急着进屋洗涮，他来找我有事——如果我有时间的话，能否用自行车驮他到他堂哥家去。

　　我当然有时间，面对方君如此紧要的事情必须有时间。我扶他缓缓坐上自行车的后架，骑车的时候小心得不能再小心，让车子不颠簸震荡、不划龙摇摆，唯恐弄疼了他的伤口。路上方君不多说话，我也不再问，小心翼翼地将他驮到厂医院住院处左近他的堂哥家，自己满腹狐疑地回家。过了些日子，他才跟我详细解释了那天腿上流血的事，居然是他自己拿刀扎的！

　　整件事与他的爱情故事有关。

　　方君恋爱了，爱上的姑娘叫小果，小果也爱方君，两个年轻人感情很深，但方君的父母不爱小果，拒绝接受小果做儿媳。他们排斥小果的全部理由是她没有城市户口，是地地道道的农村人，尽管来自山东农村的小果姑娘有高小文化，行事很干练，与方君很般配，堪称情投意合。

　　方君父母的棒打鸳鸯，在那个时代并不罕见。没有城市户口，意味着小果无法得到粮本、副食本以及一切生活必需品票证，她的吃穿住行都没有保障。城市户口是城市生活的准入证和身份证明，没有这个宝贝就没有在城市生存的前提。说句刻薄的话吧，你是个大活人，但没有城市户口就等于没有肉身，没有尊严。你只能是个边缘人，或者你只是个幽灵。你生下的孩子也是边缘人是幽灵，没吃、没穿、没学上，入厂、参军等等一切权利都与他们无缘。

　　我见过不止一个这样的家庭，因为主妇没有户口而使家里所有的孩子都成了"黑人"，沉重的家庭负担全部压在一家之主身上，生活艰辛到了人们想象不到的程度。男婚女嫁大多讲究"门当户对"，而那个时候首要的"门户"比对就是双方的户口是否都在城市，这是个很难改动的铁律。方君想到了父母的拒绝，但没想到的是父母石壁一般的冰冷和坚硬，即使他无数次地求告，也没有丝毫通融的迹象。他的顽强争取换来的是母亲拒绝与他对话，还有父亲对他的婚事的蔑视。

愤懑之极的方君在那个中午与他父亲做了最后的对决。父子相对而坐，方君再次将结婚理由陈述一遍，保证婚后经济自立，而且已经找到了婚房，他会离开父母另起炉灶，独自顶门立户，与小果姑娘成家立业，一切后果自己负责，绝不连累家里，只求父母放手，让他拿户口本去办理结婚手续。然而父亲不为所动，无论儿子如何恳求如何保证，坚硬如铁壁的父亲压根儿不予考虑，对方君的婚恋甚至对他的恋人小果表示出了强烈的不屑。走投无路的方君掏出了一把刀，刀子不大，但足以致命，并非威胁父亲，刀尖对准的是自己。手攥刀柄的方君向父亲摊牌：同不同意他和小果的婚事？

面对儿子的最后通牒，那位父亲始而惊诧，继而愤怒，终而嗤之以鼻，于是方君手起刀落，朝自己的大腿狠狠扎了下去。

他扎了两刀。

跟方君平时做事的认真扎实一样，他扎自己毫不留情，下手特狠，伤口很深。他捡起老爹掷到他身边的户口本，拖着那条不停流血的伤腿，步履蹒跚地从"老楼房"挨到我家已经耗尽了最后的力气。后来他跟我说，在鲜血面前，他那又惊又怒的父亲扔出户口本的同时，还有让儿子一辈子忘不了的绝情话：

不管你娶的是个仙女还是口猪，不管你将来的日子过成什么模样，哪怕你领着媳妇逃荒要饭饿死冻死，我都由着你，家里一概不管，永远也不管了。

方君说起这惨烈的绝境逆袭，心情很是复杂，有大愿已遂的安定，也有无奈的悲愤和忧伤。与父母对决的惨胜留给方君最多的，绝非是简单的胜利者的快乐。

当年冬季，他和小果举办了婚礼仪式，场面很小，就在他们的洞房——一间小小的屋子里举行。他的父母亲和他的同胞拒绝出席，新娘子那边的亲友因为远在千里之外也没有赶来，男女双方的亲戚仅有方君的堂兄一人。客人都是方君的朋友、同学，将小小的屋子塞得很满。我去得迟了些，屋子里人碰人、人挤人，好不容易把自己塞进去，转身都很困难，气氛却非常热烈，哄闹声快要掀翻屋顶。暖壶、镜子、搪瓷脸盆和各样炊具、餐具是主要的贺喜礼品，堆满了半面火炕和方桌的桌面。新娘子小果周正朴实，大大方方地与快乐到发懵的方君一同接受大家的祝福。

三

我们的交往渐渐稀疏，方君专心致志过自己的小日子，家事为大，与外面的来往越来越少，我则全力以赴看书，两耳不闻窗外事，一心只读备考书。高考恢复给我们这一代人开启了通向光明的大门，弥补失去的读书机会，这是最后的关头。我年龄偏大，又疏于数理化，决定放手一搏，越过本科，直接报考文史哲类研究生。这块云彩下不下雨不管它，先求起来再说，于是比别人更加废寝忘食，我和方君成为了新的"两股道上跑的车"。

侥天之幸，两年以后我赶上了高考的末班车，远赴东北求学，动身那天下午细雨绵绵，方君匆匆赶来送行。在众多的送行朋友中，他的沉默和伤感是我心头的一道划痕。

上学那几年，我与方君之间的联系更少了，通过几封信，得知他的生活依然艰窘。妻子没有户口，家里添丁加口，方君的处境之艰难可想而知，但他却没有完全失去读书的热情。他和我面对的不是同类问题，他更多关注的是改善家庭生活条件，我的全部精力则用在了学习上，我们的精力和话题分成了新的两岔，断断续续的联络越来越稀少。我们有过几次会面，得知他家的经济状况很不如意，但他并不沮丧。此时，各类禁锢已然不像过去那么严酷，经济生活活泛了很多，他家里添置了缝纫机，女红娴熟的小果凭手艺给人们做做衣服，缝缝补补，收点手工钱养活自己和家人，后来开了个小服装店，活儿很多，收入不错。他们家俨然"一家两制"，妻子靠缝纫手艺自谋生路，方君在国企上班，业余时间帮助妻子内外打理，小日子一步步好起来。再后几年，这两口子在工厂东面的荒芜地界办起了养鸡场，听说光景还好。再再后来，听说他们做起了买卖锅炉的生意，规模应该很大，也不容易做吧，我不知道，亲近的朋友也知道不多。有一年我回 B 市，方君来我父母家里找我，我恰恰外出了，与他失之交臂。听父母讲，方君好像是有备而来，希望我与他合伙做些生意。我对商业上的事一窍不通，对方君的主意没有兴趣，没有回访，他也没有再来。

　　方君的性格比较孤僻，中学时代跟同学很疏离，走上社会之后也不大合群，朋友很少。他先是拼命读书求取真经以期活个明白，后来做生意是迫于生计，未必是真喜欢。他是个执拗的人，商场上的顺逆浮沉，都没有根绝他的读书嗜好。朋友和同学们说起方君每每不甚理解，说他文又不成，武又不就，与同学们的感情很淡薄，极少往来。他的经商之路并不平坦，读书的习惯却始终没有改掉，只是在他的生活中占的分量越来越轻了。某年我回 B 市探亲，他交给我一篇很久之前写好的文章，说这可能是他最终的读书总结了，大致内容是读《反杜林论》之心得，希望我帮着找找熟人，在比较大的报纸、刊物上刊发。我读过这篇文章，立论、逻辑、行文中规中矩，也有独出机杼不合主流的观念在其中，是他厚积薄发的心得，见出方君多年浸润于大部头原著的功力。

　　那是我调入北京的第三年，改革开放强劲勃发之时，有家大报开设了这个领域的栏目，颇有广纳众言百家争鸣的气象，我将稿件转给在这家报社供职并且负责这个版面的朋友，请他给予关照。朋友十分认真地读了文章，反馈说感觉不错。虽说尚君属于无名作者，但文章有新意，找个空当将它变成铅字，很有希望。我跟方君透露了乐观的信息，他很高兴。然而不久世事剧变，社会热点转移，报纸那个栏目被取消，这件事就落了空。我没法子跟方君交差，同时怀有到别家报社找找朋友，将他的心血起死回生的微茫期冀，信也没有写，电话也不曾通，他也没再提起，此事最终不了了之。

　　稿子生不逢时，蹇运当头，天命难违，人力的挣扎效果很小，有时不过是徒劳。我的努力和无奈，方君应该心知肚明。

从那时到今天，又很多年过去了。我这些年远离红尘，躲到帝都远郊，读书写字自得其乐，与亲朋故旧的联系越来越少，"老友恰似庭中树，一日秋风一日疏"，方君也是失去了联系的老友。秋风乍起，雨夜寒凉，总会让人油然生出对旧人旧事的遥远怀想。方君的笃诚与平实，以及认真到迂执的样子，就会来到眼前。近日听说，他的身体欠佳，已出现中风征兆，好在救治及时，病情没向更严重发展，真为他庆幸。又听说他的长女大学毕业后在一家奶业公司工作，近年来升任要职，收入颇丰又孝心满满，将父母接到自己家精心奉养。想来方君已是含饴弄孙，其乐融融矣。

至暗时刻

一

世事无常，生活多彩，人生路上总能遇到些奇奇怪怪的事情，有的你追求多年一无所成，却记忆长远；有的在不经意间突然降临，无论吉凶，都须接受。人和书的缘分也是这样，有的书让你在无意中得到，是幸运女神的偶尔垂青，庆幸之余唯有感恩；有的书心仪已久却缘悭一面，终究遗恨深深；还有的书与你若即若离，多年见不到它们的真容，却在你心里存留了很久。

有这么两本书，曾经名震全国，听来如雷贯耳，我很想读到它们，有意无意地找了很长时间，其间遭遇了、发生了、参与了一些现在想来匪夷所思的事情，想看到它们的念头有时强烈，有时淡然，始终没有完全忘掉，但在长达十几年的时间里没能变成现实，到终于见到这两本书的时候，阅读的兴趣已经被磨损得所剩无几了。

我知晓世界上有这两种书，正是它们的名声坏透了的当口。那是上世纪六十年代中期，"文革"风潮初起的时节，井然有序的学习开始懈怠和松散，文史地数理化等各门课程还在正常讲着听着，却不断受到各种各样与学习无关的消息骚扰。春末有消息说，B市远郊某公社有兄弟俩，都是地主分子，包藏祸心，磨刀霍霍密谋变天，家里藏有两大缸上好的烟土，就是谋逆计划的资金储备。学校组织我们到很远的东郊观看了展览，那两个据说是藏烟土的大缸看上去触目惊心。进入初夏，又有传言说某期著名刊物的封底画里藏有反动暗喻。我跑到区文化馆，从木架子上找到这本刊物，按传言中的提示仔仔细细侦查。那是一幅油画，画面是大片稻田，里面有收割稻子的男女青年，恶毒内容就隐藏在画面中。我极其认真地检查这幅画，正反面看，掉着个儿看，对着太阳看，有了！终于发现垂着头的稻穗和随风起舞的稻叶有重大嫌疑，它们用扭曲的方式组成了一幅反动图案。还有，居于画面中心的青年女性一头飘逸的长发，好像也藏匿着变了形的两个英文字母，是美帝国名的缩写。

这画家真是用心歹毒！

书里书外，远远近近，明里暗里，原来隐藏着这么多阶级敌人，这让我们莫名其妙地紧张和兴奋，本来已经稀薄的学习心思被冲击得七零八落。

躁动不安的气氛如阳光般一天天热起来，各地都不平静，标志性事件是批判《燕山夜话》和《三家村札记》，高频率占据了报刊和广播。我们被告知这是两本坏书，作者是坏人，书里面藏匿着很多坏主意和坏念头。我们子弟中学大门前横陈着通向厂区的大道，马路中间花池里矗立的电线杆子上绑着高音喇叭，不久前还在播放袁阔成先生的评书《烈火金刚》，常常引得我在电线杆子下流连，以至不止一次错过了午饭。现在，大喇叭里传出的是对《燕山夜话》《三家村札记》的声讨和批判。慷慨激昂、义正辞严的高分贝讨伐语言从空中定时投喂，填补着我头脑里史更新和猪头小队长消失之后的虚空。

《燕山夜话》和《三家村札记》，就这样不可阻挡地进入了我的世界。

我没见过这两本书，我们学校读过的人也不会很多，我很想看看它们究竟是什么样子，里面究竟写了些什么？被声讨檄文列举出来无数遍击打的文字过于散碎，真不过瘾，有好玩儿的故事没有？有好看的插图没有？进而对那几个作者也产生了兴趣。他们多大年纪？长什么模样儿？坏人有黄世仁模样的、刘文彩模样的、南霸天模样的，还有周扒皮模样的，那么，这两本书的作者长什么模样呢？

我私下里问一位老师，他看没看过这两本书？老师说，没有，这书我怎么会看！一脸的愠怒，撇下我走开了。

他是因为我的问题太蠢而不快吧？其实我想的是跟他借这两本书看，如果他有的话。

八月末，我们抄了校长的家。

执掌我们子弟中学的是位女校长，W姓，三十七八岁，中等偏上身材，衣着整洁，白净的长脸，颧骨比较高，是上海女性常有的脸型。想来W校长是科班出身，也应该是在书堆里长大的吧，"腹有诗书气自华"，所以言语温和，举手投足颇显书卷气。我不知道W校长的来历，她也许是与我们这所初级中学从简陋的平房搬迁进漂亮的教学楼那天同步上任的。如果是这样的话，一九六四年考入这所学校的我们应该是她接手后施教的第二批学生。

那几年国家元气逐步恢复，工厂的发展态势也很好，我们子弟中学也越来越招人喜欢了。三楼东南角的实验教室里秩序井然地排列着一水儿的白色陶瓷水槽，量杯、托盘、小刀、镊子……一应俱全。夏天，我们从一个叫"十一公里"的野外洼地逮来青蛙和癞蛤蟆，笨手笨脚的解剖实验让我们既刺激又兴奋；怀着身孕的数学老师带领我们测量楼外一角的煤堆以计算锥体体积，合乎逻辑的计算方法和正确的结果使她对我们大加赞赏，我因此而对数学与几何的兴趣大增；音乐教室里，一架崭新的钢琴替代了陈旧的风琴，那是我第一次当面聆听"乐器之王"浑厚宽广的高贵音色，它让我痴迷到发呆。新聘的音乐老师据说生于江南来自北京，长得娇小甜美，嗓音也很美，她的教学让我们更加喜欢音乐课，每当她起头领唱，我们就在好听的钢琴声伴奏中放开嗓门大吼"我们走在大路上……"歌声飞出高大阔气的教学楼，飘过重新平整并在跑道上加铺了灰渣的操场；操场变得规整，体育器材更多更好玩了，单杠和双杠上天天都有人腾挪翻飞；广播体操的音乐和号令声每天上午定时响彻天空，全校五百多名学生就跟着体育老师的口令很有节奏地伸展肢体，而解散之后的自由时间最能让大家撒欢儿到发疯。

这一切都让我们本能地觉得，学校清新健康蒸蒸日上，这位校长是得到了全校师生的信任和爱戴的。

那段风和日丽的年月，W校长给我留下的记忆不多也不深，一个二年级初中学生能对校长有什么深刻印象呢。我跟校长的远距离接触是她站在操场主席台上给全校师生讲话，近距离接触则是迎面相遇闪避不开的时候，就侧身退到一边，恭敬地道一声"校长好"，而她也都是略略停一下脚步回应说"你好"，或者报以颔首微笑，不管在路上，还是在校园中，她的优雅礼节从未缺失。不得不提的是，W 校长和我住在同一个街坊，她家和我家距离不过百米，路遇的概率比别的同学更大，因而见到她微笑颔首的时候更多。除此之外，我对 W 校长就所知甚少了。不过，有一件事倒是私下流传很广，就是她在这个年龄竟然还是独身一人。三十七八岁的女性还是单身！这很让人不解，我还没有见过这么大岁数的未嫁女性呢，何况是高高在上的校长，就更加让人瞩目。在以趋同性为一大文化特征的地方，与众不同本身就是潜在的过错，特别是在以暴露、揭发个人隐私为氓众盛大狂欢的时期，当嫁不嫁大龄未嫁的 W 校长具有多重的疑点和铁定的毛病，足以成为人们背后津津乐道的谈资。

运动开始不久校长就被揪了出来，揪斗她的人手里的把柄是她"走资本主义道路"，理所当然地要接受斗争。其实批斗者都是十三四岁到十六七岁的学生，对什么是"资本主义道路"既朦胧又含混，不过这并不要紧，这么复杂的东西谁能弄得清楚呢，也不需要弄清楚，管他三七二十一，只要看哪个当官的不顺眼，就给他戴上这顶帽子，"资本主义道路"上就有他在"走"了，那他就在劫难逃。风潮起处，这顶帽子满天飞，台面上的人物相继倒霉，到后来差不多人头一顶，也是天下奇观。

忽然有一天，我们这位校长被戴上纸糊的高帽，上书"走资派WXX"之类的墨色大字，被押解着与众多"黑帮"人物组成一列臃肿不堪的"牛鬼蛇神"队伍，走在我们学校大门外那条通向工厂的笔直大路上了。那个队列主要由有历史问题的"黑"教师组成，也有学生们临时起意，将平日里看着别扭强行拉来塞进去的教职员工。这个队伍的样子太难看了，不伦不类七长八短的各色纸糊高帽子，一面铜锣在某老师的木槌下"当"一声响，自我污损的口号就乱糟糟地喊起来。

走在这列黑色队伍前头的就是我们的 W 校长，整洁的衣着此刻凌乱不堪并被泼上了淋淋滴滴的墨汁，高高的纸帽子下是苍白的脸，最引人注目。她蹒跚着脚步，目光呆滞，承受学生和工人的围观和窃窃私语，也听得见他们的嘲弄和笑骂。

不但被批斗游街，她还被抄家了。我是抄家队伍中的一员，参与了这次暴行的全过程。

抄家是极为严重的事件，好端端的人家，凭什么抄？"抄"什么？怎么抄？

旧时有无数的抄家，都是对重罪之人的严酷惩处。抄家的人手持旨令，蜂拥进入这个人的家门，翻箱倒柜挖地三尺，将这家人的财产抄掠一空，以这种摧毁家庭经济根基并且极具羞辱意味的手段作为对主人的惩罚。有的抄家也会同时查找可疑物品，以找到这家主人谋逆、贪腐或其他的犯罪证据。抄家者心狠手辣，不放过这户人家的任何一个角落，非得查个底朝天才行，此曰"奉令严搜，抄家若篦头"。但我们的行动没有奉谁的命令，没有谁下达给我们指令，我们是无令而行，或者说闻风而动。听说市里某中学的老师家已经被抄，我们落在后面了，必须马上行动。我们也要抄家。抄谁的家呢？子弟中学最大的头儿是W校长，就是她家了。有谁敢抗拒或者非议这行动吗？亮一亮臂上的红袖章，乖乖！吓不死你。它就是横行天下的催命符。

　　校长犯了什么罪？不知道，反正她是有罪的，肯定她是有罪的，干脆说吧，她必须是有罪的。抄她的家，目的简单明了，就是要找到她的罪证。

　　只要属于"四旧"，或者与"四旧"产生干系、与时局不相宜、与时代偶像有违的一切物品，统统在查抄之列。最有可能的罪证会出现在图书、报纸、刊物里，一句话，凡是一切可疑的物件，都在被搜检之列，而文字图片之类，将是查抄的重点。就这样，在八月下旬的某天黄昏，我们五六个学生堂而皇之地闯入了W校长家。

　　我们是赤手空拳打上门去的，没有使用棍棒或别的什么武器，W校长和她的家人在这些不速之客面前没有任何抵抗，他们甚至没有表现出惊愕和疑问。我们可能叫喊着"抄家"，他们便顺从地打开了家门。

　　昨天还是学生和校长，今天就变成了抄家者和被抄家者，这个反差也太大了。曾经的和蔼微笑面对突然降临的凶神恶煞，这个反差更大。对于我，敲开W校长的家门之前，不是没有过尴尬和局促，然而一旦跨过门槛，向面无表情的校长宣告我们要"抄家"之后，局促和尴尬便飞走了。从那一刻起，抄家的我们从学生变成了造反者。

　　后来很多年里我总想，我们疯狂拥入校长家的门，真的都是为了搜寻"罪证"，还有没有别的动机？

有的，在我们无知无畏的冲动中，是混合了多种动机的，虽然当时我们并没有明确意识到。现在细细想来，下意识里，必然有窥见别人家庭生活特别是校长家庭生活的欲望，也有不可理喻的破坏欲，就是内心深处蠢蠢欲动，看什么都不顺眼，总想踢上一脚的冲动。而对于我，还有一个也许别人没有的念头，就是从校长家里搜到《燕山夜话》和《三家村札记》。我暗暗认定，W 校长家里一定有这两本书。

我想得到这两本书，固然出于看书的欲望，也与人普遍存有的某种心理相关吧——越是稀少而不易得到的东西，越是想得到。《燕山夜话》和《三家村札记》是稀罕物，就更想找到它们。此外，这两本书浸满了"毒汁"，也是激起我一窥究竟的心理因素。动物园两栖馆里的毒蛇会让游人趋之若鹜，相比之下，无毒蛇那边的游客要少得多。《燕山夜话》和《三家村札记》的"毒性"强而又极难弄到，把我的胃口吊到了心理偏执的地步。

二

W 校长家是"三室房"，是我们厂的平房家属区常见的房型，格局简单、实用。由北门进入不大的厨房，迎面是校长与她母亲居住的大屋，宽阔而敞亮，家具不多，简洁大方；右手则是南北相通的套间，套间的里间是校长的大弟、弟媳住，有南窗，周正而含蓄；外套间向内套间和厨房开门，房间不大，陈设简易，最显眼的是一架靠西墙的上下铺木床，住的是校长的小弟。

W 校长的这套三室房就是我们作恶的地方。

抄家的具体过程，我已经记不清楚了，实际上，抄家后不久就忘记这件事了。我的记忆力不算差，更久远的很多事记得一清二楚，为什么独独记不清这件事了呢?

我后来发现，在头脑里储存最多、最顽固、最活跃的东西，大多是快乐、荣耀的，记住的是获奖，是狂欢，是高光时刻;此外，精神和感情受到严重伤害的记忆，也会顽强地驻扎在头脑中。相比之下，耻辱的记忆却很少。这并非自己做得不光彩的事少，不是的，我并不比别人做得少。之所以记忆稀薄，是因为它们太肮脏了，是散发着臭气的丑陋疮口，看上去恶心，不愿意面对它，所以逃避，所以遗忘，所以不愿提起，一旦触到便会急速避开，犹如躲避令人作呕的蛆虫。年久日深，岁月的厚重积灰将它们压成了薄雾，看不清。比如这次抄家，很多细节想不起来了，拼命想也没用，那好像是上辈子发生的事情。

我们原想校长家里会有很多书、很多报纸、很多刊物，或许还有很多别的"四旧"，但我们什么也没抄到。最让我大感诧异的是，除了人手一册的"语录"被当作圣物似的供奉在显眼的地方，竟然找不到一本书! 连报纸和期刊也见不到一张一册。

没有旧东西倒也罢了，堂堂的中学校长家里居然没有书，没有报刊，烧毁了? 转移了? 干净得吓人。这太意外了，太遗憾了，太令我们失望也太让人不能接受了! 校长家没书，怎么可能，鬼也不信。我们满头大汗地搜遍了每一个角落，箱子柜子是打开探底的，抽屉是拉出来翻个底朝天的，床铺是掀翻了的，被垛是晾开搜检了的，床下、柜底和边角都仔仔细细看过，只差挖地三尺，还是没找到我们想找的东西，更没有找到我想看的书。

慢着，还有一间屋子我们没抄呢，就是内套间。我们在 W 校长和她的老母亲居住的大屋、她的小弟住的外套间一无所获之后，目标自然而然地转向了这个内套间屋子，不过，有个"铁将军"守住了门。

对话大概是这样的：

把门开开!

我们命令。

没有钥匙。

上海口音的普通话，是校长小弟的回答。不知何时，他站在了内套间的门外。

钥匙呢?

我们问。

我哥哥拿走了。

他去哪儿了?

不知道。也不知道哪天才能回来。

你给我们打开!

没有钥匙，这门打不开。

你要是不打开，我们就来打开它。

不行。这是我哥哥和嫂嫂的房间。他们不在，谁都不可以打开。

……

从我们闯入 W 校长家始，校长和她白发苍苍的母亲都待在她们的大屋里，母亲坐在床边，女儿站在她身边，校长的小弟则站在自己的双层木床边，冷漠地看着我们胡乱翻找。上铺整齐码放的箱子已经被我们取下，里面的衣物啊什么的翻检得乱七八糟。这位小弟的脚边是凌乱不堪的杂物，他的沉默不语使我们差不多忘记了他的存在，此时他好像突然出现了似的，更让我们满腹狐疑，推定 W 校长的罪证转移到了内套间里面，或者是杂志，是报纸，是老唱片，还是我们想不到的"四旧"和"反动"物件？但最有可能的必定是书，而且不排除有《燕山夜话》和《三家村札记》，也许还能有意外发现，一切都取决于能不能进入这间屋子。我们从没听说，凡是被抄之家，还会有抄家者们进不去的房间。

然而，这个疑点重重的房间，我们最终也没能进入。

我们一定到处找斧头、改锥、榔头，为的是砸掉可恶的锁，打开屋门。没有找到，校长家藏得真隐秘。我们应该找到了菜刀、锅铲和炉钩，没派上用场，没有谁拿起来向着门锁下手。当时发生的应该是这样的场景：站在屋门前的这位小弟，反复说未经他哥哥嫂嫂的允许，这个房间绝对不可以擅入之类的话。他说没说过如果我们动粗，他唯有拼死抵抗而已的话，大概率不会说。也许他说过并不相信我们会动粗，因为我们都是读书明理的学生，等等。他说过哪些话我真的一点都不记得了，我大概记得的只是这个瘦高青年站在门口说了一些话。他的调门不高，夹杂着上海口音的普通话也不激烈。好像后来他什么也不说了，却在我们的汹汹气势面前寸步不让。我们可能粗暴地喊叫过，或许还恐吓过他，推推搡搡也可能是发生了的，然而事实是，上海小哥总能从颠扑中重新站立，结结实实地将我们挡在了门外。

在那个疯狂年月，在红卫兵们不可一世横行霸道的时候，没能进入这个房间，太不可想象了，我自己都觉得匪夷所思。

后来我曾经自问，是什么使我们中止了暴行，没有破门而入？

是校长小弟太强悍吗？好像不是的。那位面容苍白的上海小哥瘦瘦高高文质彬彬，说话也不疾言厉色，虽然也曾一度提高了嗓门，却似乎与"强悍"相距甚远；是我们的力量不够强大吗？不是的，我们五六个气势汹汹的造反者在唯唯诺诺的校长和她的家人面前拥有压倒性的力量，校长小弟企图以一人之力御我们于屋门之外，螳臂当车，怎么可能！是我们因为没有破门器具而放弃了吗？也不是的，即便没找见合手的斧头、榔头和改锥之类，菜刀还是可用的，砖头瓦块也是可以用的，假如果断下手，屋门并不难打开，一副单薄小巧的锁具而已，踹门都是能踹开的，只要我们下脚狠踹；止于我们的良心发现吗？更不是，绝对不是。我们没有良心。学生视授业解惑的老师为敌人，殴打老师，侮辱老师，抄老师、校长的家，恩将仇报，背德叛道，岂止没有良心，我们连心都没有。

这都是后来才有的想法。实际上，抄家之后我将此事抛到了脑后。那年十月中旬我串联到了北京，在动荡不已的首都待了近三十天，成为了百万人组成的汹涌海洋里的一滴水，在风狂雨暴中载沉载浮，真真体会到了什么叫作史无前例和波澜壮阔。接受检阅的人浪汹涌到了天边，免不了彼此踩踏。某次接受检阅，第二天广场上捡到的鞋子据说足足装了一辆三轮车。军博里摊放着的U2飞机残骸，那破烂的模样印证着我们的骄傲。建设中的地铁工程将地面开肠破肚一路向西，望着高高的长长的土坡，我怎么都想象不出它建成后的模样。被推倒在地并被尿迹与歪歪扭扭的黑色大字涂得惨不忍睹的大画家齐白石墓碑，如今想起来太不可思议。还有好吃得不能再好吃的果丹皮，它一次次让我掏出所剩无几的钱……都给我留下了深刻记忆。

我参观了一个大型抄家成果展览，在那些琳琅满目的物品面前，顿觉我们的抄家行为真是小巫见大巫，太寒酸了，太小儿科了。这是天子脚下，又称首善之区，这里的学生得天时，占地利，背景深，造反早，信息灵，起点高，眼界广，气魄大，下手快，做起坏事的狠毒和决绝让地方上的学生尤其是我们那个边远地方的学生自愧不如。看得多了，新鲜感也麻痹了，让我念兹在兹，希望在被查抄出来的物品中看一眼的《燕山夜话》和《三家村札记》，还是没有出现，即使北京高校的抄家成果是那个展览的重要部分。

很久以后我才知道，如果说《燕山夜话》尚有侥幸一见的可能，《三家村札记》则是根本看不到的。它被赶制出来作为"内部"发行以供大批判用，印数极低，我一个初中学生怎么可能见得到呢！

兴许是"物极必反"吧，久久寻求而不得，我对这两本书由心心念念的渴求变成了某种心理排拒。再后来，不知怎么回事，《燕山夜话》和《三家村札记》从我的执念中消失了。

新鲜的事情不断刺激着我的神经，"昨天"迅速翻篇儿，"明天"还会有想不到的重大事情发生。这世界真好玩儿，有前事的承续和延伸，也有烙饼似的翻个儿，一天变一个模样，事事都让你应接不暇。昨天停课是闹革命，今天复课也是闹革命，革命革命，天天都要弃旧我而迎新生，哪里还有空想别的。抄家给校长和她的家人造成了什么伤害？压根儿没想过。

三

一九七五年夏天，远在四川生活的大姐因工伤遽然离世，身后留下了两儿两女，老大正在农村插队，下面三个小的尚未成年。大姐夫善良而懦弱，遭受山崩地裂般的打击，一时神魂俱丧失去了主张，家里全乱了套。大姐的小儿子想念姥姥姥爷，瞒着家里人，偷偷拿了些钱，给他的父亲留下一张小纸条，告诉了自己的去向，以"永别了"的吓人话结束，在大家的不知不觉中悄然出走，乘火车坐汽车，辗转几千里跑到了 B 市。爱女的去世使我父母痛彻心扉，对这个十三岁就失去了妈妈，独自一人千里迢迢来到身边的小外孙格外疼爱，巴不得满足他的所有愿望。小家伙离家出走的时候我尚在四川参与处理大姐的后事，回到 B 市已经是初秋，父母责成我尽快为他办理转学手续。

外甥小学毕业后没有参加升学考试，到一个陌生的地方进入初中就学，不大容易办到。我想先跟子弟中学提出申请，要求学校接下他，让他插班跟着上课，免得耽误了学业，以后再慢慢想法子转为正式学生。我深知，即使是"插班"，也是不容易办到的。外甥没有 B 市户口，也没有别的任何证明身份的东西，学校如果不想接收他，可以有很多借口将这个孩子拒之门外，而所有不予接收的理由都能说得冠冕堂皇，让我无言以对。所以，对他能否如愿入学，我心里一点底都没有。

小外甥上学刻不容缓，我立即来到了母校——职工子弟中学。

怀着忐忑不安的心思，我敲开了一年级教研室的门，接待我的是位陌生的老师，他引我见了同样陌生的教研室主任。他们对我的小外甥转学或借读之事不表示反对，但安排一个外地来的无户口、无学籍、无成绩记录的学生，在学校尚无先例，是件需要认真研究的大事，成与不成的权柄握在校长手里。只有她，才最终有权决定我的小外甥的未来。这样，时隔九年，我又站在了 W 校长面前。

W 校长变化不大，仍然是白白净净的长脸，略高的颧骨，眉眼间依然是微微笑意，微显沧桑的面容温厚谦和。她对我的出现没有表现出诧异，也没说认没认出我、记不记得我。此刻的 W 校长，既有长者的泰和，也有师长的尊严，她那淡淡的微笑，显示出与生俱来的雅致教养。坐在她侧面的椅子上，我向 W 校长讲了来这里的目的，提出让外甥来上学，请学校接纳这个孩子。

W 校长神情专注地听我的陈述，没有打断我，始终认真在听。听过后，她想了想，随后问了几个问题，比如小外甥的小学成绩、身体健康状况，以及生活方面的习惯，还有为什么跑到 B 市来读书，等等。我一一作答的时候她还是静静地听，之后，她嘱咐旁边一位老师从柜子里拿出一张表格，将自己办公桌上摊开的物件略略码好，推到桌子的一角，让我坐在她的椅子上，将外甥的相关资料尽数填写上。我填写表格的时候，注意到 W 校长去了别的房间，她返回的时候我已经填写完毕。她接过表格看了看，让我稍微等一下，自己拿着再次走出去，回来的时候，她的身后跟着一位女教师。校长微笑着说，我们商议定了，让你外甥明天就来报到吧，别耽误上课。她侧过身，向我介绍女教师，这就是我小外甥的班主任。

过一会儿，你跟这位老师走，到她的教研室，跟她详细谈一下孩子的情况。W 校长说。

自从听说子弟中学现在的最高负责人还是 W 校长，我的心里有过不祥的感觉，我怕校长记恨当年的事，拒绝接收我的小外甥。可是我又本能地觉得，W 校长不会刁难我，不会在这件事情上设置障碍的，不会的，因为她是我的师长、是我的校长。冥冥中有个声音告诉我，校长是善良的人，是大度的人，会接纳这个孩子的。果然，不到一个小时，小外甥入学的事办妥了，比我事先想象的要顺利得多。W 校长没有提及九年前发生在她家里的事，我也没有说，也没有想到说。

我如释重负。

W 校长留住急于告辞的我，问了几个问题，比如我大姐的后事是不是都处理好了，我父母的身体状况还好吧，又问我现在做什么工作，成家了没有等等，宛若和蔼的老姐在关怀小弟。我一一如实作答。我汇报给校长说，毕业后我在一家大型钢铁企业做架子工，辛苦但很充实。我特别说我所在的检修队是个先进单位，在总公司颇有名气，其实我最想汇报给校长的是，我曾经得到过总公司的先进生产者称号，那是唯一可以在校长面前拿得出手，但终于没说出口的荣耀。我很想说些让校长高兴的事情，让她能够为我骄傲，可实在没有什么可以在校长这里夸耀的。有一种说不出的心理因素在作祟，它让我觉得，即使我建立了旷世奇勋，放在校长面前也没多大意思。有个巨大的亏欠藏在我的心里，宛如一条超深超宽的鸿沟，就算我赢得的功名如山一般高，也填不平。

外甥如愿插班了，背起书包高高兴兴上学去。我继续做我的工干我的活儿，没把这事放在心上，也不把这事看成有什么特别，只是觉得W校长是好人，这一切都很自然，顺理成章、水到渠成而已。

我工作，我生活，时间如流水，活儿干不完，披星戴月，春夏秋冬，光阴就这样平平静静逝去。一路走过来，间或看点书，知识和阅历或许有点滴的成长，心底的黑暗却依旧黑暗，没有光照，没有触动，也没有感觉。积垢压得太厚，心就麻木了，无感了。

四

抄校长家二十七年以后，我成了《邓拓诗集》的责任编辑，又蒙邓拓先生夫人丁一岚女士签赠《邓拓诗词墨迹选》。我以编辑和读者的双重身份细细品读邓拓诗作，最大限度地走近了这位蒙受深重灾难的诗人。

两册书都很厚重，展卷伊始，风烟扑面。诗为心声，追随着诗人的足迹在历史中行走，战火硝烟中的无畏果敢、和平时期的激昂奋进，报国献身之志、忧国忧民之情，如在眼前。读邓拓的诗，就是走进了通向他内心的幽微甬道。这条由四百余首诗作组成的甬道有三十六年那么长，我看到了作者内心盛满光明的未来。看到了作者的人格魅力，浪漫而无畏。这条艺术甬道有理想之光，有青铜色，有金石声，有幽香气，家国情怀激昂慷慨多得不能再多了，何曾有半点不忠不义！我甚至想，如果诗人能拉开与时政的距离，多用艺术的敏锐触角去感知而非用理性去表达，政治性词语少一些，其诗作的艺术水准必定更上层楼，他的文化成就应该更加丰富多彩。诗人自己有没有过这种念想我不知道，但他的内心深处何尝没有过矛盾和彷徨。即使在严酷的社会生活碾压下，邓拓的知识分子气节并未完全失去，他在一首诗中说："笔走龙蛇二十年，分明非梦亦非烟。文章满纸书生累，风雨同舟战友贤……"

"文章满纸书生累"，知识分子的底色还在，忧患还在。夹缝中的一声叹息，明白无误地透露出了他心底的无奈和难为。

从邓拓的诗中得知，他一九六四年曾访问 B 市。那时，饥饿年代正在远去，国民经济渐次恢复，商店里的货品丰富了很多，黎民百姓的吃穿用度从极度匮乏转向较为丰足，一扫多年来的萎靡萧条，形容枯槁了好几年的城市变得丰满润泽并重新绽开了笑容。健康、活泼的气象使邓拓诗兴大发，为这里留下了四首诗词。其中一首词用的是"忆江南"词牌，名为《归塞北·留赠青山宾馆》：

　　阴山畔，宾馆立新城。万里云天招远客，几多战友话深情，诗思如潮生。

"青山宾馆"坐落于我们那个区西郊的"苗圃"，我们通常叫它"小宾馆"，其实它占地甚广，长墙围绕，造型别致的小楼掩映在大片绿色中，环境深邃优雅，并不对外营业，接待的都是高规格的党政宾客。在我们那个年龄段的孩子心里，都觉得它特隐蔽、特神秘，难以接近。"小宾馆"最吸引我的是它院子里的"沙果"，酸甜沙爽，不止一次被我们偷吃。

邓拓做客"小宾馆"那年我上小学六年级，他来的时候是春天，沙果在夏季成熟，以这座宾馆计，我们不在同一个时空。即使在同一时空，年龄、身份、地位的悬殊，他和我不可能有交集，我们也不会感知对方的存在。我对小宾馆的兴趣是那些树上的果子。我与要好的同学不止一次潜入小宾馆偷摘那些沙果。围墙不高，工作人员的警惕性很高，所以我们跳进跳出，眼睛和耳朵都高度机敏，即使蹑踏着树杈迅速摘果子的时候，也做着第一时间逃走的准备。那年的果子很小，我们来得又早，急不可耐地咬一口，又酸又涩还苦，根本没法下咽，酸涩得五官都错了位，立马吐了，也舍不得空手而归，听到有人在喊叫，急忙摘下两把放入衣裳兜，豕突狼奔，跳墙而走，逃过小宾馆警卫们的凶猛追打。两年后，在弥漫着焦煳味的红色时空里，我控诉和声讨"浩劫"中第一位殉难的这位文化名人，再后来，我以编辑他的诗词、阅读他的散文的方式与他密切交集，这个过程令人匪夷所思又感慨莫名。

《燕山夜话》和《三家村札记》是继诗集之后读的，它们早在恢复名誉之后不久就放入了我的书橱，可我却在相当长的时间里失去了阅读的激情。潜心阅读它们是编辑《邓拓诗集》之后的事，那也是一次感慨颇多的心灵之旅，深感邓拓以及另外两位作者有深厚的文化素养和出众的才气。虽说不是鸿篇巨制而都是短文章，但通古今、知内外，好文风、大手笔，这是他们那一代杰出文化人的共同特点，而在邓拓身上体现得分外集中和鲜明。这些有着浓郁文艺气质的生命底色，让我不由得生出深深的敬意。

读《燕山夜话》和《三家村札记》的时候，我的心里产生过一个疑问：如果当年读到了它们，我会怎样？

会得出与当时不同的评价吗？

怎么会？绝不可能！

最有可能的是，我跟绝大部分人一样，会以文化猎人的眼睛在字里行间寻找猎物的踪迹，就像在文化馆里的杂志上侦测敌情一样。视觉听觉不够用，所有的感官都会调动起来嗅闻蛛丝马迹。有大批判的文章作导引，我没准儿能发现新的罪证，会因此而得意非凡。就这个角度看自己，那么漫长的时间里与这两本书无缘，是我的幸运，它没让我的青春更加蒙羞。

压根儿没见过这两本书，对作品和作者一无所知的我，却随着人群对作者口诛笔伐。那么，我伤害到他们了没有？虽然我只是向他们投掷枪剑的人中微不足道的一个，可千千万万的讨伐者不正是由我这样的人组成的吗？

《燕山夜话》和《三家村札记》被公开批判不久，作者之一的邓拓已经走向了另一个世界。那么，我伤害到他了吗？

如果伤害到了，那就是伤害到了他的洁白灵魂。如果人死如灯灭，没有灵魂，彼岸黑暗缥缈虚无难寻，那么，含冤离去的生命有没有某种信息在此岸存留？如果有，它们必定还在蒙受污垢。

还有，W校长呢？

有些事不能多想，想得越多越难堪。

所以，遗忘是个好东西，你得忘掉那些丑陋的事，把它们深深地埋藏起来，永远别打开。

不记得什么时候开始认真反思当年的作为了，是读了卢梭的《忏悔录》和巴金的《随想录》，还是别的什么书？是歌德对人性善恶的警觉？还是罗曼·罗兰让约翰·克里斯朵夫战胜自己之后的欢欣？真正反思自己，乃是随着改革开放大潮，随着读书，开始起步并逐步深入的。

感谢前贤的良知和他们用智慧凝结成的书，开启了我对世界和自己的认知，从而澄澈了我的身心。

我记得自己在突然涌出的图书面前是如何狂喜，和拿到心仪已久的图书时抑制不住的爱意，那感觉像是暗恋了多年的姑娘终于得以一近芳容的激动。浩瀚的书海呈现在眼前，风光旖旎又气象万千，壮阔无边又深邃无比，让你有纵身一跃跳进去的冲动。遮眼的翳雾消失了，朦胧变得清晰。心灵的枷锁解脱了，总想纵情飞翔。如登高山，如立海滨，如升星空。饕餮式的阅读剪除了头脑里丛生的荒草，在缝隙中萌发的嫩芽茁壮成长起来。

由阅书而知人，由知人而知我。于是我知道，人我之间，差异可谓大矣，有的差异之大判若云泥，但基本人性应该无大区别。我们来到人世，一样的善恶两造，一样的天使魔鬼，一样的贪生怕死，一样的好逸恶劳。潘多拉盒子的盖子最后捂住的"希望"，其实也就是我们人性里的一点点善而已。

好书是通向天台的路径，能使人在更高的层面上看取历史，反思过往。看取别人，审视自己，认识自己，修正自己。心从刚硬变得柔软，从空虚变得充实，从偏狭变得广阔，于是我们学着爱，学着善良，学着坦诚和正直，哪怕面对自己内心的疮疤，哪怕这个过程十分坎坷与艰难。

因了读书，就懂得了事实判断，知道了什么是真，什么是假；进而有了价值判断，明辨了什么为是，什么为非。功过、是非、善恶与美丑，这个时候就慢慢看得真切而清爽。反观自身，也就看清了心底的善恶缠斗，渐而明白自己应该做些什么。我在工厂做工的时候，不是没有过到校长家里道歉的念头，只是一闪而过。进入上世纪八十年代，已然认识到自己的过犯，却仍然没有勇气走出这一步。虽然有根刺总在不经意间扎心，导致我与自己无法和解。

我先在沈阳读书，继而在大连教书，后来在北京编书，偶尔想起那个遥远的黑暗之夜，心里就有种声音说，下次回 B 市，去给 W 校长和她的家人认个错吧，可同时有另一种声音说，算了吧，不要去。这都过去多少年了，人家没准儿早已忘记了，谁还会记得那些痛苦和屈辱的事啊！这个时候到校长家去，岂不是没事找事自讨没趣？没准儿会触个大霉头呢。

太阳升起落下，月亮圆了又缺，日子一天天过去，事情拖了下来。明知这事需要有个了断，却迟迟下不了决心。我不愿意走那条曾经走过无数次上下学的路，总是刻意绕点远，尽量避开 W 校长的家。后来，在某个暑假里听说，W 校长已经不在职工子弟中学工作，她的家也搬走了。

W 校长家的南面是片很大的空场，我来到空场上，看到她家南门外小院的木栅栏还在，院门却不是原先的了，几个小孩正跑进跑出嬉闹，看样子这套房子真的换了主人，W 校长已经不在这里住了。

忽然有一点点失望。

同时有一点点解脱。

这算是了结吧！

这真的是了结吗？

<h2 style="text-align:center">五</h2>

一九九六年三月三十日，礼拜六，清晨，我从 B 市乘坐的二六四次列车缓慢行驶在八达岭。这是我往返于北京和 B 市最中意的车次，设施齐全，清洁卫生，服务周到，始发站与终点站大致夕发朝至，上午回到家里，略作歇息，正好吃午饭。我也特别喜欢列车开动离开始发站的时候，车厢里响起歌唱家朱逢博的女高音"同志哥，请喝一杯茶呀请喝一杯茶……"在旅客渐次落座，喧哗明显弱下来的车厢里听起来非常亲切。

我坐的是硬座，双人座靠过道的座位。一夜的半醒半睡弄得人又困乏又疲累，迷迷糊糊之间，我发现斜对面，即隔着一排座椅，三人座靠通道的座位上，面对我坐的一个人有些面熟，好像在什么地方见过他，可一时想不起来。开始并不很在意，我努力闭上眼，想再迷瞪会儿。

火车驶入青龙桥路段，在尾部再挂一台机车，一拉一推，开始在著名的"人"字形轨道上慢上慢下。旅客们从周身麻木和僵硬中陆续醒来，听播音员播诵打上了传说色彩的古迹和景物，穆桂英点将台啊、杨六郎拴马桩啊、杨五郎卸甲洞啊，争相挤在窗口寻找并查证外面山沟里对应的实物，争抢着说自己看到了的幸运和错过了的遗憾。我注意到的那位旅客偏不看窗外，他放在双膝的手上捧着一册书在看。当他偶尔抬头，长长的白脸庞、大眼睛、高颧骨，看向我的一刹那我认出了他，他是 W 校长的小弟。没错，就是他！

设想过很多次见面的情境，却从未想到过我们会在火车上狭路相逢。

我的脑子里"嗡"的一声，霎时一片混沌。片刻之后，才感觉又震惊又意外。似乎期盼已久又躲避很久，当它突然来到面前，却是不知所措。

我像个被逼入绝境无法喘息的人，两手攥着的全是汗。

镇静下来后，第一个念头是走上前去，为当年的罪错诚恳道歉。

然而我犹豫了。三十年了，整整三十年了！他还认识我吗？他能接受我的道歉吗？我是不是太冒失了？也许他听过我的道歉却并不原谅，他要是高声斥责我怎么办？旅客们会不会将诧异、不屑或谴责的目光集中到我的身上呢？

其实我可以不必道歉的。多少人抄过别人的家，多少人被抄过家，抄与被抄都是陈年老账，这么多年过去了，谁还会在意、谁还会记着那些陈谷子烂芝麻呢，校长和她的小弟没准儿早已忘记那件事了呢，我何必自讨苦吃。何况，我们抄家的时候没有自私的目的，我们作孽的全部动机都很"高尚"很"纯洁"。还有，我们没有打骂校长和她的家人，要知道，红卫兵对被抄家的人叱骂和拳打脚踢都是家常便饭。再说，我们最终不也没有打开校长大弟和弟媳的新房，所以不算罪孽深重吧。最后，我想到，在整个"浩劫"时期，我没打过老师，没骂过老师，难道今天非要在众目睽睽下出丑？

且慢，以"动机"正邪和是否打骂过老师作为自责与否的界石，这是哪门子标准？何况真实的自我并非记忆中的那般洁白：我曾给外语老师贴过四张对开纸的大字报，使用了一个很丑陋的字眼"老狐狸"辱骂他，而那位由上海请来的老教师很喜欢我，不止一次让我和另一位同学在全班领读。我将历史老师赶下讲台并代他讲了一节课，那真是不知天高地厚不知人间羞耻，是我一生中的巨大耻辱，最令自己羞愧难当赧颜无地。

不该做的丑事早已做了，该做的忏悔必须做。今天，我可以用一百种理由逃避，却有一个声音提醒我，不要躲，躲不过，即使今天躲过，当年做的那些丑事也会永远追随着你，咬噬着你，羞辱着你，直到你死去。

车近南口，终点站在望，喇叭里，播音员告诉大家列车必须以洁净的身躯驶入首都，所以地面要再次清扫，厕所很快就要关闭，盥洗处也要擦干抹净，她建议大家利用最后的时间赶紧"方便"。W校长的小弟站起身来走向车厢尾部的盥洗室。不能犹豫了，不能错过了。冥冥之中有个声音告诉我，这是唯一的机会，一生中仅此一次再无其他。躲过了今天，就是躲过了唯一；躲过了这个早晨，就错过了一辈子。

我走到两节车厢连接处的一侧等候着。收拾行李、洁净自己的旅客多了起来，都往车厢两头走。不大一会儿，期待中的瘦高个子从那边逆向挤过来，我伸出手臂，轻轻挡在他身前。

先生请留步。我说。

他蓦地停下脚步，身子往后闪了一下，诧异中有些不快，还有警觉，但没有说话。

我问，先生贵姓？

他迟疑了一下，说，你有什么事？

请问，您是否姓 W ？

他露出更诧异的神情，审慎地盯视着我，没有表示可否。但我察觉到他没有说"不"。这种时刻，没有否认就意味着大概率的认可。

再请问一下，WXX 校长您认识吗？我说。

他脱口而出，是我姐姐。

好了，他就是当年挺身而出，阻止我们进入他兄嫂的房间，也阻挡了我们进一步犯罪的人。我问他认不认识我，他漠然地摇摇头，说不认识。我轻声轻语地告诉了他我的名字，曾经是他姐姐的学生，三十年前抄过他姐姐的也是他的家。他直直地看看我，神情很复杂，我说不清究竟是什么。他轻轻摇头，说不记得了，完全不记得了。

他没说究竟是不记得那件往事，还是不记得我这个人，但他的神情明显缓和了很多。

火车继续行进，很多人起身从行李架上拿取自己的行囊，我们可以坐在他的座席上，接续着刚才的话题说话了。我抓紧时间向他郑重道歉，并请他代我向 W 校长致以深深的歉意，为当年的无知、无礼和无耻。我反复地说"对不起""实在对不起"，没有说出口的，是请求他和 W 校长接受我的道歉。我为当年的行为深感羞愧，却怎么也说不出请求宽恕的话。

当年清瘦的年轻人此刻已届中年，是很有风采的沪上人士。他对我的道歉不置可否，既没表示接受，也没表示拒绝，更没有表示谅解或谴责，但他平静的眼神表现出了某种宽容和善意。

他简洁地回答了我的问询。

W 校长早已结婚成家，她的先生是 B 市另一个大型企业的总工程师，也是早年间"支边"到 B 市的上海人。前些年两人曾一同调到湖南某三线工厂工作，以为到那里可以避开生活了多年却仍未完全适应的塞外气候和风习。然而，湖南虽也属"南方"，与上海、江浙一带的饮食习惯和风土人情却相去甚远。比起 B 市，他们更不适应湖湘水土，于是又双双回到了 B 市。现在都已退休，生活很安逸，不好的信息是 W 校长患了股骨头坏死的疾病，家住没有电梯的四楼，出行很不方便，正在想法子换到一楼住，哪怕房间小一点也可以接受。

我告诉 W 校长的小弟，我很关注并将挂念校长的伤病，祝愿她早日恢复健康。如果她有到北京来治疗疾病的想法，或许我们能够为她做些事，请记住，"我们"是她在北京工作、生活的两个学生，一个是我，一个是梁京生，我们都愿意为 W 校长尽可能地做事，尽管我们人小力微，却会全力以赴。我给这位变得有些可亲的人留了我的电话，请他和

W 校长有需要时务必联络我，我们将以为校长服务为荣。

他后来没有联系我，我也再没听到他和 W 校长的消息。

那天我们互相道别后，我的心情没有希望中的那么轻松。虽然觉得卸下了什么，心的确空了，却也有些失落，有些悲哀。

此书非彼书

一

我一九六四年升入初中，本应在一九六七年毕业，因了"运动"正在兴头上，被推延到了一九六八年。按照 B 市的分配政策，我们这一届很多同学按百分之七十插队的比例去了牧区和农村，我进入百分之三十的留城学生之列。这年九月，等待分配工作的二十几个同学去了某军工厂。由于我的"社会关系复杂"，血统不够纯正，招工名单中不会有我，在我的意料之中。在城里又闲散了半年，次年年初，第二批分配名单公布，去向是区五金厂，我的名字没有上榜，谢天谢地。别怨我挑肥拣瘦，要是去了那家由马车合作社改造而成的"集体性质"的小工厂，跟铁器作坊差不多，与我心里的职业构想差太远了。跟一帮老头儿老娘们儿成天叮叮当当地打造铁锹、洋镐、簸箕、火铲、炉钩子之类的破铜烂铁，挣钱也少，那不把人憋屈死！还不如到农村或者到草原上去痛快。之后不久棉纺厂来招工，年级里有同学跃跃欲试。这时候工人宣传队入驻我们子弟中学主持学校的日常工作，学生的分配去向由他们最终拍板。主管我们班学生毕业分配事宜的工宣队成员蒋师傅对我的印象不错，要把我分到这家厂子。

这是一家有数千名员工的国营企业，福利待遇还不错，距离我家不远，上下班方便，可我不想去，主要还不是嫌那里的工资低，尽管对我来说，将来升到二级工，棉纺厂的月工资要比钢铁、机械等厂矿差四五块钱，也不是个小数；抵触它的主要心理，是我认为只有军工、钢铁之类的重工业才算正儿八经的大工业，在这样的企业里干活儿才算真正的产业工人，而我执意要当"产业工人"。虽然没得到军工厂的青睐，但一家大型钢铁企业要来我们学校招工的消息给了我希望。我想等那个机会，它很让我心动，认为那才应该是我的去处。蒋师傅对我的固执不以为然，她劝我进入棉纺厂，说棉纺厂的男性不会当苦哈哈的三班倒挡车工，一般会分配做保全工，那工种有技术，活儿也轻省，还只上白班，免除了熬夜之苦。

另外，你再考虑一下，蒋师傅说，棉纺厂的年轻女职工特别多，男职工特别少，找对象容易，一比几十的男女比例，那你还不挑花了眼！

这远景很诱人，可我还是不想去，只想做纯正的"产业工人"。再次谢天谢地，这年五月，那家钢铁企业的录取名单公布，我如愿以偿入选。

我去报到没几天，就挨了当头一棒。

那家钢铁企业总公司所属的某分公司是我将要去的单位，它此次招收的上百名准职工先集中培训学习两个月。地点设在早已无课可上的区技术学校，与全日制学校上课差不多，也分班分组，只是午饭需要自带，在临时学校里吃掉，下午继续上课。培训的内容全部是思想教育，含语录学习、时政辅导、政治批判等等，因为没有分配工种，并不讲授相关的实际工业知识。

除了我一个，我们班里的学员全部是这家大型企业的员工子弟，都是初中毕业没有上山下乡，在城里混日子的年轻人，没几天就混得烂熟，你打我闹吵吵嚷嚷的，中午的饭菜摆在水泥地上，大家蹲着吃，你也往我的饭盒里伸筷子，我也往你的饭盒里伸筷子，争抢笑骂，热热闹闹的挺亲密。某天中午，胡乱摆在地上的好多个饭盒刚刚揭盖，风一般传来了可怕的消息：总公司所属某厂发生了重大事故。就在这个上午，一条正在施工中的高空走廊——距离地面二三十米，是连接两座巨型厂房的高空廊道——突然垮塌，死伤了十一名工人！

听到消息，我的同学们登时脸色大变，慌慌地撇下饭菜，骑着自行车急匆匆走了。劝他们吃过饭再走，谁也无心听。他们要赶去事故现场，或是去医院、去相关部门打听消息。大难突至，不知亲人生死，让他们焦急万分。我记得那天的天气很好，阳光灿灿烂烂地照耀着地上的一片狼藉，我也没有了胃口。

还好。他们的父兄亲人平安无事，我们的临时培训课程恢复正常。

死亡的人里有好几个"架子工"，这是我第一次听到因工死亡如此之多的工人，而"架子工"这个工种就此在我心中蒙上了不祥的阴影。我听说自己将要去的这家分公司，架子工短缺到了快要"断子绝孙"的地步，是亟须补充的"新鲜血液"工种，意味着我们这批学员中必定有很多人已经是准架子工了。这使我惶恐，我可不愿意做走在刀尖儿上的"新鲜血液"，再新鲜也不做，只想做风险低、有技术的工种。

工种分配关乎青年人的前途，好工种和赖工种，劳动强度、危险程度高下悬殊，可拿到的工资几乎完全一样。分公司里执掌分配权柄的人物都有广泛而复杂的社会联系，分配细节还没拟定，"后门"就悄悄敞开了，走这扇门的"关系户"络绎不绝，好工种必定留给自家子弟，我这样的外来户不做架子工没道理，谁会让肥水流入外人田呢。可我刚刚进入深不可测的"社会"，对人情世故所知甚少，居然天真地认为自己身体单薄，个子不高，而架子工需要人高马大的壮汉，培训班的领导和分公司的劳资干部不会沙场乱点兵，让我这样瘦小的人去站在横杆上，一臂揽住立杆，另一条手臂抽拔然后用腿脚挑起四五十斤乃至更重的长长杉木杆吧。

培训班结业，宣布工种分配的前夕，我在心里不停地祷告：千万别让我当架子工，千万别让我当架子工。第二天早早地赶到技术学校，一进院子就看到了房山墙上贴出的工种花名榜，白纸黑字特别醒目，一眼看到了我的去向：

架子工！

民间对工种高下有各种评价，有不同的版本。有个版本是"紧车工，慢钳工，吊儿郎当是电工，不要脸的是焊工"。我们那个地方流行的是另一个版本"车钳铣，没法比；铆电焊，凑合干；叫翻砂，就回家"。说了七个工种，三六九等都有了。没有列入电工，是因为它不愿意与其他工种为伍，被架在了高高在上的工种贵族地位。没有列入架子工，则是因为它太过低端，所以被生生划到了等外，不入流，可见它被彻底无视。这个工种的技术含量低、危险性高以及"傻大黑粗"的不良声誉，导致与我同时参加培训的两位同学，其中一位是我的小学同学和好朋友，在工种分配名单公布后立即表示不接受，他们宁愿重返"社会青年"行列也不当架子工，便拒绝去厂子报到，不辞而别，径自回家了。

但我不能回家，我必须接受这份职业，它来之不易。我打听过了，这工种属于熟练工，无需像技术工种那样先当徒弟，而是进厂就进入实习期。实习期间拿二十六元工资，比我大哥学徒时拿的钱还多出八元。一年后转正成为一级工，工资涨到三十六元。我家太需要这笔钱了，我也需要钱，这活儿我得干。

到学习班来领人的分公司劳资科干部察觉到了我们这些"新鲜血液"情绪不高，安抚大家说，架子工是辅助工种，是为钳工、电工、焊工，或者管工、瓦工、抹灰工……服务的，跟着那些工种，干活儿到处跑，不会停留在一个地方很久，从采矿场到初轧厂，还有正在建设中的轨梁厂，钢铁公司几十家分公司差不多都得跑到，能见识那么多地方，多开眼、多快活！他还告诉大家，在那些厂矿干活儿的人，都有资格享受特殊保健待遇，而大部分厂矿享受的是甲等保健，就是说，每天干足八个小时就计发三毛钱的甲等保健票一枚。保健票可以当作菜票到职工食堂去吃掉（他特意告诉大家，一张甲等保健票可以买满满一大盘红烧肉），也可以攒到一定数量后跟食堂兑换等值的人民币。只要不缺勤，算下来，小月七块八，大月八块一，跟实习期间的工资合起来足足有三十三四元钱。还有，架子工属于"重体力劳动甲级"工种，根据既定标准，上岗以后我将享有每个月四十三斤的粮食定量供给。四十三斤哪！这个定量太慷慨、太鼓舞人心了，给了我很饱腹甚或很幸福的感觉。从初中生的二十八斤一步涨到四十三斤，多了足足十五斤。对于我这个从小到大总是吃父母的，总是跟哥哥姐姐妹妹抢饭吃的大肚汉而言，吃饱饭的前景美好得跟做梦一样。

我意识到架子工就是我的归宿，不会有比这更好的职业给我了。再说，工种分配已是既成事实无可更改，那就去干好了。架子工就架子工，没什么大不了。脏怎么了？累怎么了？危险怎么了？人家干得，我也干得，我不信干不好。

我对工作前景做了各种困难预设，可遇到的比我想象的还要糟糕。我们干的活儿比我想象的还要苦，还要脏，还要危险。我们干活儿的地方，要么高空，要么高温，要么高粉尘，或者它们几个都存在。价值三毛钱的"甲等保健票"虽然让人喜欢，可不是轻轻松松就能领到手的。

我进入的那家分公司负责总公司几十个二级厂矿的设备检修，下属三个机械检修队和三个土建工程队，我加入的是机械检修一队，第一个工作现场是烧结厂的主厂房，我们干的活儿是配合钳工更换大法兰盘。

震耳欲聋的噪声中，我尾随师傅踏着厚厚的灰尘，钻过蜘蛛网般纵横密布的粗大管道，进入尘土弥漫的厂房，将我们叫作"斤不落"的拉链式起重机挂在法兰盘上方的工字钢梁上，钩住并稳定法兰盘，接下来配合钳工拆旧装新。

那是怎样黑暗、肮脏的场合啊！拆下的旧法兰盘免不了晃荡，重重撞上了蟠龙般的管道，一声闷响，管道上足有四指厚——我记忆清楚毫无夸张，至少四指厚的积灰重重地砸下来——积灰日久板结成块，是有很实在的重量的，黑色团块砸到头上瞬间粉碎，瀑布似的从我的头顶四散泻下，现场登时更加浑浊幽暗，两米外悬挂的五百瓦大灯泡，只是隐隐约约的一团灰黄色光晕。我身穿全套的帆布工作服，脚蹬新领的翻毛皮鞋，头戴跟日本兵的风帽差不多、就是脑后缀有布片的防尘帽，上面加扣一顶竹质安全帽，用我们戏称为"八戒"的口罩紧紧捂住口鼻（艰难地呼吸，烧结矿散发出的特殊味道很难闻），算得上全副武装了吧，三个小时后撤离现场，眼角嘴角、额头眉毛、鼻孔鼻翼、耳廓脖颈以及所有可能有缝隙的地方，无不是混合着灰尘的黑色汗渍，痰迹全是黑的。

那项检修工程让我们在黑暗、肮脏而且危险重重的环境里摸爬滚打了整整一个月，每天从现场撤出来都跟小黑鬼似的，里里外外的脏总也洗不干净。

参加工作后的头一个冬天我参加了二号高炉的大修，那是一项紧张、艰巨又危机四伏的工程。领导提出的安全指标是零死亡率，并严格控制重伤号数量。二号高炉是当时国内最大的炼铁炉之一，炉腔容积达一千五百一十三立方米，黑魆魆一尊钢铁巨人，腰围无比粗大，身高七十六米，如天神般巍然矗立，让人不由得生出敬畏之心。然而，在高炉上干活儿没几天，就觉得自己这一身骨肉在坚硬的钢铁夹缝中脆弱得有如昆虫。这个庞然大物是个怪兽，它凛凛然不动声色，全身遍布獠牙利齿，我必须小心侍奉它，绝对不能招惹它，万一惹翻了它，不啻于捋了虎须，它必咬伤你或干脆吞噬了你。

老师傅说干活儿的时候多留个心眼儿，在炉下的时候、上炉的时候，都必须严防高空坠物，上头掉下来的一根焊条、一把扳手都能打烂你的竹制安全帽然后戳破你的脑壳。必须严防高炉煤气，那玩意儿纯度高，吸上一口没准儿就倒下了。为防煤气伤人，检修队按惯例在我们施工现场的下风口挂了一个鸟笼，里面放一只和平鸽作为警报员。人们说鸽子对煤气最敏感，哪怕空气里有一丝丝煤气味道它就会瞬间产生激烈反应，我们的生命安危就系在这个小家伙身上了。安全员必须时刻盯着鸟笼，如果瞥见那娇小可爱的鸽子扑棱扑棱翅膀挣扎，就意味着煤气泄漏了，他会立即吹响警报哨子，所有干活儿的人必须即刻放下手里的活儿往上风口跑。

"安全员"并非单设的专职，而是轮流由参与检修工程的各个班组派出成员临时担任，一天一轮换。我曾经干过这个活儿，每天早早上炉，挂好鸟笼子，没地方坐，就在不远的地方倚靠着铁栏杆站着，腿麻了就倒替着脚站，有事没事看着鸽子，很无聊，很寡淡，一根烟接着一根烟，喷云吐雾。鸽子倒自在，丝毫察觉不出它担负的重大使命，吃几颗棒米粒，喝点小罐里的水，咕咕叫着，看上去也跟我一样百无聊赖。不止一次，我捏着兜里的哨子围着高炉炉体转圈，直觉告诉我，"上风口"也不是安全的。所谓的"上风口"，就是与那只鸽子相反的方向。然而，作业现场是"四十米平台"，这四十米并非平面而是距离地面的高度，现场的钢铁支架盘根错节，各类管网纵横交错，空间极其逼仄复杂，人们的转圜余地极小，跑向"上风口"，根本不是安全之策，但也找不到更有效的办法。我不止一次想，如果真的发生险情，那条围绕着炉体的铁梯，才是比较靠谱的安全通道吧。

所幸高炉煤气没有泄漏，检修期间鸽子乖巧可爱，一次警报也没发出过，它平安无事，我们都太平无事。

检修工程结束后，检修队得到了上级表彰，表彰主要的功绩被反复提及，就是安全工作做得好。虽然发生了几次工伤事故，但都是轻伤，未出现重伤，也没有人死亡，这太值得所有人喝酒相庆了。

当天夜里，一个不知哪里来的中年男人死在了热风炉下。他蜷缩着身体，穿着翻毛羊皮袄，脚上是双破得不能再破露出了黑色棉絮的棉鞋。都说这个人是个"盲流"，不知怎么混进工厂，也不知怎么来到热风炉下，贪图这里的水泥地有点热乎气，躺在那里过夜，最终也不知道他是怎么死的。

不久，又有意外消息传来：离工地不远处有人被火车碾死，尸身不成样子。我跑去看的时候，那具悲惨的遗体已经被运走了，事故调查人员也已经撤离，还有几个人低声谈论着什么。事故现场位于烧结厂和炼铁厂西面，从那边来的一条铁道在此处分岔，分别通向两个厂。我踩着枕木走，蓦然看到轨道边有个奇怪的东西，俯下身看，吓了一跳，那居然是带着牙床和牙齿的一块下巴！再往前走几步，铁轨内外散落着几截手指和不明物体……遇难者的遗体分散遗落在"人"字起笔那一段，可一"撇"一"捺"上都有大量血迹。可怕的推测后来被证实，死者被肇事的机车碾压了两次或者三次。第一次被碾压后可能仍有意识，求生的挣扎使他残忍地遭受了钢铁巨轮的第二次甚或第三次的碾压和分切……又恐怖，又可怜，又让人恶心呕吐。

那是我第一次接触这么残酷的场面，留给我的记忆如此可怕，以至于后来它不可抑制地让我想象惨祸发生时的场景，并多次侵入我的梦境：山峰一般的黑色火车头无声地碾压过来，将我骇怖到醒来时满头冷汗。

二

架子工是熟练工，报到以后，不像技术工种那样由检修队给指定一位师傅，新进班组的几个青工都没拜师傅，班里的老职工，无论他们年龄多大工龄长短，都是我们的师傅，所有的青工也都是他们的徒弟。平时下工地，青工们要是能吃苦，再有点眼力见儿，鞍前马后地侍奉着师傅们，就有望得到他们的口传心授。否则，全凭自己摸索，那"进步"可就太慢了。

我从最基础的捋铁线、绑架子开始，逐渐学打绳结、插绳扣、设抱杆、开卷扬机，深入架子工的世界，便发现它不像我原先想象的浅陋和粗疏，技术虽不高深，但施工现场千变万化，架子工必须根据实际情况制定各不相同的工况，这最能见出思路的高下。实施过程也充满变数，随机应变并有超前预判，平庸者与超常者在此时就见出了优劣。正如三百六十行行行出状元一样，行行遍布常才，甚至不乏庸才。红尘中的各种领域、各个层级，莫不如此。

刚入厂的时候我还是爱看书。每当一项工程结束，总有几天休闲时间，头儿们会让大家整顿自己，就是我看书的好时光。此外，风雨雷电狂暴，也是不上工的。有个大风呼啸的下午，我们停工，大家都高兴，躲在临时工棚里各自找乐子。我拿了本书，找来找去找不到清净的地方，到处都闹哄哄的，正抓瞎呢，在给大压机擦机身的孟师傅抬起头来招呼我说，刘儿过来，帮我把这家伙抬走。

把压机抬到地方，孟师傅问我看的什么书，我那天好像看的是《史记选》，孟师傅听了，也没说什么，但我看见他微微摇了摇头，好像。

孟师傅是架工班副班长，河北人，中等偏高的个头，脸黑红，有微小的几个麻坑。他待我很好，时常关照我的安全啊生活啊什么的，在我的心里他很亲近，就跟我的师傅差不多。

后来我们到炼钢厂干活儿，工程不紧张，本来两个礼拜就能干完的，没人督促，也没人查验，大家悠着劲儿干，干了足足一个月，这是让人喜欢的工作节奏。一天中午，我去蒸箱那里将孟师傅和我的饭盒取出，用手闷子垫起，两手托着回到工房。孟师傅精神不振，推开我摆在他面前的饭盒，有些嫌弃的样子，皱着眉头说不太想吃。我劝他吃点，他说过会儿吧，躲到工房的一头去了。我吃着饭，时不时瞄瞄屋子那头，发现孟师傅更加萎靡，脸色也黯淡了下来。我洗净饭盒回来，孟师傅的饭菜还一动不动搁在桌子上。他仍然趴在权当饭桌的跳板上，头埋在两臂中间，动也不动。班长是八级大工匠，也注意到了孟师傅的异常，就跟我说，刘儿——班里的老师傅都这么称呼我——你把老孟送回家去吧，他怕是病了。我上前问孟师傅感觉怎么样，他轻轻摇了摇头，说再等会儿看。然而，过不多时，孟师傅挣扎着站起身说，刘儿，你跟我走一趟吧。

孟师傅的家与企业隔着一条大河。说它大，是指它河面宽，其实平时水量不大，断流的年份很多，即使上游来水，只在河床上流出一条弯弯曲曲的细细水流，撇下两岸大片砂石地。河西是企业占地，东岸河滩盖起了一大片土房，那模样跟 B 市近郊农村的房子差不多，又矮又局促。孟师傅的家一里一外两间屋，外间是厨房，里间住人。孟师傅一进屋，就躺上了铺着苇席和棉褥子的土炕。从厂子骑车回家，已经耗尽了他的力气。他的脸色蜡黄，蜷曲在炕头动也不动，跟昏过去了似的。我很担忧，也没主意，不知怎么办，轻声问他，需不需要送他去医院？孟师傅的话是从牙缝里挤出来的：再看看。

孟师傅的妻子儿女没有城市户口，在 B 市生存不易，早几年被打发回了老家，只剩他一个人在这里，小屋子收拾得干净利落，却没有烟火气，冷冷清清的。我到外屋抽烟，一根烟没抽完，听见孟师傅叫我，赶紧掐灭烟进去，孟师傅说，我觉得不好，可能得的是霍乱。如果真是这个病，咱们就不用去医院了，你就能给我治好。

啊？

孟师傅说，你别紧张，别害怕，你照着我说的做就行了。

我点亮窗台上的嘎斯灯，昏暗的屋子里顿时有了些光亮。在孟师傅的指导下，我从笸箩里找出一根钢针，将针尖在白色光焰中烧红，权当是消毒了。孟师傅靠在炕头的被窝枕头上，我将他的手指——从大拇指开始——一根一根挤，从指根挤到指尖，反复挤过五根手指，尽快用粗布条将手腕缠紧。再从拇指开始捋，捋得指肚鼓胀发红，一手捏紧指节使指肚更加饱胀，一手拿冷却下来的针尖扎入指尖，浓稠的鲜血顿时涌出来，有点吓人，血里透着黑色！

拇指放完血放食指的，然后是中指，依次放完左手五个指头，换右手继续做，双手十指全部放过血，奇迹出现了，眼见孟师傅的脸上有了血色，紧皱着的眉毛也变得平展了。接着，我见他长长地吁出一口气，像是卸下了不可承载的重担，身体软了下来，睡着了。

这个过程和结果可太神奇了！

孟师傅睡得很熟。屋子里静得很，听得见炕柜上的小钟表轻微的走针声。我不敢出声，就在炕上盘腿坐着，守在他的身边，烟也不敢抽，生怕呛了他。很长时间过去了，孟师傅慢慢睁开了眼睛，不久前还黯淡无光，现在有了些神采。他无力地说，好了，没事了，然后靠着被窝，慢慢坐了起来。

孟师傅是讲究秩序和条理的人，工作和生活都是如此，家里不多的生活用品件件在位，用起来很顺手，哪怕是像我这样的客人。那天我在孟师傅家里不费力地找到所需的东西，先烧开了水，接着熬好了棒碴粥，把芥菜疙瘩咸菜切成细细的菜丝，浇了几滴香油，给孟师傅端到土炕上。他喝下粥，精神头好多了，脸色更加开朗，身体还很虚弱。我想在这里陪护一夜，孟师傅说不用，脏血放出来，这病也就差不多好了。在他，得这个病不是第一次，这么治病也不是第一次。现在，过去了，没事了，他心里有数，让我尽管放心。

这不，天快黑了。赶紧走吧，别让你父母着急。孟师傅笑一笑，轻轻挥手，像是撵我快走。

第二天我起了个大早赶到那片河滩房，孟师傅在炕上躺着，穿戴得利利索索，早饭也吃过了。他说自己好得差不多了，只是觉得身子还是没劲，让我跟班长请个假，他再歇一天，明天准时出勤。

我看他没事了，要走，孟师傅让我再坐会儿，从被垛下抽出一本书，拿在手里说，说起来咱们是架子工，实际上干的是起重工的活儿。吃起重工这碗饭，说容易，也容易，不就是登高上梯扛扛抬抬的事嘛。可要说不容易，也真不容易。没点拿手的技术，较劲的时候使不上劲，是要误事的，也让人瞧不上。咱们得有点压箱底儿的本事。

孟师傅说，这本书跟了我好几年，它教给了我好多东西，它就是好东西。我从没拿出来过。今天你拿走看吧，别在人多的地方看。找没人的地方看，学点真能耐。

这本《搬运起重工》成了我一度认真钻研的书。

书很旧，封面有破损，边角多折叠，书内画了不少钢笔和铅笔道道，有曲线，有直线，还有重重的惊叹号，看得出孟师傅不止一次研读过。遵从主人的要求，我从来不在工厂看，都是在家里读它。

《搬运起重工》不足六十页，内容并不复杂，要是用心读，用不了很长时间就可以读完。之所以读了太长的时间，是因为我看了不止一遍。我发现自己不喜欢这本书，看过就忘，死活记不住内容，不得不反复读，才记得住其中一些重要的章节。

这本书里的开头部分是可以忽略的，比如"正确认识起重工作""有哪些起重安装工具"等等，前者用不到"正确"或"不正确"，不论我的"认识"正确还是不正确，架子工我都得做；后者罗列的那些起重工具根本用不着在书本上认识，现场有的是。我进厂干了没多少天，书里写到的所有起重工具器械都用到了，比书里的还丰富还驳杂。我感兴趣的是书后半部分的"各种大中型机器装卸、安装、起运操作示例"。这里面列出的大型机器居然有火车头，我可能一辈子也遇不到装卸这个大家伙的活儿，但万一遇到了呢。

然而，我悲哀地发现，想记牢这些起重知识并不容易，它们太枯燥无味了。我的体会是，看书还不如上工地呢。工地上，无论多么复杂难干的活儿，跟师傅们特别是跟孟师傅干一次，比看十遍书学的都多，且终生不会忘记。

《搬运起重工》的阅读没能让我学到多少知识和技能，反倒使我明白，对我们架子工来说，钎子、杉木杆、线圈、卡扣、绳套、滑轮、绞磨……它们的熟练运用，就是我此生能够到达的最高职业境界。我很失望，也产生了疑惑：难道我把一辈子消磨在这里？

不久以后我把书还给了孟师傅。我用牛皮纸包了书皮，用美术体字工工整整地写了书名，在下方写上了孟师傅的名字，以宣示书主人在此。可是，我并不像孟师傅期望的那样喜欢这本书，他看得明白，不知道他是怎么看出来的。

那是个早晨，我到班很早，走进低矮的临时工棚，只有孟师傅在呢，他从我手里接过《搬运起重工》，爱惜地抚摸着新书皮，叹了口气，说，架子工其实也挺有学问的。

三

有一阵子我迷恋上了棋书。

这事说起来特别有趣。

我对象棋原先一窍不通，也不感兴趣。有年夏天，我被检修队分派与李师兄一起"打更"，就是下夜，时间从每天的下午四点到第二天早晨八点，实际上是连了二班和三班。我们的任务是看守工地上堆放着的施工器具和材料。夜里，工棚里只有李师兄和我，可以轮流睡觉，醒着一个人值守即可。长夜无聊，本来是看书的好时光，可"夜猫子"李师兄不睡觉，也高低不让我睡觉，更不让我安静看书，非缠着我，说要教我下象棋，说象棋好玩儿得不得了。我好玩乐的天性又被他激活了，就这么个小小诱惑，我就义无反顾地上了道入了迷。做事只要入迷，还有什么能挡得住他飞翔呢！我们以赌棋开始博弈，赌注是一盘棋两根"天坛"牌香烟，我从一夜输一盒烟到赢李师兄一盒烟，用时不到十天，棋艺提高之神速让李师兄吃惊不小。"天坛"香烟两毛八一盒，输一盒烟基本等于亏掉了一张甲等保健票。李师兄心疼坏了，便找队里下棋最厉害的那师傅学招数。

那师傅的象棋下得好，多年来稳居分公司象棋比赛冠军之位，平日里很是矜持，棋艺轻易不外传，任凭李师兄觍着脸求，他好像也没传授什么高招。有天那师傅下班后不回家，看了我和李师兄的几盘棋，什么话也没说。过了几天，那师傅私下找到我，郑重其事地说了一番话，大意是他觉得我的棋路不错，是个可造之才。让我好好看一本书，他珍藏着的，从这本书里学棋，棋艺必有大大长进。

那师傅视若珍宝的书是象棋秘籍《梅花谱》，那个夏天成了我的最爱，我疯狂地背诵棋谱，真个是起早贪黑废寝忘食，从"屏风马破当头炮"类的八局第一局"破巡河车吃兵用炮打相"背到"当头炮破转角马"类的最末一局"取中卒压马破左士平炮"，白天黑夜上下班路上口里都念念有词，什么炮八平五，马二进三，马八进七，兵七进一……跟和尚念经似的。都说曲不离口拳不离手，我可是"棋谱不离口"，生生把这本正文近百面的棋书背了一小半。效率最高的办法是摆开棋盘，照着棋谱自己跟自己下，我既是红方又是黑方，将帅兵卒都按照棋谱的一招一式进退攻防。下完一局，凭记忆复盘两次，这棋谱基本上就背下来了。

奇怪的是，当我用《梅花谱》里的招数跟别人下棋比如与李师兄对弈，棋艺不进反退，又开始输烟卷了，这真让人不解。我跟那师傅诉苦，那师傅说，等武师傅来了，我找他给你看看毛病。

"武师傅"不是我们公司的职工，是一个赶毛驴车的人，隶属于市政的一家马车合作社，与我们分公司好像订有合同，负责为我们各个检修队运送施工器具。较大的器械是由分公司自家的汽车运送的，小件器具的运送一般由马车或驴车来完成。每天早晨，马车合作社的各种畜力车会在分公司排着队等活儿。检修队需要雇他们的时候，会到那里去喊一声"来一辆马车"，或是"来两辆驴车"，就有马车或驴车应声而来。赶车的车老板，不管是赶马车的还是赶驴车的，统统被我们直呼

"老李"或"老张"，更有甚者不称呼其姓氏，喊他们"车老板子"或"老板子"，这就是很不恭敬的称谓了。唯有一辆黑毛驴拉的车，我们会称呼车主人"武师傅"，他也总被我们优先雇用。

武师傅，你的车来一下！

我们喊道，好像跟他事先约定好了似的。

我记忆里的武师傅是这个样子，高个子，阔脸膛，气态安详，举止有度，一眼就能把他从"车老板子"中认出来。

武师傅赶着他的毛驴车慢慢悠悠地走了过来，他的车总是干净而结实。拉车的驴大头粗脖子，项下系了条暗红色的绸子，挂一个铜铃铛。在与我们合作过的驴车里，这都是唯一的存在。

武师傅不但是唯一享有"师傅"敬称的驴车老板，在我们检修队，他还能享有与大工匠一般的尊敬。比如我们的午饭，都是自带生饭菜，用基地的蒸汽锅炉蒸熟。武师傅的铝制饭盒里有高粱米，或糜子米，偶尔也能盛进大米，基本都由我们这些青工拿到水龙头那里淘净、加满水，放入蒸汽锅炉。中午，我们再将他的饭盒取出，端到临时饭桌（很多时候是木架撑起并列的两块跳板）上。也跟大工匠一样，武师傅气定神闲地领受着我们的恭敬，甚至比大工匠还要心安理得。他心安理得地吃饭，心安理得地看青工替他去洗饭盒，心安理得地在我们摆好的棋盘前坐下，必定坐在黑方，等待红方走出第一步棋。

"炮二平八。"武师傅挪动了自己的炮，慢悠悠地说。不管对手走什么步数，他都以这步棋开局，雷打不动。

有一次吃过午饭，武师傅没有坐到棋盘边，说要看我和那师傅来两盘。

我当然不是那师傅的对手，他还没发力，我就输了。

武师傅静静地看，不给任何一方支着儿，也不做任何评判，确是观棋不语的真君子。只是在我输了头一盘棋，重新摆棋子的时候，他不紧不慢地说了一句话。字正腔圆的山西土话说得很重，让我久久不忘："牛大的一个中卒，你说舍就舍了？"

他说的不是我，是那师傅。

后来那师傅告诉我，武师傅对我的棋艺评价不高，说我太嫩，手太生了。这不出那师傅的意料，毕竟我是个生瓜蛋子。但武师傅对我的心性之评价，很出那师傅意料，也让我感到意外。

武师傅认为我的脑子尚可，算得上机灵，但心性浮躁，不够沉稳、坚实，而下棋，固然需要心思灵窍，更需要的是心性持重、思路缜密，我显然没入武师傅的法眼。另外，我已然二十岁出头，错过了学棋的最佳年龄，童子功一点没有，这如何能成器！再者，武师傅说，据他观察，好像我也不甚爱棋，棋路既欠稳重，路数也不够清晰。他一眼就看出了《梅花谱》对我的影响。死记硬背、泥古不变，看不出我有什么长进。武师傅还说，侥幸走出一步靠谱的棋，只是靠了记性好一点而已，一时的热乎劲儿，断然不能持久的。

通过那师傅，武师傅给我的教诲是，学些着数，没事时玩儿玩儿得了，下棋是可以的，往好说能开开心，怡情养性，但这条路我肯定走不远。所以，武师傅认为他自己无需出山，那师傅的棋艺足够我学的。如果我还有精力和兴趣，就学些正经手艺好了。琴棋书画学得再精，说到底也非正道，终究不是养家糊口、顶门立户的正经本事。

武师傅的评价虽然尖刻，却很中肯，我是既失望又轻松，还不得不佩服他的眼力，他怎么会洞悉我的心思和脾性呢？仅仅看了我两盘棋。他可不仅仅是象棋高手，还是妥妥的一个老江湖，眼睛忒毒了！

那师傅也有点失望，他后来告诉了我一个秘密，是他的一个隐秘心思。那师傅说本想带出个棋艺出色的弟子，跟他一起组队参加总公司的比赛，如果赶上好的赛季，可以脱产好几天，不但不用干活儿，还有希望吃上"运动员"特享的"四菜一汤"呢。

那师傅以为奇货可居，我却实在上不了台面。

武师傅的身世之谜是后来慢慢知道的，人们七拼八凑，组合出这位棋艺不凡的驴车老板的生活历程。

武师傅出身于山西河曲有名的大户人家，自小被娇生惯养，生性不喜读书，整天斗鸡走马、提笼架鸟，而下象棋是他的最爱，因此既不事农桑，也与工商绝缘。到成年，正赶上天地翻覆，他的家境彻底败落，那些少爷本事数来数去都养活不了自己，连一日三餐的手段也没一样。象棋？对不起，谁能在楚河汉界上过日子呢？后来他流落到了 B 市，在亲友的帮助下置办了一套驴车，就此开始了"车老板儿"生涯。

武师傅一生未娶，一人吃饱全家不饿。有那么一段安稳的日子，他旧习不改，再次坐到了棋盘前，从"街头圣手"重新上路，以"顺炮"战术过关斩将，到一九五九年参加某项全国象棋比赛，一路"顺炮"打过黄河，但终于长江，没能跨过。再后来，讲究阶级成分和家庭出身，糟糕透顶的身世让武师傅失去了"运动员"资格，但参加国家大赛的经历让他在我们总公司很有些名声。须知，那时在整个 B 市，能到全国比赛场露脸的项目少之又少呢。

武师傅有种我说不准的气质，矜持？傲气？自闭？好像都有点儿，反正他身上绝对没有很多小驴车主人的局促和萎缩，从容自信得很。他不爱说话，从不评判世事，很少论断别人，也容不得人说他。他很敏感，沉默中有不容触碰的尊严。此外，他说话既少，也有些阴阳怪气，听起来总好像话里有话，让人不免费心揣度他的言外之意和未尽之言，但不容易捉摸透。我的师弟小陈有一次跟武师傅的车，回来后满脸不快。我问他怎么了，他说没什么。过了会儿，陈师弟憋不住，告诉我，是武师傅气着了他。

陈师弟知道武师傅不爱说话，就有一搭没一搭地找话说，这家伙心浅，嘴贱，问武师傅多大年纪了，武师傅待理不理地说，你看呢？陈师弟说，你怎么也得六十开外了吧。

那时候，在我们青工心里，六十岁就是很老很老的年纪了。俗话说"逢人减岁，遇货添钱"，说出的未必是心里的实话，只为讨个大家欢喜。陈师弟不懂这些俗套，随口就来，可能惹毛了武师傅。他不说陈师弟说的对，也不说不对，只管自顾自地赶车。陈师弟看不出山高水低，猜他认可了这年龄，自鸣得意之余，问武师傅，你看看，我多大了？武师傅侧过头，盯了一眼走在驴车另一侧的年轻人，眼睛收回来，慢悠悠地说，我说不准。陈师弟非要他说，武师傅又看了他一眼，说，你有小四十？

那年陈师弟虚岁二十二，就算胡子拉碴的，戴顶脏兮兮的帽子，帽耳放下来系在下巴上遮住了一圈脸，看上去比实际年龄大，也绝对大不到这个岁数。他听了后很郁闷，索性作践自己，也反讽武师傅一下，就说，老武你什么眼神啊，我都四十五了。

那你长得可真够老相的。武师傅说，我本来想说你五十来着。

陈师弟说，听了这话他连死的心都有了。

我最后一次见到武师傅，是入厂第四年的隆冬，我坐他的空车从施工现场回基地。雪后初晴，我们两个人都穿着毛朝外的羊皮袄，戴着栽绒帽子，嘴里呵出的热气在帽檐和帽耳结了一圈白霜。武师傅不说话，只"吁——吁"地给毛驴下达指令。我和武师傅比较熟了，知道他沉默寡言，就不招惹他，倒是他先开口问了问我还下不下棋、看不看《梅花谱》了？我说，棋，逮空还下两盘，解闷儿。书，不再看了，早已还给了那师傅。他笑了笑，再没说话。

风很大，天气很冷，我抄着手斜躺在车上，听铜铃铛荡荡悠悠地响，看巨蟒一般的黑色管道从头上慢慢横过来又从容闪过去。焦化厂的白色雾气冲天而起，载着铁水罐的火车从高炉下驶出，呼啸着开向炼钢厂。不经意间，我听到武师傅哼唱起了歌，他的嗓子沙哑，唱出来的曲调却非常好听，韵味十足。这可真是破天荒的事。他是不是第一次当着外人唱歌我不知道，但我极有可能是检修队唯一听到他唱歌的人。

武师傅唱的是一首民歌，苍老而悲凉：

交城的山来呀交城的水

不浇那个交城浇了文水

灰毛驴那个上来呀灰毛驴那个下

一辈子也没见上一套好车马

……

　　我记住了这首歌，记得特别牢靠，多少年里没有忘记，是因为它的调子很好听，也因为歌词的几次变脸总在刺激我的神经——

　　几年之后，这首曲子响起在大大小小的电台并迅速唱遍了全国。曲调基本是老样子、老旋律，歌词却变了，整首歌的意思因而变得面目全非。人们偷梁换柱，"旧瓶装新酒"的办法被用到了极致，把一首质朴的民间小调变成了对大人物的颂歌。

　　这种突变真能惊掉人的下巴。

　　天道轮回，又过几年，大人物下了台，禁忌不再，这首歌便恢复了它的原始面貌，就是我初次听到的样子。

　　歌曲官名《交城的山来交城的水》，可在我的记忆里，它叫《灰毛驴》，是武师傅告诉我的。

与书与人皆有缘

一

　　老川是我们机械检修队的电工，跟我一个工段，年龄比我大七八岁的样子，三十岁出头吧。他既不是老工人，也不是工厂新招来的职工。我进厂好几年以后他才来，不知道他来自何方，也不知道他什么来头，一入队就进入了我们这些青工极想进入而不得的电工班，而且拿的工资比三级工的还多，使我们羡慕不已。

　　老川的个子高高，皮肤白白，头发黑黑，长胳膊长腿，惯常的穿着是一身蓝帆布工作服，脚蹬翻毛皮鞋，腰间挂个电工插件皮套，全套行头都崭崭新，唯有工作帽不常戴，干活儿的时候不得不戴，从工地出来立即将它与安全帽一同摘掉，甩一甩头随即用手往上撩一撩浓密油亮的黑发，潇潇洒洒，很有派头。师傅们都说老川并不懂电工技术，内线外线都生得很，虽然拜了电工班的大工匠为师，却只会干拉个电线换个灯泡之类最简单的活儿。然而电工班的老师傅看重他，班里的年轻女工喜欢他。消息灵通人士说，老川本是名牌大学的学生，毕业后在某个保密单位干了好几年，不知因为什么事儿，反正不是什么好事儿，人家不要他了，就被发配到我们这里来了。

我和老川的第一次接触不很愉快。

一天，孟师傅让我去电工班借尖嘴钳子。我和电工班很熟，需要个架子工亟须的小工具什么的，径直走过去借就是了。电工班的人待我很友善，只要开口，都会马上递给我。那天我走到电工班门口说谁借我尖嘴钳子用一下，话音未落，老川闪过来往门边一杵，把电工班的门堵了半边。他倚在门框上，双手抱臂，下巴扬得老高，问，你就是那个爱看书的小架子工吧？最近看什么书呢？

老川来到检修队不久，我还是第一次跟他面对面，他的居高临下和霸道口吻让我有些不快。我犯不上跟这人说什么，看了他一眼就闪过，去接旁边递过来的尖嘴钳子。转身离开电工班的时候，听到他说了句我很久以后才完全明白其意的话"个儿郎目灼灼似贼"。略微带有两湖口音的普通话，每个字都听得清清楚楚，即使不完全懂得，也让我心里更加不舒服。一副跟谁都自来熟，又满不在乎的样子，加上他似笑非笑的脸，我对这位新来的电工印象不太好。

工程干完，都是我们架子工收尾，拆架子、收跳板、拾掇起重器械，杂七杂八都要归位，等等。如果不是后面的活儿接得紧，检修队一般都能得到几天休整，这是我们的快乐时间，临时工棚里不消停，下棋的、打扑克的、补工作服的、打盹儿的、聊天拌嘴的，都找得到事做，也是我看书的好机会。有天我躲在角落里看《印度对华战争》，看得津津有味。

这是本"内部读物",很难弄到,不知拐了多少个弯儿才转到我的手里,属于我的时间很少,身后不止一个朋友在焦急地等待"接棒"呢,所以我逮空就看几页,很痴迷很投入,还剩下不多页就看完了。

书确实写得好,那场举世瞩目的战争,缘起与过程纷繁复杂,作者剥茧抽丝、条分缕析,将中印交往的历史线索、边界争端的原始资料、第三方有意无意遗留下的边界纠纷隐患,以及印方的颟顸粗暴和无信多变、我方的隐忍和忍无可忍,甚至政界高层人物的秉性特点,都写得异常清晰。作者不仅写透了战争,他的笔触很广很深,将当时的国际局势和多方博弈,战场硝烟与外交风云乃至复杂人性交织在一起,高屋建瓴,纵横捭阖,从历史到现实,从高层到民众,从战场到舆论,以及国家间错综复杂的多种纠葛,被一层层剥开,一缕缕厘清。中印两国在那场战争中的正误功罪判然分明。让我全方位、立体地看到了战争的全局和层次的丰富性。

这部书我看得如此入迷,还有个原因,就是我见过它的作者。那是我平生第一次见到作家,也是第一次见到洋人,对我来说,作家很神秘,洋人也很神秘,洋人和作家合在一起,双倍的神秘,所以印象特别深刻。

几年前在高炉临时基地,检修队传达上面的意思,说有个外国作家对中国很友好,写过一本中印边界反击战的书叫《印度对华战争》。珍宝岛那边我们不是跟苏修打起来了嘛,国外对我们有不公平的看法,拉偏架,我们就请这位作家来沿着珍宝岛那儿走了一遭,实地看看,希望他再次为我们说句公道话，顺道来钢铁公司采访一下。队部的头儿告诫大家，外国作家是我们的客人，他来的时候大家不要围观，更不准上前跟他说话，让人家自自在在地参观好了。

那天上午十点多，几辆小轿车鱼贯而来，开到了二号高炉脚下不远的地方。从车上下来一位个子不高，头发有些花白，穿一身绿色条绒布猎装的外国人，在人们的簇拥中走向高炉。

时间过去了两三年，那个场面我却记得很牢。这位外国人就是《印度对华战争》的作者内维尔·马克斯维尔，被好几个陪同人员围着，在他们中间站定，端起了胸前挂着的照相机。看陪同人员指指画画的架势，我猜一准儿是在说这座当时国内最大的炼铁炉日出铁多少、年产量多少和质量多高，那是我们总公司不多的能拿得出手炫耀的东西。小个子洋人作家一边倾听，一边举起照相机对准高炉，焦点应该对准了高炉出铁口那里，正在向这里张望的炉前工们顿时乱了套，有的扬手示意，有的赶紧躲走，还有的弯起手臂或用炉前工的大帽子挡住了脸，他们的反应不一让人觉得特别好玩儿。

内维尔·马克斯维尔到的正是时候，不大会儿，那架不大的相机还摁在脸上，炉口出铁了。这座高炉三小时出铁一次，铁水奔流，铁花飞溅，灿灿烂烂，看上去颇为壮观，我看了那么多遍，每次出铁还不放过机会，想那瘦小的英国老头儿必定将这种时刻摄入了他的镜头，没准儿还能进入他将要写的书吧。

临时工棚是一座长长的墨绿色硕大帐篷，东西向扎营，四块跳板两两拼接搭起，成为我们干活之余几乎所有活动的台面。我在帐篷的一个小窗口边正读得入迷，把头儿的帆布帘门掀开了，随着微风，西沉太阳的黄白光线倏地射入又倏地收了回去，老川大模大样地走过来。

什么书？给我看看。

他伸出长长的手臂讨书。他的手很大很白净，指头很长。

看书入港的时候最烦别人打扰，看到入迷处物我两忘，那种感觉特别美妙，如果有人破坏了这种美好，突然将你拉回现实，你会恨死了他。不请自到的老川最让我烦，就扭过身子不理睬。他不理会我的嫌弃，大大咧咧地贴上来，嘻嘻笑着，继续着让我讨厌的搅扰。我再次扭转身子，将后背对着他，明确宣告他不受欢迎，这家伙反而弯下身子将脑袋凑过来，要从我的肩头和我一同看书，我的后颈感受到他的气息，真是烦死了，索性把书塞给他，不说话，看他怎么办。这个老川倒是不急不恼，不动声色地接过去，端详了一下书的封面，之后将书页哗哗地翻，在什么地方停下留心看了看，脸上出现了难得的庄重，说，是本好书。

老川读过《印度对华战争》，对这本书的内容比我还熟悉，这使我失去了内心的骄傲——原以为在检修队里，没有人会在我之前读过此书呢。

这个下午，老川先是摧毁了我的自傲，后来对我讲了很多他的读书心得。他的记性极佳，麦克马洪线、阿克赛钦，地理位置、历史纠纷，中国军队的反击如何有理有利有节，印度的失败及失败后的政局纷乱，书里的很多内容他说起来更简洁，也在理，不能不让我产生敬佩之心。

老川说内维尔·马克斯维尔的确是个好记者、好作家，他的公正立场和对复杂局势的清晰把握以及对交战双方战后走向的预判，其智慧和眼界都是世界一流的。老川又说，《印度对华战争》在同类书籍中是顶尖的。其原版即英文版向世界展示了中国的公正、力量和道义，纠正了西方对中印战争的很多偏见。老川认为，从某种意义上说，《印度对华战争》是埃德加·斯诺的《西行漫记》之后，外国人写中国最好的一部书。

老川的解说和我的阅读使我明白，国际关系的复杂和严酷，不是我能想象得到的。国家与国家之间的交往，绝非温情脉脉，而是力量的比对和拼争，但也并非全无道义较量。优胜劣汰的自然法则后面，公义与道德也起着潜在的长远的作用，并在深刻的意义上彰显了人类的文明进程，还有未来。

《印度对华战争》对我还有一层现实意义，老川的点评扭转了我对他的不良感觉和排斥心理，他的知识、他的气度，他的极富逻辑性的语言让我意识到，与检修队所有的人都不一样，站在我这里评头品足的是位学识广博的人，他的满不在乎后面有种特别吸引我的东西。

《印度对华战争》成了我和老川结识的纽带和起始。我和老川很快成了好朋友。参加工作以来，他是我在检修队结识的唯一的朋友。

二

在我们机械检修一队二百四十多名职工中，老川是个异数。他是正牌大学的学生，毕业于南方某理工大学，现在的身份却是正经八百的电工，沦落到我们这些普通工人之中。一般而言，在我们那个整体技术含量不算很高的检修队，哪怕手里有张中专毕业证书，技术员资格手到擒来，踏踏实实干几年，将来混个工程师什么的也并非奢望，但大学毕业生老川的身份始终没变化，就是电工班里的一名成员，看上去他并不在意。他比老不老，比年轻也不年轻，两头不靠，屁股后面挂个牛皮四联套，电工刀、克丝钳、尖嘴钳和螺丝刀结结实实地塞在里面，大步开走，四联套有节奏地拍打着屁股，长长的手臂优雅地甩着，满头乌发一摇一摇的，很恭顺地听从着电工班师傅的指令，做事勤谨得很。来到检修队没多少日子，电工班的人说他极聪明，电工技术一点就会，根本用不到和他说第二遍。而且心细得跟头发丝儿似的，他干的活儿一点瑕疵也没有。

我和老川的友情也算个异数，一个架子工和一个电工，工种不同，来路不同，却总想方设法在一起胡吹海聊，聊起来没个够。

机械检修队接到活儿，一般都由架子工打前站，提前进入施工现场，最先做的事往往是为其他工种搭好施工时站立的架子，铺好跳板，同时固定卷扬机和穿好滑轮，之后吹响哨子、摇动小旗，指挥卷扬机把重物吊得上上下下。电工跟我们一样，工作节奏大致相当，工程"上马"，钳工、管工、焊工们开始联合施工，一般而言，我们就会进入轮工状态。现场留几个人值守，总有人可以闲在工棚里做自己的事。这样，我和老川交流就得到了方便。聊得多了，我渐渐发现，交这个朋友真值了，他有太多我远远不及的地方。

　　我发现老川看过的书比我多多了，这使我自愧不如又陡生敬意。我有事没事总去找他，他用热情回应我的主动示好。我们不是一般意义上的朋友，他是我的读友，或书友，准确地说，亦师亦友。

　　老川怎么读了那么多的书，知道那么多的事，比书里还要多得多的事！

　　从他这里，我第一次知道了一九七〇年的墨西哥世界杯，我原本崇拜的是匈牙利足球，以为那是足球世界第一。但老川让我知道了足球王国乃是大名鼎鼎的巴西，它的足球水平之高足以碾压匈牙利；知道了奥林匹克运动会，而我此前只晓得"新兴力量运动会"，以为那就是世界体育盛会之巅；知道了人类已经登陆月球，虽然这登陆摧毁了这颗星球衍生的许许多多美丽浪漫传说；知道了"解冻文学"，那是我完全不知道的文学地带，是文化与政治的乍暖还寒，却也是春风吹拂冰雪融解的心灵复苏。我后来断断续续读到的《你到底要什么》《人世间》《白轮船》《多雪的冬天》《普隆恰托夫经理的故事》……大半是从老川这里首先听到的。

　　我那些偏见和狭隘的认识，在老川的博闻强记面前一触即溃，但心里每每很愉悦，谁能在心情豁然开朗的时候不快乐呢，谁会在解开了锁链的时候不快乐呢，那种愉悦会在心里留存很久。我像个懵懵懂懂的无知青年，在老川这里触碰到了另一个完全不同的世界，谁能像我一样体会到井底之蛙跳出狭隘逼仄的深井看到广大世界时的新奇、惊愕与激动呢！

　　无所不知的大哥和曾经自命不凡但此刻匍匐在地的小弟，是老川跟我的关系。我崇拜他，他也很享受我的崇拜，允许我像个跟屁虫似的跟着他。在队里，但凡有空闲，我俩都会凑到一起，完全忽略了其他人的存在。我们检修队有个稳定的基地，没活儿的工段会留守在这里。基地占地大致成四方形，十几个班组各自占据不大的屋子。架工班坐北朝南，电工班坐西朝东，两个班组面对的是数百平米见方的院落，堆了很多杂物。老川想找我聊天，就站在电工班门口朝我们架工班看过来，跟我对了个眼，之后自顾自走向大门，心领神会的我不近不远地跟在他后边，溜溜达达到院子后面去。那里是长满荒草的大片野地，厂矿"三不管"，是工人们干私活儿的绝佳处所，也是我和老川聚谈的好地方。我们随便往哪儿找都能找得到淹没在草丛中的废枕木啊什么的，坐下来，立即开始胡侃，往往一侃就是半天。

老川住公司的单身宿舍，有时候我上班不走直路，而是拐个小弯，转到大院里他那座楼前，朝他住的三楼房间喊一声，他的大长脸就在窗口闪过，不一会儿，我与老川的自行车就上了钢铁大街。

宽阔笔直的街道宛如一条大河，流淌着源源不断的自行车流。也有步行上班的人，都走在路边，急匆匆大步流星。偶尔有"伏尔加"轿车和时髦的军绿色北京吉普驶来，车前方如波开浪裂，都在闪避着它。也有时候，它拼命按喇叭也开辟不出道路，宛若河水里缓缓游动的巨大团鱼。我和老川就在这万千人车组成的浩荡水流里。车流紊乱，有时他的车子骑到前面去了，有时他的车子落在后面了，我们不停地交错或并辔而行，即使不交谈，在我，这样的骑行也是快活的。

老川到过我家，只来过一次，看过小书架上的书，看得很仔细，却好像不很有兴趣，只抽出不多几本书浏览。我记得清楚的是，郭沫若的《洪波曲》在他手里的时间最长，看得也上心。看过了，小心地插回原处。那一排的书很挤，老川慢慢插入《洪波曲》，顺便用手将书左右拨拨摇摇使它们松散一些，并把从下到顶的五排书都这样弄了一遍，好像怕书们太拥挤，不舒畅，他要让它们的站立既彼此有些间隙，又不致离得过远而歪倒似的。

他这个动作给我留下的记忆特深。

看过了，他没说什么。想来我的书他早就看过了，或者根本就入不了他的法眼。对此，我没有半点不快。我服老川，服得五体投地，他的任何行为在我这里都能得到合理的解释。

我多次下班后去老川的单身宿舍，每次去都在那里逗留很长时间，如果是礼拜六，就混到很晚，聊得错过了食堂开饭，他就用电炉子煮锅面条，撒点盐，滴两滴香油，就是我们的晚饭了。即使我不想聊天，也愿意到老川那里去，哪怕跟他干坐着，不说话，心里也是安稳的、熨帖的。他像块吸铁石，我则像极了被吸附的一粒铁屑。

老川是个浪漫的人，多才多艺。有几次，他拉小提琴给我听，是《梁祝》。他说，你坐稳了，听这个，梁山伯与祝英台的凄美故事便从他的指端缓缓流出，如泉如溪如风如云，他的高高身体微微晃动着，配合着乐曲的旋律。那是我第一次如此近距离地欣赏到小提琴美妙的乐曲。

那是企业的单身宿舍，长方形房间里两张单人上下床，住四个人，个人的物品放在床头床尾的空隙里，一桌一椅，别的陈设不多。老川是下铺，床头靠近窗户，被子叠得跟军营似的，整齐洁净。我对别人的衣着、家里的陈设什么的历来不敏感，但老川的宿舍给我的印象太深了，洁净的白布床围，床头的墙上挂着把小提琴。一道窄窄的帷幔遮住了床下，撩开帷幔，老川的书在这里！一道木头格子挂在床下，格子上放着书，不多，但本本精粹。

老川说，想看哪本看哪本，尽着你挑。

我从老川的床下挑出来看的书里，最打动我，留下记忆最深的是《约翰·克利斯朵夫》，牢牢记住了它的定价：十六万四千元。这个价格使我吃惊不小，虽然我明白它是旧币，只是新币面值的万分之一。

这部书一开读就放不下，读得昏天黑地的。是罗曼·罗兰原作不可抵御的魅力，还是傅雷无与伦比的译笔，抑或是主人公不甘平庸沉沦最终成就自己的生命历程，让人如同上瘾般不舍？

我后来想，这部书之所以让我痴迷，是因为被它击中了内心。那几年我正处于成长的混乱阶段，曾经的信仰一拨接一拨地溃灭了、崩塌了，狂热已然远去，内心支离破碎，不知道身在何处，眼前扑朔迷离，恰逢此时，克里斯朵夫来了，他带着我一同上升与沉落，一同迎接内心的狂风暴雨，最后一同到达澄澈晴明。曾经翻江倒海，最终平淡恬静。谁无卑下？但不能被卑下的情操所永久屈服。从黑暗中走出，你便是光明。战胜了卑下，你的生命便站得住……

我不知道老川怎么知道这么多的事情，懂得这么多知识，还会拉一手这么好听的小提琴的。他都过三十岁了，还没结婚，也没听他说起过恋爱或结婚的事。他的出身和经历从来不涉及，且极其敏感，话题稍稍靠近，立马沉默，像是碰到了一堵看不见但风雨不透的墙。我想，老川在小心翼翼地守护着他的私密领域，不容别人窥见和打探。我没有对别人身世的好奇心，哪怕是好朋友，人家不说，我绝不打问。朋友的来路或平常或奇崛或隐秘或坦诚，要是愿意让我知道，他会主动告诉我的。而愿意保守一己私密的朋友，我何必打破他的禁忌？我交往的是现在的、此刻的他，他曾经的光鲜或罪错，哪怕他立下过旷世奇勋，抑或曾经是江洋大盗，于我何干！

交到老川这样的朋友，我心满意足。

三

秋天，我们队承担了某厂矿的大型改造工程，活儿赶得很紧。和全检修队的人一样，我也"连轴转"在工地上。吃，分公司食堂送来好饭好菜；睡，在纵横交错的管道下找块平整的水泥地，铺块草垫子，枕块耐火砖，把翻毛皮袄盖在身上，在轰隆隆的噪声中，也睡得很香。四五天没能回家，大家都累坏了，也脏得跟鬼似的。工程结束，质量过硬，甲方很满意，分公司表扬了我们，检修队领导想搞个丰盛的宴会犒劳一下大家。菜不成问题，再求一下分公司食堂，请他们把更多更好的饭菜送到基地，难搞到的是酒。疲累的人都渴望痛饮，几杯入口，一解多日的劳乏，但酒票少得可怜，全部凑齐也买不来能够让大家一醉方休的佳酿。后来总算找到了门路。队里拿出秘藏的马口铁，钣金工和焊工合作，叮叮当当，做了一个硕大无朋的酒柜——差不多有现在的卧式冰柜那么大——放上卡车，拉到后山，用淬火后的八号盘条和换下来的旧管线，换来了大半柜子薯干酒。

那可真是个好日子，能让人快活并且这快活持续了很久。当载酒的大卡车风尘仆仆归来停在队部院里，空气里飘荡起酒香的时候，全队的人，包括老川和我，都被那浓烈的香气勾引得神魂颠倒。

那顿类似庆功典礼的午餐吃得既热烈又疯狂，就跟梁山泊好汉似的，大块吃肉，大碗——各个班组都用烧水的铁壶或干脆用饭盒到汽车那里取酒，没有酒提子，就拿大搪瓷缸子从酒柜顶面的大圆孔中舀出倒入。检修队十几个班组，二百多号人，老的少的，男的女的，大口喝酒沸反盈天，划拳的，猜枚的，唱曲儿的，胡闹的，醉倒了一片，呕吐得满地狼藉、臭气熏天。

电工班里女工多，比较克制，到汽车酒柜那里打的酒少，喝醉的也少，但老川醉了。

我将醉醺醺的老川护送回他的宿舍的时候，离下班时间还早，宿舍楼里空空荡荡，我扶着老川躺下，帮他脱掉鞋，自己拿上暖壶从开水站打回开水，沏好一壶茶，就准备离开了，半醉半醒的老川一把拉住我，说让我陪他多待会儿，跟他说说话。

那天他说了很多话，都是些平日里难得说的话，像是醉话，也像是最清醒的真话。

人可能在醉酒的时候才会说真话的吧。

老川说，有时候，你要把世界比作一艘在大洋上即将撞沉的船只，最要紧的是救出自己。而救出自己的要诀是成才。

你知道这是谁说的吗？对，是易卜生，我是从鲁迅那里读到的。

我拿不准老川那天是不是醉了，也许是真的醉了，也许只是几分醉，还有几分是醒着的。他翻来覆去说易卜生这句话，颠三倒四的。

在这个醉醺醺的下午，在弥漫着恶浊酒气的单身宿舍里，老川说了很多自己的事，故事很长，很老旧，很琐碎，我一点都没记住。

我记住的只有"易卜生"。

老川几年后支援三线工厂，调到了四川的大山里，远离城市，正合他的意。那时他已经结婚，妻子跟他一样白白净净，细马长条的身材，长得很好看，只是寡言少语的，总躲在丈夫身后，不知道是生性怕人还是不喜欢理人。拿到调令的时候，老川曾半开玩笑半认真地问我在郊区农村有没有熟人。我问他有什么事，他说我要是有熟人、有关系，能否给他弄一套"驴三件"。

我并没有熟识的农村朋友，但"人托人，托上天"，辗转托到了一位有些权势的公社干部。我跟中间人带着礼品去觐见这位干部的时候，他表示很为难，说在当地农村，毛驴也算大牲口，不可随意宰杀的，每年淘汰下来可供宰杀的老病瘦驴不多，因而"驴三件"非常稀少，现时不在宰杀季，更弄不到手。

老川所托之事未能办成。

老川是与他的新婚妻子一同入川的，走得仓促，我只来得及到火车站送行。分手之际匆忙，我没提这件事，他也没问。

书在梦的边上

一

入厂之初，我身上还残存着一些学生习性，对眼前的很多人很多事感到生疏和遥远，这不是对晾水塔、炼焦车的生疏，也不是对翻车机、浮选池的生疏，更不是对高炉和平炉的生疏，简而言之，不是对这些陌生的厂矿、设备感觉生疏，虽然都是平生第一次碰面，它们却似乎早已在我的心里，我们之间并没有违和感，反而有种似曾相识的亲近感。我是工人，理应摸爬滚打在这些巨大的建筑和运转秩序井然的设备之间。我说的生疏，主要是心思与周边人的不共振、不协调，难以融入这里的气氛。干活儿的时候心思都在工地上，与大家配合紧密、合作顺畅，什么心事也没有了，干净又痛快，一闲下来就觉得有些孤独，与工棚内外的格调格格不入，跟工友们的共同语言很少。人们在嬉闹、聊天、说脏话、打扑克、下棋，我会找个僻静的角落，悄悄地看会儿书。总之，我觉得与他们之间有些隔膜。这隔膜究竟是什么，我也不太明白。

　　初秋，距离我们很远的某企业要求我们分公司支援几名起重工，其实就是架子工，帮助他们卸载十几车皮原木。这份差事交给了检修一队的架工班，副班长孟师傅领头干这个活儿，他从班里带了三个人去，我是其中唯一的青工。

　　装载红松原木的车皮停留在长长的铁轨上，每节车上的原木都垒得又高又尖。我们从如屋脊一般的车顶开始作业，用钢丝绳将一根原木绑稳，然后用手势和哨子指挥汽车吊起吊。八吨汽车吊将原木逐根吊起，然后转身，码放到木材场地。这活儿好干，不复杂，但危险性很高，尤其是对付垛子最上头的原木，稍不留神或操作失误，就有可能被忽然散落的原木挤压到，后果会很惨。孟师傅让我跟一位手脚麻利的师傅爬上火车绑原木，我们跟猴子似的跳来跳去，找好安全位置，用撬棍将粗大的原木撬出一条缝，小心翼翼地将钢丝绳扣送到对面，对面的人接起，扣紧钢丝绳圈，再套到汽车垂下来的吊钩上。

　　汽车吊连同司机是从兄弟单位借来的，司机起初很傲气，不太配合，处处找别扭，孟师傅给了我钱和烟票，我跑到小卖部买了两盒带锡纸的"大前门"香烟，司机将驾驶楼子的窗玻璃摇下大半，满意地从我手里接过香烟，从此一改别人欠他钱不还似的冷脸，笑模笑样的，极为卖力地听从指挥，活儿干得又快又漂亮。

　　没几天，所有的原木安全卸下，在场地里堆垒整齐，工期比预期的短，车皮退得早，甲方极为满意。我们收工告别的时候，甲方主动提议，让我们这几个架子工从木材场的边角料里挑选些木料带回家，算是对我们这几天劳动的额外酬劳。甲方代表是位干部模样的人，又热情又慷慨，说选什么样的木料都随我们的意，大家可着各自的自行车装载好了，能载多少载多少。而且，他承诺会把我们护送出木材场大门。不过，大门以外的事就只能由我们自己应付了。

他所说的"大门以外的事"，特指我们回家路上必经的跨河大桥，那是个时常有巡查人员巡检的流动关卡，我们有可能安全过桥，也有可能遇上他们，那么车子载的木料将被没收。那是木材场干部够不着的地盘，能不能顺利通过大桥，就看我们的运气了。

主人满满的好意，架子工们心知肚明。木材场里，"边角料"与正经木材之间并无明确界限，也没有文字或图表标明，大家寻觅、挑选的时候，拿到的木料并不都是"边角料"，甚至大半倒是正经的好木料。木材场干部对此心知肚明，其实，他将"犒劳"我们的意思表达完毕，便掉头回自己的办公室了，完全由着我们自己挑选。这份美意，架子工们不能辜负。

那个时候，一般人家差不多都没什么像样的家具，即使手握家具票证也难以买到可心的家具，比如五斗橱、衣柜。谁不想弄些木料打制家具呢，但像样的木料是紧俏物资，比成品家具更难见得到，没有过硬的路子想也别想。现在老天给了这个难得的好机会，师傅们当然不想错过。我帮着几位师傅挑好了木料，水曲柳、沙榆木最好，柞木也行，红松也行，最不济，弄点白松料子。料材以一百乘一百的方木最理想，它能出料，如果将它一破为四，可以做桩、做柱。如果将它们分解为板材，则能派更多的用场。

师傅们挑选出最称心的木料，用八号铁线将它们牢牢捆起，再用粗麻绳绑到自行车后架上，三辆自行车都满载满驮。满载后的车子有多重呢？这么说吧，骑车人驾驭它费劲极了，上下车几乎都需要别人助力，稍不留神，车子就跟愤怒的骏马那样昂起头颅，随即连骑车人一起倒在地上。

我跑来跑去帮师傅们，自己的车上什么都没有，空空的后架，空空的两手。孟师傅问我什么不拿一些？我说，我不要，忙活着帮三位师傅骑上车。我到办公室请那位干部出面，护送几辆满载的自行车走出了木材场大门，安安全全地来到了距跨河大桥不远的地方。

一条很宽的河流分开了市区与厂区，流量因季节不同而不均衡。洪水期满河槽子浪涛滚滚，枯水期只有河床里窄窄浅浅的一条水流由北向南蜿蜒而去。雨季快到了，隐约闻得到水的气息。雄伟的钢筋水泥大桥横卧河上，行人稀少，仔细打量，没发现可疑的人。这很让人安心，我赶紧骑车返回，跟师傅们招了招手，三位师傅跟上来，四辆车子平平安安地过了桥。

骑到桥东，几位师傅不约而同地停了下来，把各自的车子靠到了路边树上。我回头看到，也停了车，三位师傅来到我的车子旁边。

孟师傅说，门也过了，桥也过了，现在平安无事了。刘儿，你就从我们每个人的自行车上抽两根木头吧。

原来师傅们以为我不拿木料是因为忌惮巡查人员，其实完全不是，我起根儿就不愿意拿。并非别的原因，是自己的小布尔乔亚心思作怪。我想得很简单，师傅们可以拿，我不能拿。为什么不能拿？并非出于公私道德观念，完全不是，而是觉得我和他们不一样。我并不认为师傅们做得不对，但我要以自己的特立独行跟他们区别开来。

对师傅们的好意我既觉得意外，又很感激。我说哪能从你们的车上拿呢，我如果要木头，早就从木材场拿了。

孟师傅说，这样好不好，有几根沙榆木方子，我们都拿了双份，是我们几个有意为你挑的，我们给你抽出来，绑到你的车子上。这些方子都是好东西，有钱难买，破开以后，一个五斗橱的骨架子算是齐了，还能有富余。

我仍然说我不拿。

三位师傅劝我别固执，再次要我把木料带走。孟师傅说，就算你家里有满堂的家具，那可是你父母的。你二十多了，不得成家立业？不得结婚生孩子？你自己怎么也得做些准备吧，免得到时候你两手抓瞎。

我家里一件像样的家具也没有，我也还没有结婚生孩子的打算。

我婉拒了师傅们的好意。

七年以后，当我离开这家钢铁公司的时候，我的新书架，我的折叠椅，我家炒菜用的小马勺，全都是我自己打造制作的"私活儿"。我的两双布鞋的鞋底子，所用的材料也来自于钢铁公司。新书架和折叠椅所用的木材，是我从废弃晾水塔下的污水里捞出的枕木，砍去沥青浸透的表皮，用木工的刨子刨平，再破成书架和折叠椅需要的枨材和板材。折叠椅所用的钢管，是向管工讨要的，再借用他们的电锯裁成我要的尺寸。铁皮靠背，是铆工师傅的慷慨赠予，我在他们的指导下揉成漂亮的弧度。鞋底子的原材料是高强度运输皮带的单层，那是我们架工班为皮带错层交接而割下的，我们算是废物利用，坚韧无比，母亲为我做的鞋格外结实。小马勺，则是我一锤一锤"刨"成的。

挑选一块厚薄适宜的铁板，用焊枪切割成大小适宜的圆盘，在砂轮上打磨掉毛刺儿，到基地后面的草丛里找到适宜的钢圈。这里是做马勺的圣地，乱扔着好几个尺寸的钢圈。有种口径很小的耐火材料短管，一尺来长，也很适用。找块木头，坐好，铁板放到钢圈或耐火管上，两腿护住，手持长长尖尖的刨锤，由铁板中心开始刨起。刨锤叮当，锤点儿跟宇宙旋转大臂似的圈圈荡开，数不清的私活儿时间，千百万次捶击，马勺渐渐成型。使劲用沙砾擦洗，再用粗细砂纸反复打磨，铁板终于进化成了马勺，那种渐变过程使人由期望变成欣喜，还有满满的成就感。后来我成了很有经验的刨马勺高手，架工班有两位师傅家里的炒菜家伙，就是我的劳动成果。

那两年，我们的私活儿做得特别起劲。但凡工程不太忙的时候，总能找到溜到后院的机会，"叮叮当当"的声音几乎每天都在草地上响。队部对此明明白白，并不强加干预。如果有上级领导来基地视察或指导工作什么的，队部会找个由头，提前告知大家各司其职，我们会规规矩矩地守在工棚里，像模像样地"学习"，然后规规矩矩集合起来听领导训话。领导们路过基地后院，看到的只是一大片荒芜的草地。当然，他们前脚走，"叮叮当当"后脚响起，就跟为他们送行放响了鞭炮似的。

并不很长的七年，发生了如此之大的变化，连我自己回想起来都觉得不可思议。往深里想想，这变化并不突兀。我从清浅变混沌，既有世道变化时势影响，也缘于自己与生俱来的私心，谁不想把日子过好点呢！

七年的历练，颠覆了我对世界的认知，也改变了自己。

二

工厂管理规则朝令夕改，昨是今非，又粗疏得很。工资跟焊死了一样十多年纹丝不动，架工班几位十几年前就拿三级工工资的师傅，到我离开的时候还是三级工。听起来挺好玩儿的顺口溜："一年一年又一年，光长胡子不长钱"，再形象不过地道出了大家的委屈、无奈和不满。在这十几年中，师傅们都已结婚生子，很多人娶的是他们老家的或B市郊区农村的姑娘，按政策，孩子的户口随母亲走，子女们没有城市户口，也都成了"黑人"。这样，以不足五十元钱的工资养活全家五六口甚至更多人，享受市民福利的家庭尚且不易，何况无粮本、副食本及各样票证，吃穿住用都必须高价获得的穷苦人家。他们的艰窘生活非亲身经历难以体会到。

还有个概念深入人心但令人不知说什么好。企业系国家营运，乃"全民所有"，属你属我属他，你有我有他有，大家都有份。既然大家都有份，那么，干点私活儿，为家里解一点燃眉之急，或从厂里拿一点东西，是不是可以看作"自己家"的事呢？即使拿东西的人自觉这么做不对，也不认为不可饶恕。另外，"法不责众"的侥幸心理也被大众普遍认可。

工人处于厂矿最底层，生活拮据，夹带点东西，小打小闹，并不伤损工厂筋骨，用来补贴家用，谁会跟它较真呢？有那么几年，我所在的厂矿里，这种现象比较普遍。当时流传很广的民间谣谚说到了要处：大干部盗，小干部偷。工人没办法，缝了个大贼兜。

我见识过这"大贼兜"。

有一天下班赶上大雨。高原的雨说来就来，鞭子似的，粗暴地把我驱赶到了总公司正门门卫室的廊下。廊子宽大，足以挤下十几个人免遭风雨。不多一会儿，暴雨变成了大雨，持续了片刻，大雨变成了毛毛雨，我家路远，想再站会儿，等雨全停了再走。百无聊赖之际，打量着出、进大门特别是出大门的人，各种想不到的"夹带"真让我开了眼。

飘摇着的细细雨丝里，有人将油毡纸挖个洞套在身上，像穿了件巨大的、仅有前后襟摆的披风，堂而皇之地过了大门。有人头上戴个绿色铁皮灯罩当斗笠，大摇大摆地走出去。自行车后架上的饭盒样包裹，没准儿是块耐火砖……

"大贼兜"出现了，跟褡裢似的搭在二八自行车的大梁上。它是割取一层高强度运输皮带，加以裁剪、缝制而成的。兜大无比，骑车人每一脚蹬下和抬起，双腿都会触碰到。它鼓鼓囊囊的，不知装了什么。门卫是个中年人，嘟嘟囔囔地说这几天抓住的"大贼兜"里净是工厂的好东西，这不，又一个！迅速叫住了骑车人，说要检查车兜。

一侧车兜里突然露出个扎辫子小女孩的脑袋，睁圆了一双大眼睛，萌态满满，好奇地看着走近的门卫，她突然笑了，那笑容清纯无比、可爱之极。门卫呆一呆，扬了扬手，让盛着小女孩的"大贼兜"出了大门。

……

偷懒，磨洋工，成心拖长工期，是工程施工中经常遇到的事。我们盼刮大风、下大雨、停电……这样，我们可以心安理得地不出工。人们变得世故、虚伪、多面、圆滑，嘴里说的与心里想的，台面上说的和私下里说的，人前说的与人后做的，差别奇大，它们基本是两码事。而且，人们对一波接一波的折腾也越来越冷漠和反感。

我曾受检修队委派，到分公司参加"批林批孔辅导班"，说是要在结业之后，辅导各个工段工友。不用干活儿，脱产学习两个礼拜，这等好事儿哪能错过，我很踊跃地到分公司参加了这个只有十几个人的"辅导班"。学员从各个检修队抽调而来，都是平日里看点书、自命不凡，喜欢舞文弄墨的青工。

如果说古文化如同一棵根深叶茂的大树，我们这些学员连最末端的枝叶也没见到呢，何况要批判的"孔"这棵大树既深又广的根系。把"孔"与相差两千多年、完全不搭界的"林"弄在一起，连我这个三脚猫也觉得有点卯不对榫。

发给我们的学习材料是两册书——《批林批孔文章汇编一》和《批林批孔文章汇编二》。

辅导老师姓陈，是分公司的土木工程师，五六十岁的样子，并不算很老，头发还算浓密却已经雪白，身材清瘦修长，举手投足颇有儒雅气，一口江浙味的普通话讲起孔孟老庄如数家珍。但他似乎钟情于荀子，头几堂课本来要讲"孔子家世"的，开课不久却滑到了荀子。讲荀子的身世、他的"天行有常""天人相分"直到"制人命而用之"。突然意识到讲偏了，赶紧回到"孔子周游列国"，但讲着讲着，跟中了邪似的，他不知不觉又拐到荀子的"劝学"上去了。兴之所至，他的板书龙飞凤舞："君子之学也，以美其身；小人之学也，以为禽犊。"

这段话是什么意思呢？陈工说，就是……啊呀，咱们还是回到本题吧。请大家打开书本，继续讲我们今天的主要内容，是"孔子如何维护奴隶制"。

两个礼拜的临阵磨枪之后，我回到队里向班长报到。班长说，好，学了就好。工段长说，好，先干活儿吧。向队长和书记汇报，顺便问我的"辅导"任务，他们说，好，哪天安排一下，给大家辅导辅导。好几天过去了，悄无声息，没有要我辅导的迹象。又好几天过去了，队里接了新活儿，全队都拉到了施工工地，"辅导"一事更加无人提起。

我很想"辅导"，甚至做好了教案，还默默试讲了几次，不料英雄无用武之地，心里不免失落。

很多年以后想起这件事，太庆幸从"辅导班"里冒来的那点货没派上用场。我想象得出，如果真的站在师傅们面前，将《批林批孔文章汇编》煞有介事地讲给大家听，那情境必定这样的：孟师傅在眯着眼打盹儿，徐师傅不停地打哈欠，那师傅的一条手臂在另一条手臂的掩护下磨炼出老千……

我从师傅们的疲惫和漠视里得到的，比从那个辅导班学到的多得多，而且远远超出了"知识"的范畴。

三

我做了五年架子工，不想继续下去了，想找别的活儿干。

成年累月在或高温，或高空，或高粉尘，或高噪声，或它们扎堆儿，以及在烟火、油腻里讨生活，枯燥乏味，没意思透了。这个念头初起时，我刚刚读过《红旗谱》，里面有个小细节，写朱老忠离开老家出外闯江湖，在天津卫学织毯子，织着织着织烦了，心想，这一条线一条线的，织到什么时候是个头儿啊？引起了我的共鸣。天天织毯子肯定无聊透顶，天天跟卷扬机、钢丝绳、滑轮、斤不落、杉杆、铁钎子、八号铁线混在一起，也好不到哪儿去，"什么时候是个头儿啊"？

根本看不到"头儿"。

架子工要改换工种，如果没有过硬的靠山和"关系"，想也不要想。有背景的人是不会被分配来干架子工的，无一例外。而进入工厂分配了工种，基本等于"一嫁定终身"，绝难变动。架子工想改换门庭，如同做媳妇的好好过着日子却突然想离婚并改嫁，不仅不可能成功，还会招来若干猜疑，弄得灰头土脸。这道理我懂，事实上我也压根儿没想过在原单位变换工种。要想找"别的活儿"，唯一的办法是调走，调到没有架子工的厂矿去。

我正当年，身体健康，不笨不傻，哪家工厂不想要呢，很快，一家单位表示愿意接收我。调动申请表交到检修队队部，一天不到，立即驳回，原因无需多说。一点放行的意思都没有，毫无商量的余地。

检修队、分公司劳资科、总公司劳资处与 B 市劳动局，是工作调动的四道关卡，原先以为最难闯过的是中间两道，没想到在第一道关卡前停滞了小半年。我托人说了很多好话，队里才给出了最终解决方案：我离开可以，但必须有个人到架工班补我的缺，即"对调"。

有哪个傻瓜愿意来这里顶我的缸呢？但天下之大无奇不有，我居然找到了一个"对调者"——焦君。此公系 E 厂某车间清理工段的粗清理工，家与 E 厂的距离比我家距检修队的距离还远，吃够了"折返跑"的苦，甘愿并保证跳入我留下的"坑"。我信心十足地将精心撰写的对调申请报告交了上去，不想又被迅速退了回来。

理由？没有理由，要什么理由，用不着理由，就是不放你走。

话说得如此冷面硬气的，是检修队副队长老丛，八级铆工，我跟他争执了几句，这位大工匠不耐烦到了极点。我差不多是被他赶出办公室的。

孟师傅对我说，丛师傅负责职工人事，你的事，他是第一关。要是连这一关也打不通，那就收回你那念头吧。

我与丛队长反复较量了多次，他油盐不进，软硬不吃，铁了心不放我走，逼我使出了"杀手锏"，就是把自己变成一块狗皮膏药，贴在他身上，让他揭不开、甩不掉、轰不走，让他领教我的决心。拿出鱼死网破的劲头儿，事情或许能出现转机。

我开始实施这个有点下三滥的计划。

每天上班换好工作服却不上工，跟班长打个招呼，径自到门口或队部盯住丛队长，他可别悄没声地溜掉。

丛队长从队部走出来，我立即凑上前去，递出对调申请报告，两页纸，字写得密密麻麻。他接也不接，挥挥手让我走开。

走开？怎么可能！

从这一刻起，丛队长去哪儿我去哪儿，不远不近地尾随着，他走我走，他停我停。但凡他停下脚，脸皮变得比城墙还厚的我迅速靠近，拿出那两页纸。

丛队长说，把你那张申请表撕了吧。我不签字。

我就放回工作服的兜里，与丛队长保持不近不远的距离，比特务盯梢放肆多了。

他步行，我步行，他骑车，我骑车。他吃饭，我也吃饭，在看得见他的地方。他开会，我在会议室门外静等。他上分公司，我也去，在铁管焊接而成的彩虹形大门下面候着他，那是进出分公司的唯一通道。到工棚，到工地，哪怕他上厕所，距厕所不远处准有个身穿破蓝帆布工作服的青年工人，溜溜达达，东张西望，赖皮赖脸，满不在乎的样子……

不离不弃，如影随形，丛队长的后边无一刻不跟着个讨厌鬼。鲁迅先生说"执着如怨鬼，纠缠如毒蛇"，我，又是怨鬼，又是毒蛇。

丛队长说，你怎么又来了，不是跟你说了嘛，不要再来找我，找我也没有用，不会让你走的。你老老实实干活儿去吧。

丛队长说，别跟着我，别跟着我！你不走？那我也不走了，我就坐这儿抽烟，不信耗不过你。

丛队长说，你这年轻人怎么了，没完没了怎么着？天天跟着我算怎么回事儿。我要研究工作。出去！

丛队长说，回你们架工班去。再无理取闹，我开除了你！

丛队长说，你不怕人家笑话，我怕。我没你这厚脸皮。滚开！

……

丛队长上高炉，去乘坐施工直梯，到了电梯口，转头看见了我，毅然转身，去爬上炉的转角铁梯，一脚踏上铁板台阶，又突然转头，看我跟看到了个鬼，就再次变换路径，快步走到热风炉那里，去攀爬热风炉高处连接高炉的斜梯。斜梯焊接在钢铁管道上面，异常粗大的管道上升到半路分为两岔，一条粗管变两条细管，被人们笑称"大裤衩子"。这诨号起得真天才，实在太形象了，只是"裤腰"在下而"裤腿"冲上，倒着连接热风炉与高炉，从这里上高炉，也是步步登高。丛队长从"裤腰"爬到"裤腿"已然气喘吁吁，不得不停下来，低头看看不声不响的我。四目对视的时候，他活脱脱成了我追踪的一个可怜猎物。我看得出，他的眼里没了精神，他的身子萎靡极了。

丛队长真是累坏了。他喘息了好一会儿，才有气无力地说，这高炉，他不上了。他要原路返回，回基地。

现在我们对调了角色，我在前，丛队长成了跟随者。我倒退着下"大裤衩子"，丛队长的脚几乎踩在我的头上。抬头仰望，我看见的是他慢腾腾的粗腿和瘦小枯干的脸，他的上面是半截高炉巨大的黑色轮廓，再往上是蓝天白云。

……

我折磨着丛队长，其实我也备受折磨。我们都被折磨得筋疲力尽。后来我的对调申请表被检修队签字放行，也艰难地通过了分公司劳资科，却被掐死在总公司劳资处。那份到处碰壁的请调报告跟沾满了病菌似的，到哪儿哪儿烦，谁都不愿搭理。现在像块石头一样，无声无息地沉落在那湾深不可测的脏水里，没有溅起一点点响声。

为了打通这个关卡，托人、送礼、寻门路、找关系，什么手段都用上了。我请人在当地最好的馆子里喝酒吃饭，为人糊过窗缝、搓过煤球、运过煤泥。也曾爬上六层楼，惴惴地敲响门板，只是为了求这家主人到某要人那里递句话。曾有人提出，如果我能帮助他将已经剪切成日光灯灯罩状的薄铜皮镀上镍，他便可以将我引荐给某某关系户……

从检修队到分公司劳资科，再到总公司劳资处，这一路山高水远，它的坎坷曲折远远超出我的预期。这一路风雨如晦，摔打得我满身泥泞，自憎情绪非常强烈，也使我看到了别样的世相人心。

那是远离图书的日子。看不进，没欲望，全部心思都在调转上，甚至产生出自欺欺人的赌气：调转成功前再不看书。

这种愚蠢念头造成的巨大伤残，只能由自己在岁月中慢慢愈合。

有位先哲说过，人生不是燃烧就是腐烂。

我觉得，我的生命正在腐烂，同时也在燃烧。

四

冬初，一个陌生女人出现在了检修队铆工班。听说她姓柴，是个"手提帽坏分子"，下放到这里接受劳动改造的。

所谓"手提帽坏分子"，就是"准坏分子"或"预备坏分子"的意思，大意是其罪状已然够得上"坏分子"了，为体现宽大为怀，暂时将此罪名交到当事人的手上，让其自己"提着"接受改造。一旦"手提帽子"，就意味着你已经站在悬崖上了，面临万丈深渊。倘若改造成功，准其离开悬崖，重归"人民"行列，安全着陆；如果达不到改造要求，则罪加一等，"手提"着的"坏分子"帽子就此给自己正式加冕。

在时兴的坏人排序中，"坏分子"位列第四，是个很让人避而远之的罪名。但在检修队，我们说起"手提帽坏分子"的时候，都简化了后面三个字，只说"手提帽"，并且将"帽"做儿化音处理，听上去的"手提帽儿"就显得有点随意，也有些搞笑、谐谑或黑色幽默意味，倒显得不那么冷森森的了。

柴姓"手提帽儿"给我的印象是这样的，三十六七岁，中等身材，白白净净的圆脸，看上去很喜兴。实际上她长得确实很讨喜，像人们所说的"不笑不说话"那种人，而且天生自来熟，不几天就在队里混得风生水起。虽说是来接受"劳动改造"的，铆工班的师傅们却很怜惜她，抡大锤的活儿是不用她干的，她也极其迅速地找到了自己的定位，说话知老知少，干活儿极有眼力见儿，扫地、打开水，蒸饭、取饭，拾掇工具，为师傅们递个铆钉送个大锤什么的，准确而及时，一如外科手术中的护士给主刀大夫的手里递刀剪器械。她还为大家——不止于铆工，钳工、架子工等都算上，比如我——缝补破烂了的工作服。因此，她赢得了大家的普遍好感。在我们检修队，没有人叫她"手提帽儿坏分子"，连"手提帽儿"都不叫，都叫她"老柴""柴师傅"，或"柴科长"。

叫"老柴""柴师傅"是工厂里通常的称谓，叫"柴科长"，则是她的来头大，原先是总公司劳资处的一名副科长，检修队里有些人曾经见识过她在劳资处威风八面的样子。她是怎么从云端掉落到泥淖中的？必定有故事。不用很长时间，这故事大家都晓得了，原来是很吸引人的香艳故事。

风传青春年少的小柴嫁给了年龄比她大两轮还多的丈夫老霍，老霍是从延安走出来的老干部，资历极深，是开创这家总公司事业的元老之一。夫贵妻荣，小柴一度风光无限，不料偶然得知老霍在家乡还有结发老妻，当然既惊且怒，告到上级，致使老霍官降二级，成了某个二级厂矿的一把手，但仍然葆有一夫二妻的奇葩格局。老妻在老家，老霍偶尔回去看看，一年到头还是待在 B 市的这个家里与小柴相伴。三角关系就这么相处下来，但不够和谐，小柴尤其不和谐，后来红杏出墙以释放深闺幽怨，不幸被好事者在秋末稀疏的树丛中拿住，成为轰动一方的糗事。贴在街头的布告上是如此描述她与情人的不凡遭遇的：经革命群众殴打教育后扭送公安机关严肃处理。

"公安机关"处理没处理不知道，"坏分子"帽子算是交到她手里了。这份羞辱，有权势的丈夫老霍也没能救下她。

"柴科长"就此虎落平阳，"小柴"也变成了"老柴"。

一天，铆工班的徐师傅拉我到一边，低声跟我说，你的调转怎么样了？不是被劳资处挡住了嘛，你就没想过老柴能帮你这个大忙？

因为劳资处这座堡垒久攻不下，我那些天十分郁闷，却没想到老柴能够帮我。可是，有一顶黑色帽子在她手里提着，名声都臭大街了，就算她想帮我，也帮不了什么忙吧。

徐师傅说，你可真不懂事。老柴是什么人？别看她如今名声不好，她的根儿可深着呢。就算现在走了背字儿，谁敢说她明天不会重新出山，她家老霍可是还有权有势呢。再说，她在总公司劳资处干了那么多年，会有很多老同事老部下吧。她要是出面给你说说好话，谁能不给她个面子。你是"对调"，有人来顶你这个缺，又不是有去无回。对她来说，这是手拿把掐的事儿！

徐师傅做事沉稳，在检修队里，除了孟师傅，他是对我最好的，我也特别佩服徐师傅，跟他很亲近。他是五级铆工，却学会了电焊、气焊技术，即使土建工程队里的瓦工、抹灰工，他也样样来得。徐师傅处世老到，见识也独特，有一次某领导在工程开工誓师大会上鼓励大家献计献策，说"三个臭皮匠顶个诸葛亮"，徐师傅对此嗤之以鼻，私下里对我说，别听他胡嘞嘞，别说三个臭皮匠，他就是三百个、三万个臭皮匠，也顶不上一个诸葛亮——几千年就出了那么一个脑子，那是能"顶"的？现在我遇到了难以逾越的关卡，徐师傅认为，老柴一个人具有的特殊能量有点类似诸葛亮的"脑子"，别人无法取代，我这小半年来跑的关系、走的后门、托的要人，都跟她没法比。而且，徐师傅跟我讲，他已经在老柴那里为我"垫上话了"。

徐师傅前些天回老家探亲，返回时带了两罐老家特产小磨香油，借到老柴家为她垒灶台的时机，顺便送上了一罐。那时香油难得，徐师傅送去的香油罐子还密封着呢，已然香气满屋，老柴极为喜欢。徐师傅趁机提出请她在我的调转事上帮帮忙，老柴当场答应，说如果有机会，她会到劳资处活动活动。纵使她不便直接出面，也会托关系为我说项。

老柴的原话是："徐师傅，你把心放回肚子里吧。别看我离开劳资处了，我把刘儿的事托付给处里的办事员，这个面子，他们谁也不敢不给的。"

你想法子弄两瓶酒，好一点的，给老柴送到家里去。她到劳资处活动不得打点打点！就算不用打点，咱们也不能白白麻烦了人家。徐师傅说，我已经为你把话说开了，路子蹚平了，还得你好好跟她讲讲自己的难处。老柴人不错，心挺软，会给你使劲的。

"好酒"，在我的认知范围里，应该是酒徒们说起来就馋得不得了的"八大名酒"吧，市面上看不到，哪怕手里有酒票，也极难寻觅到"八大名酒"里的任何一种。我辗转托了很多人，终于从E厂军代室买到了两瓶半斤装的"西凤"酒，每瓶一元九角七分。这么贵，应该是好酒了，骑上自行车，赶快给老柴送去。

老柴住在B市的高档住宅区，隶属于钢铁总公司，曾是苏联专家集中的住地，专家们撤走后成了公司要人们的家，因楼房浓郁的苏式风格，那个街坊荣膺"小莫斯科"之誉。楼高三层，通体灰色，大屋顶，墙厚如古城壁，敦敦实实，真的有种异国情调。

敲响某栋三楼某号有些陈旧的屋门时，我的心惴惴不安，但被亲自开门的老柴的笑容大大缓解了。她接过捆绑在一起如同手榴弹似的两瓶酒，悄声说，来，到书房来。

我从来没有见过"书房"，这是我第一次进入，时至今日印象深刻。方方正正的房间不大，窗户向阳，窗下是时兴的"两头沉"办公桌，宽大而厚重。桌上有盏台灯，桌角是厚厚的一摞纸，纸上摆放着几本册子，桌前放着把与室内颜色和谐的大椅子。桌子旁边有个木凳，老柴让我坐，从"牡丹"烟盒中抽出一支递给我并殷勤地划火柴为我点燃。她说我辛苦，大老远送酒来，这酒不错，应该能用得着，在我的事情上。她又说，外边都说她本事大，手眼通天，哪里的话！人们不知道她其实也有难处，做事并不像人家说的那么容易。她说话轻言轻语，告诉我别局促，到了这儿就当到自己家好了。

有个苍老的声音在隔壁房间里叫"小柴"。老柴说，是老霍，有事让她过去呢。又说，听说你爱看书，看看这些书吧，都是我们家老霍的，他喜欢书。

老柴跟我歉意地点点头，踮着脚走了出去。我站起来看书架上的书。书可真多，满满当当地装了两个大书架，最多也最显眼的，是排列有序的马恩列斯毛著作，《资本论》《联共布党史简明教程》，合著啊，专著啊，选集啊，琳琅满目，成系统的多，大部头多，精装本多，都气派得很。有的书我大略看过，有的书则只闻其名。书架上也站着不少文学作品，俄苏的最多，看得明明白白的有高尔基的代表作《母亲》，还有我从老川那里听说过的《克里姆·萨姆金的一生》，有《杜勃罗留波夫选集》和果戈里的《死魂灵》……看着看着，蓦然看到了四本一套的《战争与和平》。

是的，真的是《战争与和平》！闻名已久但从未读到的巨著。

我的心跳得很凶。

很久很久以前就听说过托尔斯泰，听说过这部书，只是无缘得见。

后来从老川那里知道，这部大书在文学世界里是神一般的存在，以至于他说起的时候，神情和口吻郑重极了。老川的极度崇拜增加了《战争与和平》在我心里的分量。此刻，这部书就在我的眼前。我很想抽出书打开来看看，但觉得主人不在，我擅自抽出书看是否不礼貌，又顾虑手不干净，把人家的书弄脏了可是大罪过。正犹豫中，老柴回来了，她说老霍的老战友要来拜访，所以就不留我了。

我赶紧告辞出门，忽然想起徐师傅教我的，就回头问门里的老柴，还有什么需要我做的事，尽管吩咐。老柴想了想说，假如我有门路的话，她强调，如果我真的有"门路"，就给她家弄些豆腐吧。她家老霍特喜欢吃豆腐，她也喜欢，可这几年不知怎么了，市面上连一星星豆腐味都闻不到。

要卤水"点"的啊！

我快步走下楼梯时，听到了老柴在门口的大声叮嘱。

那些年，豆腐也是稀缺东西，除阴历年年底到商店里抢购点，平日里很难见到这种人见人爱的食品。现在到了求人的特殊时刻，别人买不到，我无论如何也得买到。多方打探，有家大型工厂的后勤部门自己开了间豆腐坊，做出豆腐供应职工食堂，余下的卖给本厂职工。很巧，该豆腐是"卤水点的"，质量上乘。那家工厂职工巨多，爱吃豆腐的自然也多，僧多粥少，极难买到。好在正值冬令，是豆腐生产的旺季，那家豆腐坊必定是忙起来了，我便使尽浑身解数，千回百转，买了十多斤，装在马口铁做的上大下小的敞口桶里，用干净的水笼布盖严，搭挂在自行车后架上，再赴"小莫斯科"。

天气阴沉，大雪纷飞。雪中赶路时想到了柴家暖意融融的书房，想到书房里的两个书架，想到书架上的那套《战争与和平》，心中升起了热烈的希望。这套书太珍稀了，也许全 B 市也没几套吧，竟然被我撞到了，岂不是天大的幸运！如果我开口向老柴借来看，她会不会回绝呢？

我看书快，属于一目十行、不求甚解的那种人。不用很多天，只要能借给我一个月，我不吃不喝紧着看，想必也能看完。

雪天不冷，赶路很急，再次站在柴家门前，我的衬衣都被汗湿透了。使劲拍打自己满头满身的雪，反复跺脚企图将鞋上的污泥弄干净的时候，门开了，老柴依旧是笑容满面接我进门，真是隔墙有眼。不过她这次没请我进书房，而是说，来，走这边，到厨房来。

北向的厨房阴郁得很，站得局促，老柴还是从"牡丹"牌香烟盒里抽出一支递给我，又殷勤地替我点着，轻声细语地跟我说话，好像生怕惊扰了别人。她谢谢我给她家弄到了好吃的豆腐，又说真不好意思，她家老霍在书房中与重要的客人谈重要的事——她家老霍好像总有要紧的事儿——只好在这个地方接待我。她请我"担待"，可我没什么可"担待"的，心里涌起的是失望。这般情境，还怎么好向主人开口借书呢！

骑车回家的路上，雪下得越发大了，天地混沌，我心里很懊恼。

我意识到自己可能失去了一个好机会，与梦寐以求的《战争与和平》擦肩而过。

五

历时两年半,我的调转终于成功,从工作了七年多的钢铁联合企业调入 E 厂干起了氧气切割工,双手握定焰芯高达三千一百五十摄氏度的氧气割枪,切割着潮湿沙土工作地上堆积如山、规格形状各异的铸件,蒸汽升腾、烟火弥漫、沙子乱进,经常被烧得、烫得遍体鳞伤。

我调入气割班的第二年,接受了一项紧急任务,切割一种很大的不锈钢钢圈上的"冒口"。听技术人员讲,这种钢圈的化学成分为"二铬十三镍九钛",是不锈钢里极难氧化的一种。我们先把直径近一米半的巨大钢圈毛坯放入加热炉加热到八百摄氏度,从加热炉中取出,冷却到三四百摄氏度,吊到气割班工作地上。工作地新铺了沙子,泼洒过水,此时的钢圈仍然灼热逼人,但气割工必须干活儿了。

将一面石棉板插入我们与刚刚蜕去暗红的钢圈之间,阻挡它的灼人热浪。我们双手戴上连上臂一起护住的麂皮大手套,割枪换上新气嘴,乙炔气充足,将氧气瓶仪表上的指针调到不可思议的"四",极端的时候到了"六"以至于割枪时有从手里逃离的跳脱冲劲。点火,乙炔与氧气调到最佳配比,将极高温度的焰心对准"冒口"根部灼烤,看那里近乎透明、钢水欲滴之际,将氧气猛然开到最大量,力保将"冒口"一枪打透。若打不透,返回的钢水就会报复般飞溅到我们的身上、脸上。"冒口"十几厘米厚,端着割枪的双手要不停地上下抖动,抖动的幅度必须恰到好处,斜着走枪并不失时机地变到走直,听得到风呼呼响,把钢水从割口那边"打"出去。中途不能停枪,因而不能换人,唯有一气呵成才可能将钢圈上的"冒口"割下，即使我们被回溅的钢水点着了衣裤——实际上我们的衣裤多次被点着——也不敢停下枪，往往，回溅的钢水在我们身上变成了火苗以至"火烧老营"……

不止一次，胜利在望的时候，前头掌握氧气开关的左手会越来越痛，不敢停枪，只能咬牙忍着，直到"冒口"如愿塌下，左手已经剧痛如刀割斧斫。以极快的速度关闭氧气和乙炔气，放下枪，来不及脱手套，使劲将它甩出，眼看着左手食指与中指的近节指骨处，两个燎泡气吹似的鼓胀起来，眨眼间暴胀成两颗硕大的透明"葡萄"。我现在仍然清楚地记得这两个燎泡的迅速成长像极了电影镜头里迅速膨大的花苞，同时记得痛得钻心又惊心动魄。

大哥曾经去我们车间找我，看到烟熏火燎的工作地上，四五个人不人鬼不鬼的家伙正在玩儿命地割这些大圈子，给他留下了十分恶劣的印象。他后来说，我的命够苦的，费劲巴拉两年多，托了那么多的人，送了那么多的礼，这倒好，架子工换成了气割工，算是"屎窝挪了个尿窝"。所以，大哥说，你看你，换这么个工种，又苦又累，还危险，不值。

可我觉得值，很值。对我而言，由钢铁厂到机械厂，由架子工到气割工，绝非只是换了个工作岗位那么简单，它是我人生道路上一个重要的转折，是几年来颓丧心态的终结，也是健康清新的复苏。"尿窝"苦则苦、脏则脏、累则累，但新工作、新环境、新伙伴，让我从里到外焕然一新。蛇蜕皮、蝉去壳、蛹化蝶，过程必然痛苦，但旧的蜕去，新的才能够成长起来。

我是俗人，只在俗世生活。俗话说"树挪死、人挪活"，这句民间俗语用在我身上再准确不过。调转成功，我身上的粗陋与痞气一扫而空，对书的渴望如同干旱的土地渴盼甘霖，如同期待与失散多年的恋人重逢。

我的运气好，成长的步调、心灵残缺的修复，与国家的重大转折出奇地一致。调入新厂当年十月，国家发生了一件大事，消息起初只在民间悄然流传，公开让我们知晓是那年深秋的一个傍晚，工厂召开大会向职工如实"传达"，我们几个要好的朋友是站在厂前区的圆形花坛水泥台上聆听的。正如小道消息所传递的，四个震撼我们耳膜好多年的大人物轰然倒塌了。其实，倒塌的何止是那四个人，与他们一同倒塌的，还有很多人，很多事。

后来我回想起那天傍晚的场景，突然有了个新发现：会场内外，人们一改过去听传达时的亢奋，没有出现骚动和鼓噪，这种罕见的静默，十年来，从未有过。我想，那种反常的静默应该解释为精神疲惫、麻痹，也可以解释为思考吧。

是的，颠三倒四的日子到了尽头，人们忍受够了，正常的生活理应开始。

公众的欢乐隔天才爆发出来并持续了很久，国家终于如百姓所愿，走上了改革开放的宽广道路。其后数年，春风化雨，土地解冻，能够敞开看书而且图书如海的时代悄然来临。久违了的书香沁入心脾，成为我读书最多、得到快乐最多也是成长最快的时期。

书　缘

一

我刚上学的时候不喜欢书，新课本到手，也不知道怎么弄的，不到半学期，就破烂得不成样子，不但惹老师气恼，自己也不愿意招惹它们，以至于后来跟着一位亲戚投奔几千里外的 B 市，竟然忘了带教科书，这对于一个开学就上小学二年级的学生，赤手空拳，憨头愣脑，加上不会说普通话，张口就是很土很倔的胶东腔，自然不受人待见。这座城市的某小学校长在对我做了极为简略的面试之后说，我们学校的课本是一马一鞍，可丁可卯，没有富余的，也不好跟同学借，插班很难安排；再有，你的功课底子不够扎实，这样吧，欢迎你下个学期来我们学校上学。

时值初秋，新学年开课不久，校长的意思并非收留我来年开春跟班上课，乃是重新上一年级的第二学期。我本来不爱念书，让我再念一遍念过的书，心里老大不乐意，不过，有大半个学期不用上学，总算是个补偿，就生出各种快乐的打算。但大人说，也别闲着，闲着容易学坏，得找点事做拴住你的心。做什么呢，摆小人书摊儿吧，能挣点钱，还能看画认字。好主意！

到新华书店进货是大姐带我去的，她让我可着心意挑，她也帮着挑，挑那些摆到摊儿上能够吸引人眼球的小人书。我不懂书更不懂行情，大姐的"最高学历"是初小三年级肄业，因为结婚离开农村迁到了城市，生小孩后在家相夫教子，也不懂。姐弟俩站在柜台这边，反复比较着柜台那边书架上琳琅满目的书，指指点点挑拣了半天，挑得售货员越来越不耐烦，最后，九本小人书装进了新书包，这是我平生第一次也是唯一一次"练摊儿"的全部资本。

背风的街角有好几个书摊儿，在它们的空档里铺开一块方布，四个角各压一块小石头镇着，九本小人书摆好，生意正式开张。左右都是百十本甚或几百本书的大铺面，我的袖珍摊位看起来有点寒酸，可我不气馁，很自信，每本书都包了书皮儿，书名写得特大，颇引人注目；租价低廉。按行情，最抢手、特别厚的小人书租价三分钱，以下按厚薄是二分、一分。我的摊儿上最厚的是《危险的路》，苏联反特故事，一百八十面整，算是厚书了，给二分钱就可以拿到太阳地儿翻看，不信没人光顾，果然，最先换来钱的就是它，财相一直很旺。有本很薄的小人书叫《老神仙》，租价一分钱，屡屡有人租了看，其实内容与"神仙"完全不搭界，是画一个老电工大雪天巡查高压线路，满头满身落了厚厚的白雪，看上去不知是何方神圣，被他的工友们戏称为"老神仙"，唬了不少读者，但租书的人一般很快就丢还给我了，有个小东西还丢下一句：这破书，一分钱也不值。

B市地处塞外，那时候的冬天好像来得特别早，每每正午过后，狂风如约来袭，不大的城市风沙弥漫，气温差不多就到冰点之下了，行人绝少而行色匆匆，小人书摊儿前几乎没有人停脚。摊主们坚守了几天，终于没有生意了，相继把落满细沙的书装包带回家。我是最后撤摊儿的，跟大人算算账，刨去老本儿，我还赚了两块来钱，外加八本书——有本叫《新儿女英雄传》的小人书不知被哪个小人揣走了。

天寒地冻，环境陌生，没地方可去，待在家里的时间太多了，无聊得要发疯，烦闷之际突然喜欢起画画来，没人理睬，自己整天趴在桌子上临摹《危险的路》，也真的认了几个生字。有一面我临得特别得意：特务卡莫夫要蓄须易容，别人劝他剃去胡子，他不肯，画面的小方框里是对话文字，填入他的拒绝："不，胡须能增加男子的魅力"。这"魅"字算是学会了，虽然不甚明白意思。画到妙处很疯狂，不顾吃不顾喝的，大人呵斥也听不到。

六十多年前的那个冬天，厚厚的《危险的路》我至少临摹了半本。如果小人书也算是"书"，在我，那算是与书的第一次亲密结缘。

二

真正对书——我说的是正儿八经的文字图书——感兴趣是从"听书"开始的。

城市的繁华地带有座电影院，影院后面是小树林，有段时间，林中那块不大的空地成了评书场，一位南派说书人来到这里，摆张小桌，醒木一拍，开讲"武十回"，书里头净是好听的故事，还有活灵活现的武术招式，什么"兔子蹬鹰"啦，"韩湘子倒拔紫金箫"啦，新奇极了，好听极了，勾引得我心痒痒的，逮空就模仿那一招一式，在同学面前比画、显摆。

"虎起龙落"的"武十回"被说书人说得天花乱坠，但说到紧要处就卖关子，再拍一下醒木，将折扇横过来捻开，走到听众面前讨费。听众并不多，朝着小桌或坐或站，大略呈半圆形，有的往扇面上放几分钱，有的抄着手不理睬，有的把脸别过去假装没看见，我可能是常来听书的最小听众，兜里一分钱也没有，纯属在这儿"蹭书"，看折扇在面前缓缓走过，也就心安理得地听下去，越听越着迷。有一天说书人不知何故不见了，而且再也没有出现，小树林突然缺席了武功高强的武松，显得空空落落的，我的心也没着没落的。

"武十回"里好听的故事让我牵挂到丢了魂儿，找不到这书，替代品是《水浒传》，到处找人借，总算如愿以偿，是七十一回本的、书皮甚至书页很脏污的两册书。这是我平生第一次看长篇小说，打开后发现很多字不认得，也顾不得许多，囫囵吞枣，一路狂奔，总算看到武松上了梁山泊。英雄好汉们的座次排定，我看书的瘾却被勾了起来，就算是跟书正式结缘吧。不过这缘分主要是跟"闲书"相结，与上课用的正经书关系不大。那时我上三年级，学习成绩还好，就是心思老不在功课上，班主任老师不喜欢，隔三岔五地突击检查书包和课桌，查出"闲书"就没收。

　　不能怪老师，同学间借来借去的几乎全是古旧图书，横排的竖排的都有，《三侠五义》《小五义》《隋唐演义》《说岳全传》《施公案》《三门街》《能仁寺》……也看了《西游记》和《三国演义》，似懂非懂，不求甚解，只图快活，看得多了，满脑子飞檐走壁和腾云驾雾。正值三年困难时期，食物奇缺，菜根葱皮都成了稀罕物，你争我抢的，经常饿得头昏眼花，上课没精神、没力气，课间操也省了，但一旦钻进书里，筋斗猴，钻地鼠，杀富济贫，吃肉喝酒，横行天下，"代入感"效果特别强烈，英雄好汉与妖魔鬼怪都权当吃的拿来充饥，掩卷之后，他们才成为真正的"妖魔鬼怪"，在身体里翻江倒海要吃要喝。后来日子转好了些，图书世界却发生了很大变化，古典豪杰销声匿迹，当代英雄粉墨登场，都是金刚不坏之身，与毁灭文化的"文化大革命"一起席卷城市，稍微像点样、有点意思的书都被从阅览室、教研室、资料室撤下，有的送往垃圾站，有的胡乱堆在一起，有的点一把火，烈焰腾腾，化作轻烟消散在空中。

　　我生活的塞外那座城市原也古老，发展非常缓慢，后来，由重工业大厂撑起骨架带动两个新区发展得飞快，大大改变了城市格局。居民多是移民，来自山南海北，城市年轻，文化土壤本来不够厚实，"十年动乱"折腾的程度之烈却不亚于某些暴得大名的时鲜城市，早早地把自己折腾成了文化荒漠。我初中毕业后进了工厂，开卷扬机，搭脚手架，推"轱辘马"，拿气割枪，大多是做壮工，凭下苦力和眼力见儿吃饭，不像车铣电钳那样的技术工种还得亦步亦趋地跟师傅学习，要不就得捧本专业书死啃，于是就有了更多的工夫看"闲书"。娱乐场所很少，活动项目单一枯燥，生活也没个方向，书成了稀缺物种，到处搜求，不管什么书，凡是印着字、装订起来的东西，弄到手就看，无处发泄的精力和无穷的好奇心好歹有个去处。

到了"十年动乱"后半期，人心空前涣散，表面上还都在装着挺着喊着唱着，假模假式的，瓤子其实已经变味儿了。除了外国大胡子老祖宗的经典，敞开了让看的书就那么几种，书里头的主要角色清一色的"高大上"，都跟圣人似的，都在比着谁最不吃荤腥谁更没肝没肺，把书从头翻到尾，就看不到几句人话。这个时候，另一类"书"——"手抄本小说"开始从外埠到本市悄然流传。其实那都不能算书，不知是几代"手抄"来的本子，文字极其潦草，内容粗鄙低劣，其中的《第二次握手》还算有点品位，《少女日记》就有些下三滥了。还有的只会拿恐怖名字招人，内容纯属胡编乱造，比如《绿色尸体》《妈妈，我又给你送来一张人皮》。"高大上"和手抄本，算得上文化荒芜年代里的两个怪胎，填补着人们荒漠一样的巨大心理空白。我很幸运，这些东西与我的缘分较浅，浸染不深，很快就有幸与好人结缘进而与好书结缘。

工厂从周边农村招收了一大批北京下乡知识青年，他们与我是同龄人，但见闻和心胸比我广阔多了。我们车间的北京知青王君和我很聊得来，每次从老家探亲回来，总给我讲一些高层最新动态，听得我一惊一乍的；还带回些我从未见过的书，有久被视作"毒草"的五十年代作品，也有标榜"内部发行，供批判用"的书，透着神秘感，读着格外来劲，苏联"解冻文学"中的好几本书就是这个时候读到的。

"内部发行"的《阿登纳回忆录》读得我这个"外部"草民脑洞

大开，是我从与王君结识以来读到的好书之一。作者自述如何带领联邦德国民众从废墟上站起来走向安宁和繁荣，并终生谋求人类社会的和平福祉，他由此得到了世界范围的由衷敬意。阿登纳，德意志联邦共和国的第一任总理，让我知晓了什么样的领导人才是真正优秀的政治家。

还有的书，资料之丰富翔实，考证之细密严谨，立论之新奇，也是我此前未曾接触到的，《第三帝国的兴亡》堪称经典。读这本书的时候，斗争哲学横行天下，暴戾之气充塞人心，国际上也动荡得很，似乎新的世界大战不可避免。某些大人物欢迎大战甚至核大战早些到来，对战争结局十分乐观，但作者威廉·夏伊勒在该书的"前言"中，如此描绘第三次世界大战的惨烈后果："这种战争的结果不会有征服者也不会有征服，而只有烧成焦炭的尸骨堆在一个渺无人迹的星球上。"

老天爷！这是什么论调？太悲观、太反动、太不可接受了。我看过的书和电影里，受到的教育里，聆听的大人物的教导里，战争就跟小东西们"过家家"的快乐游戏似的，再来一场大游戏，世界就是我们的了，黄金一般的前景就是我们的了。只管开打好了，怎么会有这么吓人的未来！

王君大度，借给我的书任我读，有的书读的时间很长，他也不催，唯有一本书，反复叮嘱我一定要加倍爱惜，借来没两天他就放心不下，急匆匆跑来我家，眼睛到处搜寻，直到这本书拿到手里，看封面、看边角、看书页，唯恐看到一点污损，终于安下心来，笑容像把多日不见的亲生婴儿抱在怀里般灿烂。这本书是《朗诵诗选》，是他的至爱，最爱的是书里闻捷的诗《我思念北京》，他不止一次朗诵给我听。

那时我已经是家里看书最多的人了，其实真没看过几本像样的书，但以读书人自居，说话拽来拽去的，父母以为这个儿子以后会有什么出息，把我二姐和妹妹住的小房间收回，给我一个人住，不期然成了我和狐朋狗友们的麇集之地。王君也常来这间近十平方米的小屋，或茶或酒，山吹海聊，聊得最多的还是书。有一天我俩斗酒，都喝高了，他又忘情地朗诵《我思念北京》。

这是礼拜日的下午，皮肤白皙而红头涨脸的王君没拿书，站在小屋正中，昂首向天，一口融着酒气的北京话，引导我在半醉中神游"知春亭""谐趣园""佛香阁"和"九龙壁"，潭水清澈，飞檐描金，蓝天里洒下鸽哨的悠长尾音……突然，他背诵不下去了，双手捂脸，泪水流下来，久久无声。

王君有浓厚的诗人气质，他的动情，也在于触碰了故乡之思。改革开放初年他如愿调回了北京，我的"内部参考"书断了档，所幸大地回春，好书如潮，瞬间涌入了 B 市，文学、历史、艺术、教育、科技，门类齐全，应有尽有，拼命读也读不过来，以读文艺社科类图书居多，我偶尔也读读科技。读书方向很快由国内转向了国外，先读俄苏，继而读欧洲北美，往后，日本、南美以及西亚和非洲的书也有了。那几年的感觉，好像用"芝麻，开门"的咒语打开了藏宝秘窟，珠光宝气，满目璀璨。不过我这个穷小子比阿里巴巴更贪心，恨不能立刻、全部据为己有，读书常到深夜，也曾读到黎明。狄更斯的《大卫·科波菲尔》我连续读了二十六个小时，昏天黑地，不舍昼夜。

三

命中注定我与书的缘分很深，上世纪八十年代后期，我有幸成了出版社的图书编辑。

从少年到青年，很长时间里，我对"出版社"毫无感觉。在我的印象中，书从新华书店买，就像从鸡窝里拿蛋，至于谁是产蛋的"鸡"，有多少只鸡在产蛋，一概漠视，心思都在书名和内容，对书上郑重标示的"出版社"从来不曾留意，甚至连作者姓甚名谁也基本忽略。知晓图书是由出版社做出来的，明白作者、书、社、店与读者之间的复杂关系，进而了解我国的出版社各有分工，所出版的图书都有自家特色并在业内享有不同的名声，是很晚的事了，懂得图书的要件构成及培育过程，更晚，那时我已经来到北京一家出版社，走入了图书深处。

我是由外地一所学校的教师转来出版社当编辑的，半路出家，业务一窍不通。编辑室主任是诗人雷抒雁，对我这个新入行的编辑照顾有加。他鼓励我说，编书不难，比教书容易，你的文化底子挺厚实的，编一本书就全懂了。交给我一摞书稿。领导指路，同事相助，这书稿顺利地变成了我编的第一本书。拿到样书时又欢喜又忐忑：这是我编的吗？稿纸上那些歪歪扭扭的钢笔字，变成了端庄大方的宋体字，墨色生香，生龙活虎，怎么看都精神。新书手感挺括，翻一翻，书页哗哗响，梦幻一样，真的是书，我编的书！

以并不很高的标准衡量，开启我编辑生涯的这本书也编得不怎么样：天头留白太少，二级标题与正文间隙过大，封面设计太"素"了，与内容不太般配……但自己很满足、很得意，兴致高得很，干起活儿废寝忘食，八小时不够用，把书稿带回家继续加工是常态。编的过程也是读的过程，只是比单纯地"读"更需具备理性。被书稿里的既定情境牵着走的时候，还要时不时把自己"间离"出来，从专业角度审读，看它的优长，挑它的毛病，判断它的学术水平或艺术价值及经济前景。不久，我悲哀地发现，自己缺失多多。有时候我进入书稿太深，就是个纯粹的读者，被作者忽悠得不辨南北，找不到来处回不来了；更多的时候，即使跳出来恢复了编辑角色，也深感能力太弱。

我读书的"童子功"严重不足，初中教育被粗暴腰斩，读书数量虽然不算很少，但不系统，杂乱得很，知识结构不合理，属于先天不足、后天失调的一类人，编文化层次浅易的书稿还能够对付，遇到专业性特别强、学问比较高深的稿件，顿感力不从心，即便使尽浑身解数，调动所有的知识储备，也觉得难以驾驭。

《中华名赋集成》就是部难啃的书稿。

"赋"曾像文化恐龙一样统治先秦两汉文坛数百年，名作迭出，流布广远，但毕竟离我们太遥远了，后起的诗词以其耀眼光芒完全覆盖了它的存在，而手法的张扬铺排及文字的佶屈聱牙，也阻碍着后人对赋的接受和欣赏。我想做一部图书市场上没有的选本，中等规模，贯通赋史，精选篇目，辅以必要而精粹的注释条目，让当代读者能够领略到文学史上曾经有过的一段辉煌。

当凝结着三位编注者智慧、学识和艰辛劳作的厚厚书稿送到我手上，细细翻阅，自己读书混杂且不求甚解的后果登时显现：学养不足，怕是难以胜任这本书的编辑工作，先别说八十万字的书稿里面有数不尽的陌生字词古奥难懂，只就入选篇目是否都达到了既定标准，我心里一点底也没有。请一位在古文学领域造诣高深的学者出任主编，是编好这部书稿的保证。遍观国内，北京师范大学郭预衡先生是理想人选，他是古文学史家，学问高深，德望昭彰，与启功、钟敬文两先生并列，被尊为师大"三老"，若能出任这部书的主编统筹全局，再好不过。然而，郭先生婉转但坚决地挡回了我的虔敬邀请。

我供职的出版社资历颇深，出版的图书种类齐全，文化艺术类图书尤其是古文化类图书却并非其强项，推出的此类图书，读者历来不大认可。打破瓶颈、赢得市场的唯一办法是把书做到最佳，使其跻身于同类图书的高端之列而丝毫不逊于专业文学出版社的产品。超高心气儿把自己逼到了悬崖上，完全断掉了退路。惶恐之际，找到了老朋友马君，他是郭先生的外甥，代我出面邀约，事情或许能有转机。马君很热心，但对其老舅能否改变主意并没把握。我的运气好，《中华名赋集成》的编注者之一袁长江先生上大学时曾受郭先生亲炙，深知恩师的书法造诣深厚，书体瘦硬坚挺，圈内外颇有声誉，特地从百年老企业侯店毛笔厂定购了五支名笔，得知我面临窘境急需援手，赶紧跋涉几百里地送来北京。求请郭先生出山最终能否如愿不知道，讨老先生喜欢总是好的。

那年年底，某个夜晚，北风大极了，天气冷极了，我的心情紧张、迫切极了，马君引着袁先生还有我，带着五支毛笔，恭恭敬敬再谒郭府。面对弟子、爱甥和我这个总是不请自到的编辑合力组成的柔性攻势，郭先生只好答允，我紧绷着的神经才松弛下来。

高屋建瓴，举重若轻，是郭先生审阅书稿时给我留下的深刻记忆。他虽已年近耄耋，精力间或不济，审稿却极为认真，为了某个入选篇目的得失、某条注释的繁简、某个字词的出处，自家的藏书不敷查证，多次跑图书馆钩沉史料、比对版别，增、删内容或排除疑点，既明断又简捷，弥补了我在处理稿件难点时力有不逮而遗留的若干漏洞。

赋有"不歌而诵"的特点，多用散、韵相间的句式，容易混杂于其他文体。郭先生按赋体的标准，从我浑然不觉通过的总目中剔除了七篇，保证了选本的严肃和精粹，书稿的编辑进程就此一帆风顺。

《中华名赋集成》问世，正值地球人急不可耐地争抢进入千禧年之时，大家关注的焦点远不在文化，图书出版业已见颓势，纯文学图书的销量明显下滑，老气横秋的"赋"想来更难在图书市场中立足，但这套书得到了中央电视台《读书》栏目较高的评价和热情推介。二〇〇八年，它迎来了第三次印刷，印制总量达到了九千套，"两个效益"应该是实现了的。

做编辑多年，我有过高光时刻，也有过败走麦城的狼狈。某年岁末，我曾全面检点自己所编的图书，结论不能令人满意：数量不多，与几十年的编辑工作不太匹配。图书品质参差不齐，且类别跨界太大，东坡上扶犁西洼里走耙，未能建立起稳固的稿源基地。偶有编辑质量尚称优良的图书，但缺乏连续性，没有长远的出版规划……总而言之，回首编辑生涯，业绩平平。

四

　　然而，编辑生活丰富多彩，也辛劳，也苦涩，也充实，也快乐，也电闪雷鸣，也光风霁月。甜酸苦辣尽尝，春秋冷暖自知。

　　编书日久，性情会出现变化。我自小心性浮躁，说话做事风格粗直，而编辑图书，心细如发是必须具备的心理素质，还需将这细致贯穿于图书生产的全过程，稍有不慎，过手的活儿必出问题。我就因为毛糙而导致不止一本书存在瑕疵。书印出来了，第一个拿到样书，迫不及待地翻看成了职业习惯，既是享受，也是检视，蓦然发现这儿的句号为什么成双成对？那张图片里的人脸怎么看不清五官？刚才的欣喜倏然化为乌有。脾性变得沉静一些，心思趋于缜密，已经是从事编辑工作大约十年之际的事了。此时审读，心静如水，只凭稿件文字，就可大略推见作者的知识领域宽窄及深浅，而行文的峻急或从容，文字的绵密或粗疏，风格的雅致或豪放，以及作品的结构、布局、节奏，也会透露出作者的三观及某些性格和心理特征，甚至听得到他或她在跟我倾心交谈。读到这个份儿上，错讹很难漏网，还会觉得稿件变成了我与作者双向交流的中介和载体，两边都很坦诚、无遮掩、不伪饰。这是很奇特、很微妙的审稿体验，一旦来临，对书稿的优长和缺陷看得很准确，褒扬和针砭的审稿意见会如泉水般涌流，于是在信纸上落笔如风。此时此刻，阅稿成为了享受，而且感觉自身有了提升。这种不断成长的体验是很美妙的。

　　也有走火入魔的时候，特别是看文学类图书的时候。有那么几次，从书稿里人类激烈厮杀的战场中逃离出来，仍觉杀声在耳、杀气侵人，怔怔神，呆住了，觉得书真是奇妙的东西，你看，有限的汉字组成无数的词语，进而组合为千变万化的句子，产生无穷极的魔力，于是阴阳分离了，宇宙诞生了，两条腿的高级智慧生命划定的春、夏、秋、冬，在他们对财、权、名、性的竞逐和杀戮中往复轮回，有爱欲与仇恨，有友谊与背叛，有高洁与龌龊，还有可想而不可及的灵魂——善良的和邪恶的、美丽的和丑陋的——于月光皎洁的午夜，从每一具睡死了的躯体中飞出，在暗蓝色的天幕下绞缠搏杀……

我不知道自己的"代入感"是否太过了，还是患了幻想症？我只记得，每次从恐怖的幻觉情境中走出，长出一口气，揉一揉眼，摇一摇头，甩掉幻象，回到现实，神志清醒起来，庆幸生活在明媚阳光下的同时，对横、点、竖、撇、捺、勾组成的字，对这些字组成的书，生出深深的敬畏。

读到好书稿，就是编辑的幸福了。卡尔维诺的《我们的祖先》于一九八九年出版，也许这不是最早的中文版本，但我可以骄傲地说这是译文质量最高的版本。译者蔡国忠、吴正仪——在这里，我再一次向他们的天才译笔表示敬意——的译笔流转绮丽落英缤纷，将卡尔维诺小说的寓言式特点、童话般天真及先知般的智慧，忠实地、近乎完美地传达给了我们。《树上的男爵》是该书中文笔最奇崛、瑰丽的一部，编完这部书稿的最后一页，是我入职出版行业第三年夏末的一个黄昏，天色暗下来了，出版社办公楼里阒寂无声，我独自坐在编辑室里，久久不动。我实在不想从迷人的艺术世界里走出。流连其中，那份微醺似的快乐和物我两忘的沉静，让我终生难忘。

编辑做得久，也得了"职业病"，时时泛滥。现在读书，经常忘记自己已经远离出版岗位，一不小心就从读者变回了编辑，而且是特不安分特爱找碴儿的编辑。干干净净的新书，如果从中读出了病句、错别字、冗赘字，看出了行文重复或注释文字不确切，哪怕一个标点错了，也要在切口、订口或天头地脚空白处用铅笔标出，以编辑惯用的"圈"和"线"将正误处连接起来，还都得在第一时间勾画完毕，老练极了，居然也能从中获得满足和快意！此情此景，应该类似于没有诊所的江湖郎中给患者皮肤上的小痣画了个红圈儿吧。病症在借来读的书上也照样发作，以至完全忘记了"完璧归赵"的古训。恶性发作的时候还会出现诡异的幻觉，眼前好好一本书，恍惚中会突然幻化、还原成胶片、校样、稿纸，以及纸张、油墨、胶水、线和钉……这种解构图书的思维是危险的，它会顷刻间毁掉我对书的亲切感。虽然它不是常客，仅在不经意间偶尔来袭，却也让我失落、沮丧万分。每逢这种时刻，我的自憎情绪非常强烈。

复归现实以后，我也明白，造成如此尴尬的局面，是我将江河湖海里风光无限的水，还原成了"一氧化二氢"，化学式：H_2O。

图书编辑，是我从事时间最长的职业，也从中获益最多。出版行业给予我的，不仅是一份口粮，她还让我洞悉图书生产的秘密，掌握了多项技能，我与书的缘分因此而变得更深、更紧密，并在与书的亲密互动中得到了浇灌和成长。

当下，纸质图书与电子图书、实体书店与网上阅读的竞争仍在持续，深刻影响着编辑与读者的取舍和走向。坚守传统或拥抱新潮，恐怕最终还得取决于市场和文化发展趋向。尽管还有很多不确定因素，电子图书主导未来大势的概率却是很高的。作为与纸质图书打了半辈子交道的人，我很无奈，也有些落寞，然而我并不悲观。传播介质不管是纸张还是别的什么，都只是文字的寄身之寓，内容才是书的精魂。即以中文来说，其传播介质由甲骨、金石、简册、绢帛，至纸张一统天下，成为我们最熟悉的"书"，流传有序以至千百年，自有其合理逻辑。今天，传播介质的再次变化和演进也必有其合理逻辑。

未来，也许电子图书会取得压倒性优势，手掌大小的一个硬盘没准儿就装得下全世界所有的图书。也许我们不仅用视觉而用其他感官也能汲取书本知识，甚至，也许知识、智慧能够直接从芯片嫁接到我们的头脑，也许……一切皆有可能，高科技的未来不可想象不可限量。然而，我想，即使到了那时，人们也不会放弃阅读，因为阅读过程中的二度创造给予我们的快乐，是获取知识的其他方式所无法取代的。也不会完全放弃纸质图书的阅读，即使它成为了图书中的奢侈品，依然会有存在的理由，依然会是读者和编辑的选择之一。文字不死，内容长青，不管它以什么形态存在和传播，图书永不会消亡。未来的读者，必然会在或新或旧的传播介质中与它亲密结缘。

但我没得选择，我就是个纸质图书的读者和编辑，从读书到编书，如今回到读书，与我有缘、与我相伴的，只能是厚薄有致、触摸有形，有影子、有重量、有皮儿有瓤儿有体温的图书。阅读它们不仅是我的学习习惯，还是我的某种生命形态。所以，面对纸质图书与电子图书的对峙与竞争，我只能固守旧习。我也下载阅读软件，我也进入数字图书馆，我也在 iPad 和手机上看文字，但如果我想获得阅读的快乐，仍然需要静下心来，打开一本有隐隐墨香的闲书。

记 忆

记忆是什么？它是如何与混沌分离的？它的边界和尽头在哪里？

记忆是原始的还是扭曲的？是凝固的，还是流动、延展的？是远方的悸动还是切近的迷茫？

记忆是岁月刻下的痕迹，是生命绽放的花朵也是结出的果实，是来过、活过的无形凭据。

记忆是锚，是舵，是港湾，是情感的渊薮，是精神与思维的根系，源源不断地输送养分，滋润身心，并及时修正生命的走向。

记忆是父母的殷切叮嘱，友人的灿烂笑容，初秋之夜的上弦月，地平线上的孤独背影，梦中的一声叹息。

失去记忆会是什么样子，像被放逐于荒原吗？四顾茫茫，丢失了来路，陌生了自己，故乡与归途便无从谈起。

时间是记忆的天敌，分分秒秒磨蚀着记忆。

抵御时间的盾牌是文字吧。

相比极易与主人同时湮灭的日记、信件等私密文字，图书应该是保存记忆的最佳载体。打开图书，不管作者是相距千年的古人，还是远隔万里的他人，读者都能够看到、听到、感觉到他的行迹、思想、智慧、情感，还有谬误。

写作则是别一种体验。就回忆性图书而言，写作是对过往生活的复盘，是对沉睡情感的唤醒、拣选和表达，是驱散经久不散的心理阴影，撷取时光深处的蚌珠。犹如沿着来路再走一遍，重温成长的泥泞和快乐。

写作是郁积的释放，是愉悦的飘舞，是正误的甄别，也是对生命质地的品鉴：逝去的一切是偶然还是宿命？你，究竟是黑暗还是光明？

在拒绝遗忘的同时，还体验到写作的一项神奇功能：拉开了与自我的距离。如同站在他人的角度审视自己，记忆更加清晰，心态变得苛刻，但最终让渡给了恬淡与从容。正如一位智者所说："当你跳出去看自己时，态度会更谦卑，目光会更敏锐。"

是的，《岁月　人和书》的写作过程，确实像跳出去看自己，自以为看得真实，看得清醒，但并非不懂得书中必有错谬与缺失。读者朋友的指摘，将与本书中的某些章节一样，会在作者的记忆中永远闪亮。

——作者